KB273844

古時調의 本質

林鍾贊 著

국학자료원

차 례

제3부　長時調의 獨自性

증보판을 내며

이제사 증보판을 내게 되었다.

초판이 나온지 수년이 되어서 그런지 이 책을 구하려는 이가 더러 있었던 모양이지만, 필자가 『現代時調論』을 발간하기 위하여 그쪽에 시간을 쓰다가 보니 증보판에 끼워넣을 논문들을 못 써서 여태 증보판을 못내고 있었다. 말이 증보판이지 초판을 약간 손질하고 논문 한편을 더 얹은 것에 불과하다. 그러나 책의 구색을 갖추기 위해서는 이 논문 한편을 끼워넣어야겠다는 생각은 늘 해왔었다.

책을 엮고 보니 역시 부족한 구석이 여러곳 보인다.

1992년 12월

읽어 두기

여태 써모은 논문 중에서 현대문학쪽은 제외하고 고시조쪽만, 그것도 덜 부끄럽다고 생각되는 것만 몇편 골라 이 책을 엮었다. 그러나 엮어놓고 보니 안 보일 것을 보이는 것 같은 마음을 금할 길 없다.

애초부터 필자는 오늘날의 시는 우리 옛노래의 연장선에서 보아야겠다는 생각을 많이 하였었다. 이런 가설에서 그 동안 고시조쪽에 관심을 기울였던 것이다.

이제 미흡하지만 이것으로 일단 고시조쪽에의 관심을 제쳐두기로 하고, 앞으로 연구하고자 하는 바는 고시조쪽에서 얻은 에너지로써 현대시, 현대시조의 흐름을 체계적으로 정리해 보는 일이다.

*　　　*　　　*

시조문학의 갈래는 크게 단시조와 장시조로 나눈다. '시조'라는 말이 장시조라는 말의 끝에 붙어있는 것은 시조문학이면 응당 가져야 할 시조로서의 공통된 요소를 장시조가 갖고 있다는 것을 의미한다(이점은 단시조에서도 마찬가지다.). 반대로 '장'이라는 말이 장시조라는 말의 처음에 붙어있는 것은 단시조와는 다른 요소를 장시조가 갖고 있다는 것을 의미한다(이점은 단시조에서도 마찬가지다.).

이렇게 생각할 때, 장시조는 단시조와의 동질성을 갖고 있기도 하고 이질성을 갖고 있기도 한 묘한 시조문학이라는 가설이 성립된다. 이 관계를 알기 쉽게 그림으로 나타내 보기로 한다.

1) ──────────────────────

2) ──────────────────────

1)은 단시조 2)는 장시조를 의미한다. 1)은 2)보다 길이는 짧지만 선은 아주 굵게 나타나 있다. 2)는 1)보다 길이는 길지만 선은 아주 가늘게 나타나 있다. 굵기를 달리한 이유는 단시조는 장시조보다 작품수가 많다는 양적인 점을 고려한 데서 비롯된 것이다. 길이를 달리한 이유는 장시조는 단시조보다 작품수는 적지만 장시조는 단시조의 범위를 수용하면서 단시조의 범위를 넘어서는 요소가 있을 것이라는 가설에서이다. 이러한 가설이 가능한 것은 장시조는 단시조에서 파생하였다는 설이 통설화되어 있기 때문이다. 그런데 이 책에서는 작품수의 많고 적음을 문제삼으려 하는 것이 아니라 문학 내부의 본질적인 면을 문제삼으려하기 때문에 자연히 작품수는 큰 문제가 되지 않는다. 이런 점을 감안해서 생각해보면 위 그림은 아래와 같이 조정된다.

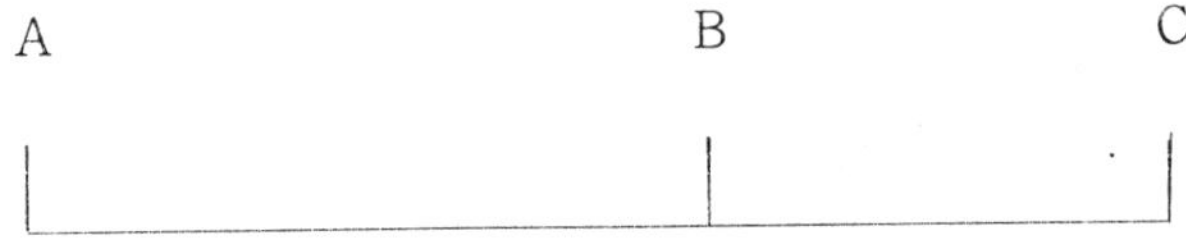

AC는 시조문학 전체를 나타내는 범위이다. 그러나 BC는 단시조에서는 찾아 볼 수 없는 장시조만의 독자적 영역이다. 물론 AB는 장시조와 단시조가 모두 공유하고 있는 영역이다.

제1부에서는 장시조와 단시조가 공유하는 AB의 범위에 대해서 알아보고자 한다. 제3부에서는 단시조에서는 찾아 볼 수 없는 장시조만의 독자적 영역 BC의 범위에 대해서 알아보고자 한다.(장시조가 갖지 않은 단시조만의 독자적 영역도 있을 수 있으나 이 점은 뒷날로 미룬다.) 제2부에서는 장시조든 단시조든 하나의 예술작품이라 할 때, 거기에 수반된 장시조와 단시조의 예술미에 대해서 알아보고자 한다.

이렇게 구분했지만, 경우에 따라서는 중복되는 경우도 있을 것이고 논리의 헛점을 보이는 경우도 있을 것이다.

결과적으로 이 책은 위에서 밝힌 문제와 아울러 다음과 같은 문제를 푸는 데에도 도움이 되었으면 한다.

첫째, 한국의 자유시는 외국의 자유시를 그대로 이식한 것인가.
둘째, 한국근대시의 기점을 어디에서 잡을 것인가.
세째, 조선조시대의 시조문학은 과연 어떤 문학성을 가지고 있는가.
네째, 시조문학의 갈래를 어떻게 잡을 것인가.
다섯째, 오늘에도 창작활동이 활발한 시조문학은 과거의 시조문학과 그 형태구조적 측면에서 같은 것인가.

그러나 보시다시피 이 책은 그 분량이 보잘 것 없다. 그것은 몇가지 문제에만, 그것도 본질적인 연구에만 집착하다보니 이렇게 줄어들고 말았다. 더 근본적인 문제는 필자의 능력부족 때문임을 숨길 수 없다.

＊　　　＊　　　＊

이 책은 台也 崔東元 은사님의 가르침을 뼈로 삼았기 때문에 이 책에서 건질 수 있는 학적 근거가 있다고 한다면 그것은 은사님의 말씀이시다. 그러나 論理에 잘못이 있다면 그것은 순전히 은사님의 말씀을 잘못 알아들은 필자의 難聽 때문임을 밝혀둔다.

아울러 필자에게 학문적으로 많은 도움을 아끼지 않았던 부산대학교 인문대 국문학과와 사범대 국어교육학과 교수님들, 그리고 이웃의 여러 벗들에게 감사를 드린다.

1986년 1월 연구실을 笑笑軒(少少軒)이라 이름 붙이며
지은이 씀

제1부
構造的 接近

제1부 構造的 接近

1. 時調文學의 意味構造

Ⅰ. 序　論

시조는 3장으로 되어 있고 각 장마다 4음보로 되어 있으며, 보통, 종장은 첫 음보가 3음절이고 둘째 음보는 5음절로 되어 있다고 흔히 이야기하고 있다.

말하자면 형식이 위와 같이만 되면 여태 시조라고 일러온 셈이다. 그러나 형식이 위와 같이만 되면 아무것이나 다 시조라고 할 수 있을까.

여기 하나의 예를 들어보사.

철교는 많은 쇳조각을 가로 세로 이어놓은 구조물이다. 그런데 쇳조각을 이어만 놓으면 철교가 된다고 할 수 없다. 만약 무턱대고 쇳조각을 이어만 놓았다고 한다면 그것은 철교와는 거리가 먼 다른 공작품이 되거나 아니면 철교로서의 기능과는 다른 그 무엇이 될 것이다. 철교답게 만드는 기하학적 근거를 바탕에 두고 쇠를 이었을 때에만 비로소 철교가 이룩된다는 말이다.

다시 시조를 생각해보자.

시조도 음보와 음보를 이어놓은 하나의 구조물이라고 생각할 수 있다.

음보를 4개 이어서 한 장이 되고, 장이 3개 모여서 한 작품이 되고

있다. 시조의 초장·중장·종장이라는 3장은 서로 장과 장끼리 무의미
하게 연결되어 있는 것은 아니다. 어떤 의미구조를 가지고 연결되어서
한 편의 시조를 이루고 있다고 할 수 있다. 고시조에 있어서 각 장의
연관에 따른 의미 구조가 과연 어떻게 되어 있는가 하는 점은 대단히
중요한 문제가 아닐 수 없다. 그런데도 이 방면의 연구 업적이 여태
많지 않았던 것 같다. 혹자는 시조 3장이 한시의 기·승·전·결과 같다
고도 하였고, 또 시조는 3장으로 되어 있으나 실질적 의미는 2장이라고
도 하였다. 또 혹자는 서정을 나타내는 시조에서는 종장에 가서 의미의
전환이 온다는 정도에 머물러 있는 것 같다. 어느 것이나 타당성을 가진
일면이 있다. 그러나 이러한 지적들은 시조 문학 전체에 해당하는 일반
적 논리는 물론 아니다. 또 그 지적조차도 구체적이지 못하였다.

　본 논문에서는 고시조에서 발견할 수 있는 각 장의 연관에 따른 의미
구조를 발견할 수 있는 데까지 발견해 내어서 이것을 알기 쉽게 몇 유형
으로 나누어 표를 만들어 보고자 한다. 곧 시조를 시조답게 만드는 의미
구조를 파악하고자 한다.

Ⅱ. 初章을 위한 中章·1

우리가 흔히 외우고 있는 시조작품 중에 다음과 같은 것이 있다.

> 가) 아버님 날 나흐시고 어머님 날 기ᄅ시니
> 　　두분 곳 아니시면 이 몸이 사라실가
> 　　하ᄂᆞᆯ ᄀᆞᄐᆞᆫ ᄀᆞ업슨 은덕을 어ᄃᆡ 다혀 갑소오리
>
> 　　　　　　　　　　　　　鄭　澈(警民篇庚戌乙丑本1)

이 시조는 시조작가 중에서도 작품의 질적인 면에서나 양적인 면에서
선두를 달리는 정 철의 작품이다. 이 작품을 읽다가 보면 어딘지 모르게

같은 의미가 중복되는 느낌을 받게 된다. 중복되는 느낌을 받는다고 한다면 그 구체적 증거를 찾아봐야 할 것이다. 그러자면 우선 3장 중에서 어느 한 장씩을 교대로 빼놓고 읽어보면 어느 장이 어떻게 중복이 되어 있는지 알 수 있을 것 같다.

우선, 가)의 시조를 초장부터 생략하여 읽도록 하자.

두분 곳 아니시면 이 몸이 사라실가
하늘ㄱ톤 ㄱ업손 은덕을 어딘 다혀 갑소오리

너무나 번연한 객관적 서술이다. 이런 객관적 서술만 가지고서는 문학이라고 말하기에는 어려움이 있다. 문학이 아니라 하더라도 이런 이야기를 듣는 사람들은 들을 만한 흥미가 없다고 손을 저을는지도 모른다. 왜냐하면 이런 이야기는 너무나 친숙하고 낯익어 있는 이야기여서 독자에게 어떤 놀라움을 주지 않기 때문이다. 일부 고전주의 문학이론에서는 이와같이 문학은 낯익어 있어야 하고 친숙한 이야기이어야 한다는 이론이 있었다. 그러나 낯익고 친숙한 이야기는 되풀이되어온 이야기임을 의미하는 것인데, 이런 되풀이되는 이야기를 두고 과연 사람들이 즐거움을 느낄 수 있을 것인가 하는 점은 의문이 아닐 수 없다. 같은 줄거리, 같은 소재로 이야기한다 하더라도 앞뒤 순서가 달라도 달라야 하고 비유하는 사물이 달라도 달라야만 그 이야기를 듣는 사람들은 흥미를 느끼는 것이다. 이런 관점을 피력한 사람들 중에는 러시아 형식주의자들이 있다. 그들은 문학은 바로 낯익고 친숙한 객관적 이야기를 낯설게 장치함으로써(낯익고 친숙한 것이 아닌 것처럼 보임으로써) 독자들에게 신선미를 부여하게 되고 나아가서 이것이 예술이랄 수가 있다는 태도를 보인 적이 있다.

부모는 자식을 낳아 기르는 사람들이므로 그분들이 아니면 이 세상에 살지 못하였을 것이라는 이야기는 낯익고 친숙한 객관적 이야기에 지나지 않는다.

따라서 중장만으로는 어떤 놀라움에 접할 수가 없게 된다. 이 때에 종장을 넣어 생각해 보자.

> 하놀フ톤 フ업손 은덕을 어듸 다혀 갑소오리

말은 두고 쓰면 진부해지지만 그 말이 처음 발설되었을 때에는 신선함을 가지게 마련이다. 부모 은혜를 하늘의 끝없음에 비유하는 것은 요사이로 보면 진부한 이야기지만, 정 철이 이 작품을 썼던 당시로 거슬러 올라가 생각한다면 꼭 진부하다고 단정할 수 없을는지 모른다. 진부니 신선함이니 하는 문제는 보류한다 하더라도 이 종장에서 비로소 객관적 태도가 아닌 작자의 주관적 태도가 보이고 있다는 것은 주목할 만하다. 즉 하늘 같은 끝없는 부모 은혜를 갚을 길이 없다고 지은이는 생각하고 있다. 이는 타인의 생각이 아니라 작자 자신이 그렇게 느끼고 있는 생각이라는 데서 주관적 태도라 할 수 있다. 주관적 태도는 시적 분위기를 유발시킨다. 그러므로 이같은 종장은 생략할 수 없다.   이번엔 중장을 빼고 읽어보자.

> 아버님 날 나흐시고 어머님 날 기르시니
> 하놀フ톤 フ업손 은덕을 어듸 다혀 갑소오리

이렇게 읽어보니 의미상 하등의 장애가 없다. 초장에서는 부모님이 이 몸을 낳고 길렀다는 사실을 밝혔고, 중장에서는 두 분 때문에 살아있다는 사실을 밝혔다. 이렇게 의미를 따져 읽어보니 초장의 사실 안에 중장의 사실이 포함되어 버린다. 그러므로 중장을 빼고 위와같이 읽어도 의미상 하등의 장애가 없게 되는 것이다.

이 시조를 읽어볼 때에 어딘가 모르게 중복되는 인상을 준 것은 바로 이 중장이 원인이었던 것이다. 즉 중장은 초장의 부연 설명이므로 생략되어도 의미상 지장을 주지 않는다.

　　나) 봄날이 졈졈 기니 殘雪이 다 녹거다
　　　　梅花ᄂᆞᆫ 볼셔 디고 버들가지 누르럿다
　　　　아희야 울 잘 고티고 菜田 갈게 ᄒᆞ야라

辛啓榮(仙石遺稿)

이 작품에서도 가)에서와 같이 초장을 빼어버리고 생각해 보자.

　　梅花ᄂᆞᆫ 볼셔 디고 버들가지 누러럿다
　　아희야 울 잘 고티고 菜田 갈게 ᄒᆞ야라

이렇게 하여도 詩意를 전하는데 아무런 불편이 없다. 매화는 지고 버들이 푸르다 못해 누르렀으니 늦봄을 의미한다. 따라서 구태여 초장의 "봄날이 졈졈 기니 殘雪이 다 녹거다"가 꼭 필요한 것은 아닌 것 같다. 필요 없다기보다 있어서 오히려 거추장스럽게 되고 말았다는 느낌이다.

　　이번에는 초장을 두고 중장을 빼보자.

　　봄날이 졈졈 기니 殘雪이 다 녹거다
　　아희야 울 잘 고티고 菜田 갈게 ᄒᆞ야라

이렇게 읽어도 이것 또한 시의를 전하는데 조금도 어색한 구석이 없다.

　　봄날이 점점 길어지니까 남은 눈이 다 녹아버렸다. 이런 봄날이고 보면(반가운 손님이라도 올는지 모르니) 겨우내 손보지 않았던 울타리도 고쳐야 하겠고, 또 채소밭을 갈아서 봄채소를 심어야 하겠다는 것이다. 물론 종장은 여기서도 작자의 시적 태도를 보이는 곳이니까 생략되어서는 안되겠다. 그런데 초장이나 중장 그 어느 것이 생략되어도 무방하다고 한다면 이 두장은 서로 같은 의미의 반복을 뜻한다고 할 수 있다.

그러므로 초장과 중장 둘 가운데 그 어느 하나는 생략되어도 작품상의 의미는 변함이 없게 된다.

그러나 이 두 장의 의미가 똑같은 비중으로 되어 있는 것은 아니다. 초·중장 둘을 비교해서 생각한다면 중장은 초장의 의미안에 다 들어가 버린다. 초장의 사실을 구체적으로 예증한 곳이 바로 중장이기 때문이다.

예증은 어떤 사실에 대한 구체적 제시의 입장이다. 그러므로 이 두장에서 번거로움을 피하기 위하여서 어느 한 장을 줄인다고 한다면 중장이 해당된다는 논리가 서게 된다.

이상, 가), 나)의 시조는 중장은 생략되어도 시의가 흔들리지 않은 시조들이고 이들의 중장은 초장의 사실을 부연 설명하는 입장에서 서 있음을 알았다. 초장과 중장과의 관계를 도표로 생각해 보자.

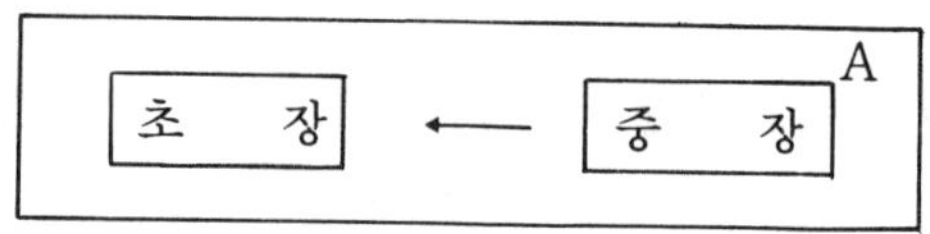

이렇게 두 장이 의미상 하나로 묶여진다. 이를 편의상 A라 한다. A는 종장과 어떤 관계를 유지하는가 하는 것이 다음 문제로 등장한다. 이것도 알기 쉽게 하기 위하여 다음과 같이 생각해 보기로 한다.

1) 아버님 날 나흐시고 어머님 날 기르시니
    (두 분 곳 아니시면 이 몸이 사라실가)
2) 하눌ㄱ톤 ㄱ업슨 은덕을 어듸 다혀 갑스오리

 i) 봄날이 졈졈 기니 殘雪이 다 녹거다

(梅花는 볼셔디고 버들가지 누르럿다)
ii) 아히야 울 잘 고티고 菜田 갈게 ᄒ야라

1)과 2) 사이에 접속사를 넣어 생각한다면 '그러니'가 들어감 직하다. 부모님은 나를 낳고 길러서 나를 살게 하였다. 그러니 이같은 은혜를 어디다 견줄 수 있겠는가 하는 의미를 가지므로 1)과 2) 사이에는 '그러니'가 들어감직하다는 것이다(괄호 속의 중장을 염두에 두지 않고 생각한다면 1)의 끝에 있는 '기ᄅ시니'의 '니'라는 연결 어미가 있어서 굳이 '그러니'가 들어가지 않아도 그 자체에 벌써 '그러니'라는 의미를 가지게 되어 있다.).

ⅰ)과 ⅱ)의 사이에도 '그러니'가 들어감 직하다.

봄날이 점점 길어져서 남은 눈이 다 녹았다. 그러니 울타리도 고치고 채소를 갈 준비를 해야 하지 않겠는가 하는 뜻의 시조이므로 '그러니'라는 접속사가 문맥상 필요해지는 자리이다.

'그러니'라는 접속사는 앞에서 나온 旣知의 사실에다가 또 다른 未知의 사실을 더할 경우에 쓰이는 접속사이다. 그러므로 가)와 나)의 시조는 다음 표에서 보는 바와 같이 종장은 A의 사실을 긍정적으로 받아들이면서 새로운 방향으로 유도하는 역할을 하고 있다고 할 수 있게 된다.[1] 이렇게 볼 때에 A와 종장 사이에는 의미 단락이 있게 되고 이 관계는 다음 표 1)과 같다고 할 수 있게 되었다.

표 Ⅰ)

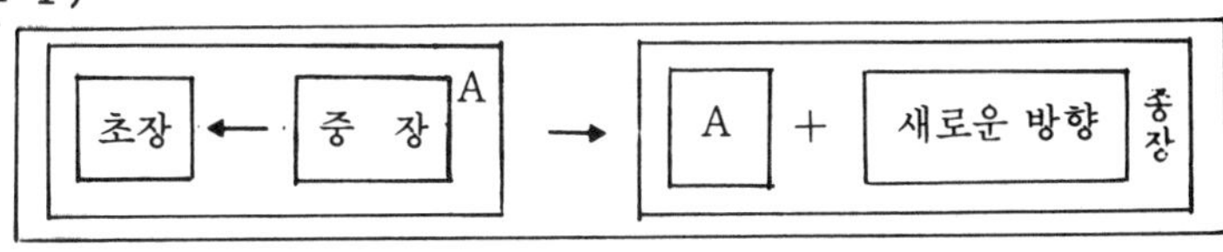

---

1) 짧은 형식 속에다 많은 의미를 함축하는 시가장르에서는 이같이 접속사 또는 접속사에 준하는 어구가 생략되어 나타나는 경우가 많다. 이것을 연결어 생략(asyndeton)이라고 한다.

표 I)의 구조는 단시조 속에만 있는 것이 아니라 장시조 속에서도 찾아 볼 수 있는, 시조 문학 속에 흔하게 발견되는 보편적 구조이다.

어우화 벗님네야 壽夭長短을 恨치 마소
自古로 聖帝明과 仁賢君子라도 天命을 브라거놀 우읍다 泰始皇은 採藥
童女 못 온 前에 沙丘에 魂이 되고 허믈며 漢武帝는 神仙을 求하다가 金丹
에 病이 들어 漢南에 덥힌 威嚴이 武陵松柏 빗소린로다
암아도 太平盛大에 無病無憂홀 쩨 醉코 놀짜 ᄒ노라
朴文郁(靑謠73)

여기서도 "어우화 벗님네야 壽夭長短을 恨치 마소"라는 초장의 사실을 예증하기 위해서 중장의 긴 사설이 왔다. 종장은 초장의 사실을 구체적으로 열거하는 경우가 되어 있으므로 의미상 번거로운 자리가 되어 있다. 종장 앞에는 가), 나)에서와 마찬가지로 '그러니'가 들어감 직한 자리이다. 즉, 벗님네야 수요장단을 한할 것이 못 된다. 그러니 태평성대에 무병무우할 제에 醉하여 놀까 한다는 뜻이 되어 있다.

번거로움을 피하기 위하여 장시조의 예는 하나로 그친다.

장시조의 특징 중의 하나인, 중장이 길어지는 이유도 초장의 사실을 구체적으로 예증하는 바로 이같은 현상이 그 원인의 하나가 된다고 할 수 있다.

Ⅲ. 初章을 위한 中章·2

다음과 같은 시조들은 앞에서 예로 들은 가) 나)의 시조와는 또 다른 구조를 보이고 있는 시조들이다.

다) 이 몸이 죽어죽어 一百番 고쳐 죽어
白骨이 塵土되여 넉시라도 잇고 업고

님 向혼 一片丹心이야 가실 줄이 이시랴

鄭夢周(瓶歌52)

이 시조는 시조 발생기의 시조이므로 어찌 보면 시조 문학의 구조를 밝히는 데에 먼저 예로 들어야 할 작품인지도 모른다. 다)에서도 역시 중장은 초장의 사실을 부연 설명하고 있는 위치에 서 있다. 이 사실을 증명하기 위해서는 좀 번거롭지만 앞에서 행한 바와 같은 절차를 거치기로 하자. 먼저 초장을 생략해 놓고 읽어 보자.

> 白骨이 塵土되여 넉시라고 잇고 업고
> 님 向혼 一片丹心이야 가실 줄이 이시랴

白骨이 塵土가 되고 넋까지도 있든 없든 임 향한 충절은 변하지 않는다는 것이다. 그러나 이같이 읽어보니 '백골'의 주인이 과연 누구인가가 불분명해져 버리고 말았다. 주인공이 누구인지를 모른다면 안 될 일이다.

설사 백골의 주인이 지은이 자신이라는 사실을 미루이 짐작힐 수가 있다고 하자. 그래도 문제가 있다.

초장의 사실이 일백번 고쳐 죽는 일이므로 그 때가 되기만 한다면 백골이 塵土가 되기에 충분한 시간이 될는지도 모르기 때문이다. 이렇게 보니 초장의 사실 안에 중장의 사실이 포함된다고도 볼 수 있게 된다. 그러므로 역시 중장은 초장의 사실을 반복하는 것이라고 할 수 있을 것같다. 그래서 중장을 생략해서 읽어보자.

> 이 몸이 죽어죽어 一百番 고쳐죽어(도)
> 님 向혼 一片丹心이야 가실 줄이 이시랴

이렇게 읽으면 지은이가 말하고자 하는 바가 간명해진다. 종장은 지은

이의 심경을 드러내는 주관적 태도라 할 수 있으므로 생략될 수가 없게
되어 있다.

　초장과 중장의 관계는 A로 나타낼 수 있으니, A와 종장은 서로 맞서
는 입장이 되어 있음도 알 수 있다.

　맞서고 있다는 사실을 더 분명하게 나타내기 위해서 다음과 같이
의미를 붙여 보자.

　　　이 몸이 죽어죽어 一百番 고쳐 죽어→죽다
　　　白骨이 塵土되여 넉시라도 잇고 업고→죽다
　　　님 向흔 一片丹心이야 가쉴 줄이 이시랴→죽지 않다

　이제 종장은 초·중장에 대하여 맞서 있는 위치가 되고 있음을 분명
히 알게 되었다. 이같이 종장이 초·중장에 대하여 맞서고 있는 작품으
로는 다음과 같은 것도 있다.

　　　라) 쓴 ᄂᆞ물 데온 물이 고기도곤 마시 이세→좋다
　　　　　草屋 조븐 줄이 그 더욱 내 분이라→좋다
　　　　　다만당 님 그린 타ᄉᆞ로 시름 계워 ᄒᆞ노라→좋지 않다

鄭　澈(松星20)

　역시 초장과 중장은 같은 의미의 반복임에는 틀림없다. 의미의 반복은
어느 한 쪽이 부연 설명 또는 예증의 입장임을 의미한다. 이 시조를
두고 사람에 따라서는 초장이 생략되어야 한다고 또는 중장이 생략되어
야 한다고 주장할는지 모른다. 그러나 쓴 나물과 물로써만 생활하는
상황은 구태여 초옥 좁은 공간에 대하여 말하지 않아도 되게끔 이미
절박하게 묘사되어 있다. 이렇게 보니 역시 중장은 초장의 가난한 삶을
반복해서 말하는 것으로 이해가 된다. 다시 정리해서 읽어본다.

쓴ᄂ 믈 데온 믈이 고기도곤 마시 이셰
다만당 님 그린 타ᄉ로 시름 계워 ᄒ노라

  이렇게 읽고 보니 종장이 초장의 사실에 맞서고 있음을 분명하게
알 수 있겠다. 그러므로 초장과 중장의 관계는 앞에서 보인 A라고 할
수 있고, A와 종장과의 관계는 서로 대립되는 관계이므로 그 사이에
'그러나'란 접속사를 넣음직하다는 말을 할 수가 있다, '그러나'란 접속사
는 앞과 뒤가 서로 맞서는 위치에 있을 때에 그 사이에 들어가는 접속사
이다. 이같은 다), 라)의 작품은 아래 표Ⅱ)의 구조로 설명할 수 있을
것이다.

표 Ⅱ)

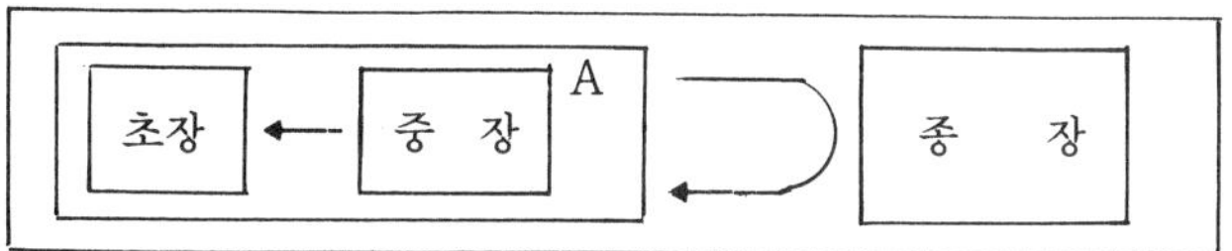

  그리고 이와 같은 구조로 된 장시조로는 다음과 같은 작품이 있다.

  오날놀도 하 심심키로 듁창 열싸리고 遠近山川을 바ᄅ를 보니 봄 드럿고
나 저 남산에 봄이 드럿고나
  누른 것은 ᄭᅬᄭᅩ리이요 푸른 것은 버들이라 黃金 갓흔 ᄭᅬᄭᅩ리는 황금 ᄯᅥ덜
쳐 입고 楊柳間으로 往來를 ᄒ고 白雪갓흔 흰 나븨는 素服단장을 ᄯᅥ덜쳐
입고 ᄭᅩᆺ을 보구서 반긔는데 靑天白日에 쓴 기럭기오 소상강수로 날아를
드는데
  우리 연연ᄒ고 틀틀흔 친구는 어ᄂ 방촌으로 돌아를 가시고 요늬 일신
어루만져줄 줄을 모른단 말이가

                                            지은이 모름(樂高910)

  초장은 봄이 찾아왔다는 사실을 감지하는 것으로 끝을 내었다. 중장은
봄이 찾아온 구체적 사실을 예증하고 있다. 종장은 이런 봄날 "연연ᄒ고

틀틀혼 친구"는 지은이 곁에 있어 주어야 함에도 불구하고 "어느 방촌으로 돌아를 가시고"없으니 안타깝다는 주관적 태도를 보이고 있다.

중장은 초장의 사실을 예증하고 있으므로 초·중장은 A로 나타나고, A와 종장은 서로 맞서는 자리가 되어서 표 Ⅱ)의 구조가 되는 셈이다.

시조 문학 속에는 이같은 구조를 보이는 작품들이 흔하게 보이고 있다.

Ⅳ. 終章을 위한 中章

다음의 시조도 앞에서는 볼 수 없었던 새로운 구조를 보이는 시조의 예다.

> 마) 술 먹고 노난 일을 나도 왼 줄 알건마는
> 信陵君 무덤 우희 밧 가는 줄 못 보신가
> 百年이 亦草草ᄒ니 아니 놀고 엇지 ᄒ리

申　欽(瓶歌232)

이 시조의 중장에서 말한 신릉군 무덤이 밭이 되었다는 사실은 종장의 "百年이 亦草草ᄒ니"의 한 예증에 해당된다고 할 수 있다. 즉 종장은 신릉군 무덤이 밭이 되었으니(百年이 亦草草ᄒ니) 아니 놀고 어찌 하리로 생각할 수 있는 것이다. 그러므로 이같은 사실을 감안하여 다음과 같이 중장을 생략해 본다.

> 술 먹고 노난 일을 나도 왼 줄 알건마는
> 百年이 亦草草ᄒ니 아니 놀고 엇지 ᄒ리

이렇게 읽고 보니 앞에서 말한 바대로 중장은 종장의 예증에 해당함이 더 분명해졌다. 중장이 종장을 뒷받침해 주는 위치라는 사실을 발견하게 된 것이다. 중장과 종장과의 사이를 표로써 보이면 다음과 같다.

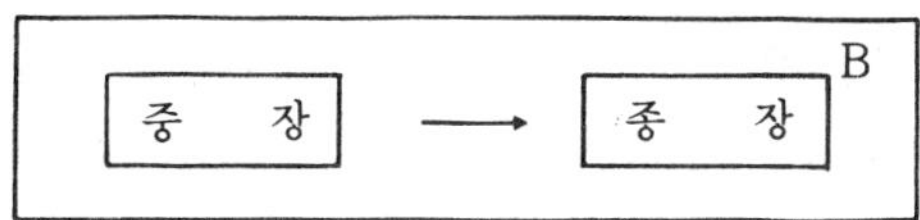

그리고 이 B와 초장과의 관계는 서로 맞서는 입장임을 알 수 있다.

술 먹고 노는 일이 그른 일인 줄 알지만 그러나 百年이 亦草草해서 아니 놀고 어쩔 수 없다는 내용이 되고 있으므로 초장과 B와의 사이에는 역접의 접속사 '그러나'가 들어감 직하다고 말할 수 있다.

종장은 앞에 든 시조와 마찬가지로 작자의 의중이 나타나 있는 곳이니까 생략해서는 안된다.

> 바) 梨花에 月白ᄒ고 銀漢이 三更인지
> 　　一枝春心을 子規야 알냐마는
> 　　多情도 病인양 ᄒ여　ᄌᆞᆷ못 일워 ᄒ노라
>
> 李兆年(瓶歌50)

이 시조를 이렇게 해석해 보면 어떨까.

배꽃이 달빛에 더 희게 보이는 깊은 밤에 어디선가 자규가 울고 있다. 자규는 一枝春心을 알아서 그렇게 운다고 할 수야 없을 것이다. 그러나 작자는 자규와는 달리 一枝春心(多情)에 겨워서(病인양 하여) 잠을 못이루고 있다. 즉 자규는 一枝春心을 모르면서 잠을 못 이루지만, 그러나 작자는 一枝春心을 너무 많이 알아서 그것이 차라리 병이 되어 잠을 못이룬다는 의미로 해석해 보는 것이다. 이 관계를 알기 쉽게 다음과 같이 의미를 붙여보자.

> 梨花에 月白ᄒ고 銀漢이 三更인지 →잠들어 있어야 할 깊은 밤
> 一枝春心을 子規야 알냐마ᄂᆞᆫ→잠 안듦
> 多情도 病인양ᄒ여 줌 못 일워 ᄒ노라→잠 안듦

이렇게 보니 초장은 중장·종장과는 의미가 다르게 나타나고 있음을 알 수 있다. 중장과 종장은 다 같이 깊은 밤인데도 불구하고 잠들지 못하고 있는 것들을 들먹이고 있는데, 하나는 자규이고 하나는 지은이 자신이라는 것이다. 잠들지 못하는 것으로는 자규와 지은이가 같은 처지 이지만 잠들지 못하는 이유에서 보면 서로 다르다. 자규는 일지춘심 때문에 잠 못 드는 것이 아닌 다른 이유 때문에 잠 못 드는 것이고 지은 이는 일지춘심 바로 그것 때문에 잠 못 들어 하는 것이다. 그러므로 자규의 잠 못 들어 하는 것은 지은이의 잠 못 들어 하는 것과 대조가 되어서 지은이의 잠 못 들어하는 것을 더 간절하게 말해주려고 동원되 어 있음을 알 수 있다. 따라서 중장과 종장의 관계는 앞에서 말한 B로 묶을 수 있고 초장과 B는 서로 맞서는 위치에서 서 있음을 알 수 있으 니, 이와 같은 구조를 보이는 마)와 바)의 시조는 다음의 도표로써 설명 할 수 있는 것이다.

표 Ⅲ)

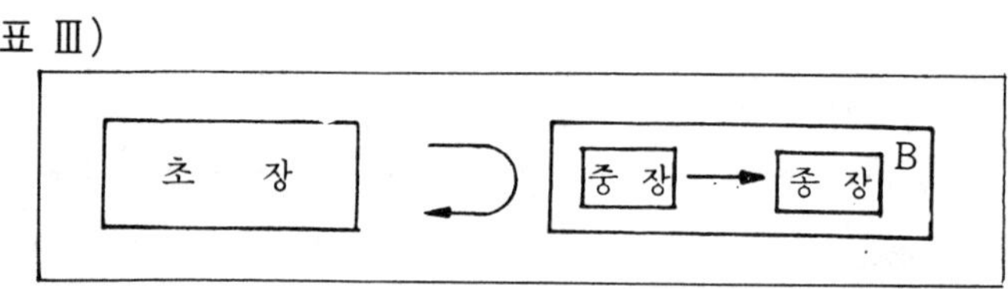

그리고 이같은 구조의 장시조로는 다음과 같은 작품을 들 수가 있을 것이다.

> 七年旱 九年水에도 人心이 淳厚커든→인심순후
> 國泰民安ᄒ고 時和歲豊ᄒ되 人情은 險陂千層浪이오→인심각박

엇덧타 古수이 다른 줄을 못니 슬허ᄒᄂ노라→인심각박

金壽長(海周532)

초장과, 중장·종장 사이에는 의미 단락이 이루어져 있고 종장은 역시 주관적 태도를 보이고 있어 중장과 종장과의 관계는 B로 나타낼 수 있을 것 같다. 이것은 초장과 B와의 관계가 대립되므로 표 Ⅲ)으로써 설명되는 작품이다.

V. 結合的 關係로서의 初·中章

앞에서 예로 보인 작품들은 그 종장이 모두 초장이나 종장을 부연 설명 또는 예증하는 작품들이었다. 그렇기 때문에 중장이 생략되어도 그 작품의 전체적인 의미가 통하지 않게 되거나 아주 어색하게 되지 않았다. 그러나 시조문학 속에는 이와 같은 시조들만 있는 것은 아니고 다음과 같이 어느 장이든 생략되어서는 안 되는 작품들도 있는 것이다.

> 사) 내 버디 몃치나 ᄒ니 水石과 松竹이라
>   東山의 돌 오르니 긔 더옥 반갑고야
>   두어라 이 다ᄉᆺ밧긔 또 더ᄒ야 머엇ᄒ리

尹善道(孤遺13)

> 아) 집이 집이 아냐 烟霞아 내 집이오
>   벗이 벗이 아냐 風月이냐 내 벗이되
>   집 잇고 벗 어든 後니 萬事無心 ᄒ여라

安瑞羽(兩棄齋散稿)

사), 아)의 작품에서 보면 초장과 중장이 다시 종장에서 종합되고 있음을 본다. 그러므로 초장과 중장은 어느 장도 의미 중복이 되어 있지

않고 꼭 있어야만 하는 요소로 구성되어 있다. 다시 설명하자면 사)의
종장에서 말한 다섯 벗이 초장에 넷, 중장에 나머지 하나가 등장하므로
중장이 없어서는 종장의 사실이 증명되지 않는다. 아)에서도 마찬가지
다. 초장은 집, 중장은 벗을 이야기하는데 종장은 집과 벗을 한꺼번에
들먹여서 이들만 있다고 한다면 만사무심하다는 것이므로 초장도 중장
도 또한 종장도 빠져서는 안되는 것이다. 물론 사), 아)의 종장은 지은
이의 주관적 태도를 보이는 곳이므로 더욱 뺄 수가 없다. 이같은 사),
아)의 초장·중장의 관계를 표로 그려보자.

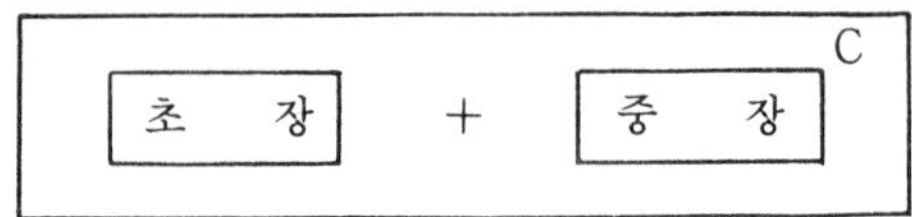

C와 종장과의 관계는 어떤가.

C와 종장 사이에는 '그러니'가 들어감 직하다. 곧 다음의 표가 성립된
다.

표 Ⅳ)

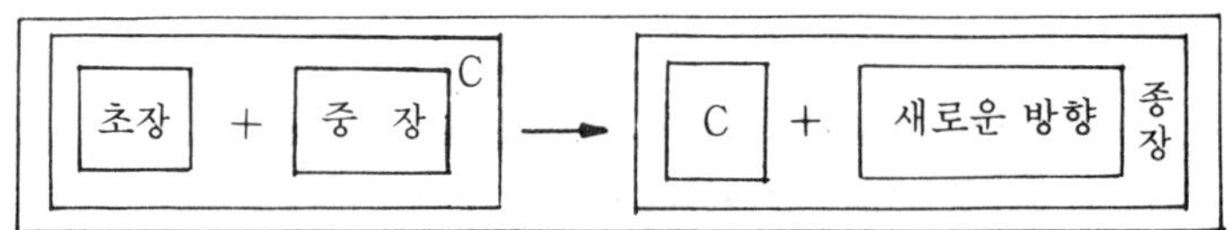

그리고 이같은 구조는 다음의 장시조에서도 볼 수 있다.

    불 아니 ᄯᅵ일지라도 藕노 익ᄂᆞᆫ 솟과
    너무쥭 아니 먹어도 크고 슬져 흔건ᄂᆞᆫ 몰과 질숨ᄒᆞᄂᆞᆫ 女妓妾과 술십ᄂᆞᆫ
酒煎子와 胖보로 낫ᄂᆞᆫ 감은 암쇼 두고
    平生의 이 다ᄉᆞᆺ 가져시면 부를 거시 이시랴
지은이 모름(瓶歌961)

초장은 솥에 대하여 중장은 말과 여기첩과 주전자와 암소에 대하여

말하였다. 종장은 이 다섯을 종합하여 이것들을 가지고 싶다고 했다. 그러므로 이것은 초장과 중장과 종장 그 어느 장도 생략해서는 안 된다. 곧 표 Ⅳ)와 같은 구조를 보이고 있는 작품인 것이다.

Ⅵ. 連鎖的 關係로서의 三章

다음의 시조도 앞의 장의 시조에서와 같이 생략될 곳이 없는 시조다. 그러나 앞 장에서 보인 표 Ⅳ)와는 서로 연결 구성이 다르다고 하겠다.

> 자) 나븨야 靑山에 가쟈 범나븨 너도 가쟈
>   가다가 져무러든 곳듸 드러 자고 가쟈
>   곳에셔 푸對接ᄒ거든 닙헤셔나 즈고 가쟈
>
> 지은이 모름(靑六419)

> 차) 草堂에 깁히 든 줌을 새소리에 놀라 씨니
>   梅花雨 긴 가지의 多陽이 거의로다
>   아희야 낙딘 뇌에라 고기잡이 져무럿다
>
> 李華鎭(甁歌327)

자)의 시조를 사건의 전개에 따라 나누어 보면 이렇다.

1) 나비 청산감
2) 범나비도 청산감   초   장

3) 가다가 저물음
4) 꽃에 들어 자고 감   중   장

5) 꽃에서 푸대접함
6) 잎에서나 자고 감   종   장

사건이 연속적으로 전개되어 있음을 알 수 있다. 사건이 연속적이기 때문에 어느 장이든 빠져서는 안되고 어느 장도 앞뒤순서를 바꾸어서도 안 되는 묘한 작품이 되어 있다. 또한 각 장마다 작자의 주관적 태도를 보이고 있는 것도 다른 작품에서는 볼 수 없었던 점이다.

차)의 시조도 사건의 전개에 따라 나누어 본다.

1) 초당에서 잠을 잠
2) 새소리에 깸 　　　초　　장

3) 매화꽃이 날리다가 멈춤
4) 석양이 다 됨 　　　중　　장

5) 낚싯대 챙김
6) 고기잡이 감 　　　종　　장

이것 역시 초장이 원인이 되어 중장을, 중장이 원인이 되어 종장을 유발하는 연쇄적 반응을 보이는 작품이다. 이같은 시조들은 초장, 중장, 종장의 차례가 정연하게 전개되어 어느 한 장을 뺄 수도 또 순서를 바꿀 수도 없게 되어 있으므로 아래의 도표로 나타낼 수가 있겠다.

표 Ⅴ)

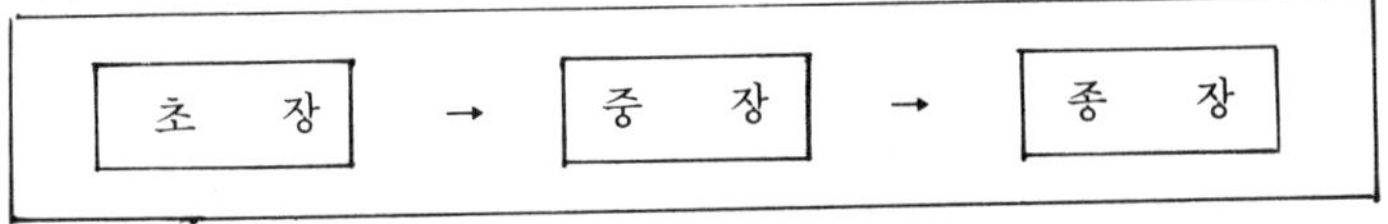

이같은 구조는 다음의 장시조에서도 볼 수 있다.

藥水 三千里 江上의 달 들고 돗 달고 키 나려 노코 順風 만나 急히 가난
비야 게 暫 섯거라 말무러 보자
　　그 비 船人 對答ᄒ되 우리 船人은 奉命으로 西天价洲로 戰船大同 실너
가난 비오.
　　眞實노 그럴진듸는 쌜니 行船ᄒ여라

　　　　　　　　　　　　　　　　　　　　　지은이 모름(調詞66)

이 시조는 대화체이다. 단시조에서는 대화체가 썩 드물다. 그러나 장시조에서는 자주 나타난다. 단시조는 글자의 자수 제한이 두드러지기 때문에 대화체를 작품 속에 도입하기에는 무리가 생긴다. 그러나 장시조에서는 글자의 자수제한이 심하지 않기 때문에 대화체의 도입이 자연스럽게 이루어질 수가 있는 것이다. 초장은 물음에 해당하고 중장은 그 물음에 대한 답에 해당하고 종장은 답에 대한 물은 이의 판단에 해당하므로 어느 장도 빼어서는 안 되고, 또 순서가 틀려서도 안 되는 구성으로 되어 있다. 그러므로 앞에서 보인 표 V)로 설명이 되는 시조이다.

Ⅶ. 結　論

1) 고시조에 있어서 초장, 중장, 종장의 각 장은 다른 것과 어떤 의미 연결을 이루고 있는가 하는 점을 살펴 본 결과, 다음과 같은 표를 얻을 수 있었다.

표 Ⅰ)

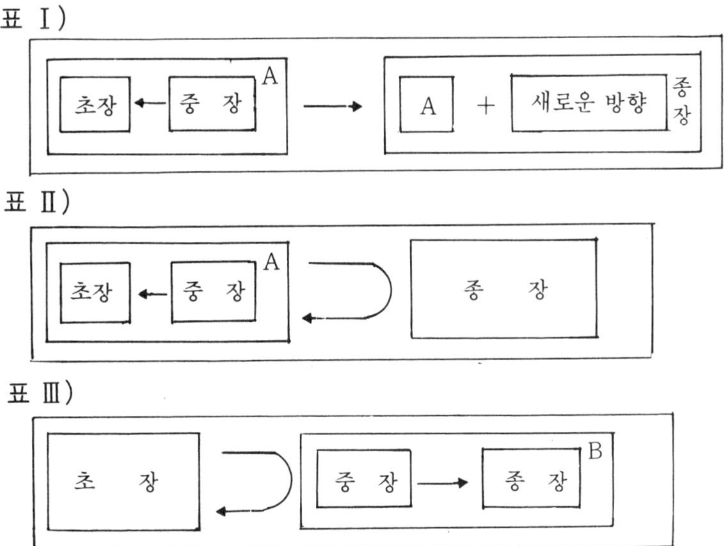

표 Ⅳ)

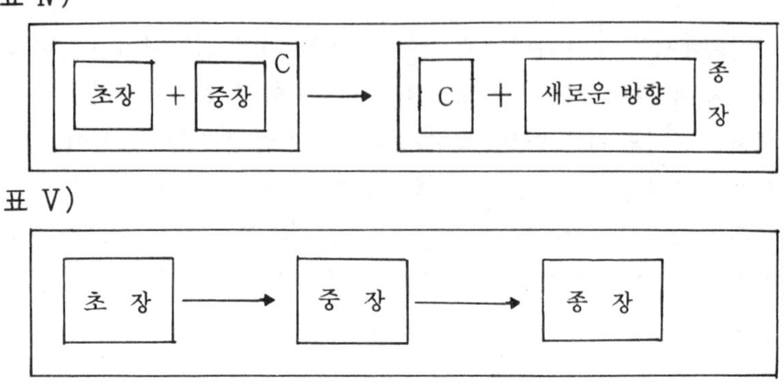

표 Ⅴ)

이상의 이 다섯 유형 말고는 잘 보이지 않는다.[2]

이 표들에서 보면, 시조 문학은 3장으로 되어 있지만, 이 3장이 어떤 땐(표 Ⅴ) 3장이 독립적 기능을 하여 이 3장 끼리 유기적으로 결합하기도 하고 또 어떤 땐 (표 Ⅰ Ⅱ Ⅲ Ⅳ) 2장이 어울려 큰 하나의 의미덩어리가 되어서 나머지 1장과 유기적으로 결합하기도 한다는 사실을 알수 있다.

2) 위의 다섯 유형 중에서도 표 Ⅰ)과 표 Ⅱ)의 구조가 흔하게 보이는 구조이다.

3) 종장은 일반적으로 작자의 주관적 태도를 보여주는 자리로 되어 있다.

4) 위의 1), 2), 3)의 사실은 비단 단시조 뿐만 아니라 장시조에서도 그대로 통하는 것이다. 그러므로 장시조는 음보율에 있어서는 단시조와 다르지만 각 장을 연결하고 있는 그 연결상의 의미 구조는 단시조와 같다고 할 수 있다.

이상과 같은 사실은 다음과 같은 문제를 푸는 데에 공헌할 수가 있을

2) 여기 이 다섯 유형 외의 다른 유형이 발견되면 훗날 다시 보완하겠다.

것이다.

첫째, 시조의 발생을 민요에서 잡는다고 한다면[3] 민요와 시조와의 비교 연구는 필연적이다.

민요 중에서도 모노래 같은 것이 시조에 가장 가까운 형식이 되고 있는데 이 모노래는 앞노래와 뒷노래가 서로 짝을 이루어 2행으로 되어 있는 것이 보통이다. 또한 한 행은 4음보로 되어 있다.

앞에서 시조 문학은 3장으로 구성되어 있지만 의미상으로는 2장 구성으로 된 시조가 많았음을 보았다. 이와 같은 의미에서 이 두 노래(시조와 민요)는 대조해서 살필 수 있는 여건이 되고 있다. 또한 모노래의 앞뒤 연결 구성과 시조 문학에서의 각 장의 연결구성이 닮거나 같거나 하는 점이 있을 것이므로 이같은 사실을 밑받침해서 시조의 발생을 민요에서 잡아보는 일은 바람직하다고 하겠다(차후 이 점에 대해 논하고자 한다).

둘째, 일찌기 이은상님은 양장시조라 하여 초장과 종장만으로 된 시조를 창안하였다.

이 양장시조를 창안하게 된 근거를 표 Ⅰ), 표 Ⅱ), 표 Ⅲ)과 같이 시조는 3장이지만 실지 의미는 2장이라고 하는 점에서 잡았다고 한다면 어느 정도 수긍이 간다고도 할 수 있다. 그러나 아시다시피 시조의 의미 구조가 비단 표 Ⅰ), 표 Ⅱ), 표 Ⅲ)과 같이 의미상 2장으로만 되어 있는 것이 아니고, 표 Ⅳ), 표 Ⅴ)와 같이 3장 모두가 실질적 의미를 가지는 경우가 있으므로 양장시조는 일부 시조 문학이 가지고 있는 성격을 변용한 형태라고 할 수 있다.[4]

---

3) 특히 조 동일님은　시조의 발생 근거를 모노래에서 찾으려고 하였다.
   (國語國文學 第十八輯, 영남대학교, 국어국문학과)
4) 이은상님이 양장시조를 짓기 시작한 것은 시조 문학의 의미 구조에서 시사받았다기보다 2행으로 된 일본 시가문학에서 시사받은 것이 아닌가 한다.

세째, 장시조 중에는 각 장을 어디서 끊어야 할지 애매할 경우가 있을 것이다. 이때 앞의 유형들이 참고될 수 있을 것이다.

네째, 고시조가 그렇게 긴 생명을 유지할 수 있었던 이유 중의 하나를 이같은 구조에서 찾을 수도 있을 것이다. 이런 구조들이 우리 민족의 성정에 잘 융합될 수 있는 일면일는지도 모르기 때문이다.

다섯째, 현대 시조 시인들은 시조를 지을 때, 음보율이라고 하는 외형적 형식에 치우치는 경향이 있다. 이렇게만 생각한다면 전통적 시조에서 벗어나거나 차이를 보이는 시조가 될 수 있겠다.[5]

---

5) 현대 시조는 이같은 전통적 시조에서 탈피해야만 한다고 주장하는 시조 시인도 있을 수 있을 것이다. 만약 그렇게 생각한다면 현대시조는 자유시와 음보율의 차이밖에 없게 된다. 달리 말하면 시인이 자유시라고 쓴 작품속에서 시조 작품을 발견하게 되는 경우도 흔하게 있게 될 것이다. 그렇게 된다면 시조의 독자성에 많은 손상을 입게 될 것이다.

2. 唱詞로서의 時調文學

I. 序　論

　시조문학이 다른　문학과 구별되는 점 중의　하나는 시조문학이 창(시조창과 가곡창)을 하기 위한 창사였다는 점이다. 그리고 창사라는 점에서는 단시조와 장시조는 같은 입장이다.

　시조문학이 창의 가사였다고　한다면, 거기에는 창의 가사에 적합한 여러 요소들이 내재해 있다고 할 수 있다. 과연 어떠한 요소들이 있어서 시조 분학은 창사로서의 역할을 수행할 수 있었던가.

　이 점은 창과 시조문학과를　결부시켜서 생각해야 하므로, 대단히 어려운 문제 중의 하나이고 어려운 문제이기 때문에 여태 보류되어온 실정이 아니었던가 한다. 그러나 어려운 문제라고 해서 언제까지나 보류되어야 할 일은 아니므로, 이 방면의 연구는 계속 시도되어야 한다. 이 논문은 이 방면의 연구에 대한 시도이다.

II. 唱法과 唱詞

　시조문학이　창사라고 한다면 창이 있고 난 연후에　시조문학이 만들어진 것인가, 또는 시조문학이 만들어지고 난 연후에　창이 만들어진 것인가, 아니면 이 둘이 동시에 만들어진 것인가 하는 의문이 생긴다. 그러나 이 의문은 이 논문이 목적하는 바와는 직접적 연관이 없다. 처음 시작이야 어찌되었건 시작에서 비롯되어 온 결과는 창을 하기 위한 창사로서 계속 창작되어 왔던 것이 시조문학이다.

만약, 오늘날 시조 형식과는 다른 시조의 원형이 있었는데 그것이 처음에는 창의 형식과 잘 들어맞지 않았다고 한다면, 그 시조 원형은 차츰 창과 맞게 조정되어 오늘의 시조 형식이 되었을 것이고 그렇지 않고 창의 원형이 있었는데, 그것이 처음에는 창사 형식과 잘 들어맞지 않았다고 한다면, 그 창의 원형은 차츰 창사에 조정되어 오늘의 창의 형식이 되었을 것이다. 또 한편으로 생각하면, 처음부터 시조의 형식과 창의 형식이 잘 조화되어서 오늘날까지 전해왔거나 아니면 처음부터 시조 형식과 창의 형식이 오늘의 것과는 거리가 있는 것이었으나 차츰 이 둘이 수정되어 오늘에 이르렀을 가능성도 있다.

그것이 어찌되었건 간에 오늘날 전해오는 시조문학은 창과 밀접한 연관을 맺고 계승되어온 존재물임에는 틀림없다. 다시 말하면 현존의 작품들은 唱이 主가 되고 詞가 從이 되어 창에 조화된 창사로서 계승되어 온 것이다. 오늘날 전해오는 시조의 창이 과거의 것에서부터 다소 변화되었다고 하더라도(충분히 예측할 수 있는 일이다) 창법의 근본적인 문제가 흔들렸다고는 할 수가 없다. 음악의 형식은 상당히 보수적이기 때문에 쉽게 흔들리지 않을 뿐더러 흔들렸다고 하더라도 미세한 부분일 것으로 추측되기 때문이다(창에 큰 변화가 있었다면 거기에 따라 창사도 변화를 겪었을 것이다).

시조문학은 시조창으로도 불리워졌었다. 그렇기 때문에 시조문학은 이 두 창법에 두루 통할 수 있는 창사형식이었다. 먼저 시조문학의 형식과 창법과의 연관을 따져보기로 한다.

1. 短時調의 경우

시조창은 3장 형식으로 불리운다. 시조문학에서 초·중·종장이라는
용어는 원래 시조창에서 쓰던 용어이었는데 이것이 그대로 문학상의
용어로도 통칭되어 사용되고 있다. 이렇게 초·중·종장이라는 용어가
음악과 문학에 서로 통칭될 수 있는 것은 시조창의 3장 형식[1]과 시조
문학의 3장 형식이 서로 조화롭게 만나고 있기 때문이다.

　시조창을 현대 악보로 옮긴 것[2]을 다시 정리하여 살펴보면 대체로
다음과 같은 숨과 쉼이 배열되어 있음을 알 수 있다. 여기서는 단시조를
예로 든다.

　　1) 泰山이 ① 높다 ᄒ되② 하늘 아·~릭 뫼히로·~다⑧
　　　　오로고·또·~오르·~면 못오를·~理업건·~마는⑬
　　　　사롬이·제 아니 오르·~고 뫼홀 높다㉓
　　※ 瓶歌 639를 時調唱의 경우로 표기하였다.
　　　　○은 쉼(숫자는 쉼의 크기), ·은 숨, 그리고 ~은 앞 음절이 숨을 지나
　　　　다음으로 계속될 경우를 의미한다. 이 표는 현대 악보에 나타나 있는
　　　　것과 창을 하는 분들이 실제로 창하는 소리를 참고해서 만들었다.

　물론 시조창에는 지방에 따라 조금씩 다른 여러 창법 형태가 있지만
단시조를 창할 때에는 장단이나 휴지(숨과 쉼)에 있어서는 큰 차이가
없기 때문에 이런 표를 만들 수 있다.

　초장 첫음보 다음에 오는 휴지를 ①이라 할 때 둘째 음보 뒤에는 ②,
그리고 초장 끝음보 뒤에는 ⑧, 중장 끝에는 ⑬, 종장의 끝에는 ㉓이
온다. 종장 끝에서 이렇게 긴 휴지가 오는 것은 시조창의 경우엔 종장
끝음보(여기서는 'ᄒ더라')가 생략되므로 그러한 생략에 따르는 보상적

---

1) 가곡창도 애초에는 3장형식이 있었다는 주장이 있다[이병기, 時調論
　　(現代, 1권2호, 1957)].
2) 김기수 편보 : 한국음악 제9집(대한공론사, 1972), p.63.

휴지(여음)가 오기 때문이다.

장이 끝나는 자리마다 긴 휴지가 오는데, 긴 휴지가 와도 창사의 의미가 흩어지지 않기 때문에 이것이 가능해진다. 다르게 말하면 긴 휴지가 오기 때문에 긴 휴지 앞에서 창사는 일단 의미가 정리되어야 하는 것이다.

실제로 시조 작품을 보면 장이 끝나는 곳에서는 예외없이 연결어미나 종결어미가 옴을 알 수 있다(물론 종장에서는 틀림없는 종결어미로 되어 있다). 의미상으로 보면 연결어미도 종결어미에 접속사가 더해져서 만들어진 상태라 할 수 있다. 가령 1)에서 '업건마는'은 '없다. 그렇건마는'이 줄어든 형태이다(물론 의미의 미세한 부분에 있어서는 이 두개가 같을 수가 없다). 그러므로 의미상으로는 각장의 끝은 종결어미가 수반되어 있다고 할 수 있다. 이 말은 각장은 하나의 의미의 매듭(semantic phrasing)으로 이룩되어 있다는 말과 통한다.

각장의 끝에 긴 휴지가 온 것은 음악상으로는 음악적 장의 끝을 의미하는 음악상의 휴지(musical pause)이지만 문학상으로는 문학적 장의 끝을 의미하는 논리상의 휴지(logical pause)인 셈이다. 이러한 문학상의 휴지와 음악상의 휴지가 조화를 이루고 있는 문학 형태가 唱詞(歌詞)이다. 그리고 시조 문학은 다름아닌 창사이기 때문에 음악의 章과 문학의 章이 일치하고 있음을 알 수 있다. 즉 唱과 唱詞가 조화되어 있음을 알 수 있는 것이다. 조선조 시대의 작가들은 이처럼 창과 창사의 조화에 대하여 많은 배려를 했던 것으로 보인다. 가령, 孤山의 어부사시사는 창과 창사의 조화를 위하여 많은 배려가 있음을 알 수 있게 해주는 시가다.

> 2) 우는 거시 벅구기가 프른 거시 버들숩가
> 이어라 이어라
> 漁村 두어집이 닛속의 나락들락
> 至匊忽 至匊忽 於思臥

　　　　말가훈 기픈 소회 온간 고기 쒸노ᄂ다　　　　　　　（孤遺 30）

　　어부사시사의 작품들은 모두 行의 끝에 종결어미가 있다. 다른 시조 작품에서는 章의 끝이 연결어미나 종결어미로 되어 있지만, 章의 끝이 모두 종결어미로 되어있지는 않다. 그런데 어부사시사의 行 끝이 모두 종결어미로 되어있는 것은 무슨 확실한 이유가 있는 것 같다.

　　어부사시사에는 시조 작품에는 없는 中斂[3]이 있다. 이 中斂은 배의 운행과 정지에 해당하는 말로 되어있기 때문에 중렴 앞에서 歌意는 보다 확실한 의미로 정리되어야 한다. 그래야만 다음에 오는 중렴의 노랫말과 혼란이 일어나지 않게 된다.[4] 중렴이 오지 않고 휴지가 온다면 굳이 종결어미로 끝맺을 필요가 없게 된다.

　　여기서의 중렴의 기능은 창의 입장에서 볼 때 대단히 중요하다고 본다.

　　첫째, 중렴은 詩歌上의 상상적 위치를 현실적 위치로 실감하도록 해준다. 唱者나 聽者가 위치하고 있는 곳이 船上이 아니라 하더라도 창자나 청자가 詩歌上에 나타난 선상의 위치로 실감나게 해준다는 것이다.

　　둘째, 중렴은 창자가 창하는 부분이 아니라 창자가 창에 동참하는 부분으로 보여진다. 중렴까지도 唱者가 창하게 된다면 휴식을 못가진

────────────

3) 되풀이 되는 노랫말에는 前斂, 中斂, 後斂이 있다. 간혹 이것과 餘音을 혼동하는 경우가 있는데 餘音은 노랫말이 없이 일정한 악기 연주만 계속 되는 상태를 말한다.

4) 중렴이 삽입됨으로 해서 어부사시사는 단시조와 같은 유기적 결합체가 되지 못하고 말았다. 시조는 단순한 音步나 音數의 나열이 아니라. 유기 적 결합체인 것이다〔필자의 '時調의 意味構造（釜山大 人文論叢 제20집）' 참조〕. 또한 시조의 종장은 詩想의 마무리가 일어나는 곳이지만, 어부사 시사의 3행은 시상의 마무리가 일어나지 않고 있다. 물론 3행의 이러한 성질 때문에 40수의 어부사시사를 가능하게 하였지만, 또 이러한 성질때 문에 어부사시사를 시조 작품이라고 말하기 어렵게 하고 있다.

창자가 창을 계속하기가 어렵게 되는 것은 당연하다. 중렴의 노랫말들은 판소리에서의 추임새와 같이 창자가 잠시 쉬는 휴식 공간 을 청자가 메꾸어 줌으로해서 창의 진행을 순조롭게 할 뿐 아니라, 중렴의 노랫말들(모두 명령문임을 상기할 필요가 있다)은 창자로 하여금 다음에 계속되는 창을 더 熱唱하도록 고무시키는 기능을 한다.

결국, 孤山은 창과 창사와의 조화에 대하여 깊은 배려가 있었던 사람임을 알 수 있다. 그러나 孤山 뿐 아니라 그 당시의 많은 사람들이 이러한 배려를 깊이했던 것으로 보인다.

다시 어부사시사를 두고 생각해보기로 한다.

孤山의 어부사시사가 다른 시조집에 실렸을 때에는 수정이 가해졌는데, 2)는 다음과 같이 수정되어 나타나 있다.

> 3) 우는 거시 벅구기가 프른 거시 버들숩가
> 　　漁村 두어집이 내 속의 날낙들낙
> 　　두어라 말가흔 깁흔 소의 온갓 고기 뛰노는다
>
> 　　　　　　　　　　　　　　　二數大葉 尹善道(瓶歌 301)

3)에서는 2)에 있던 중렴을 빼버리고 또 3행에 '두어라'를 첨가하여 단시조의 일반적 형태로 바꾸어 놓았다. 다른 시조집에서는 3행을 '夕陽에　싸일흔 갈멱이는 오락가락 ㅎ더라" 또는 "아 희야 시 고기 오른다 헌 그물을 기버라" 등, 원작과는 거리가 먼 말들로 바뀌어져 있다. 어부사시사 40수가 孤山遺稿 외의 다른 시조집에 모두 실려있지는 않지만, 다른 시조집에 실려 있는 작품들은 모두 3행이 수정되어 있는 것이다. 이처럼 원작을 수정하게 된 것은 어부사시사가 단시조의 일반적 형태와 거리가 있어 단시조를 얹어부르던 창의 형식에 알맞지 않다는 점에서일 것이다.

중렴은 단시조에서는 없기 때문에 이것을 빼버리면 되지만 중렴만

빼버리면 어부시사는 단시조가 된다고 할 수 없다. 그렇게 해도 단시조가 갖고 있는 유기적 결합 형태와는 차이가 있을 뿐더러, 특히 3행은 종장과 거리가 있기 때문이다.

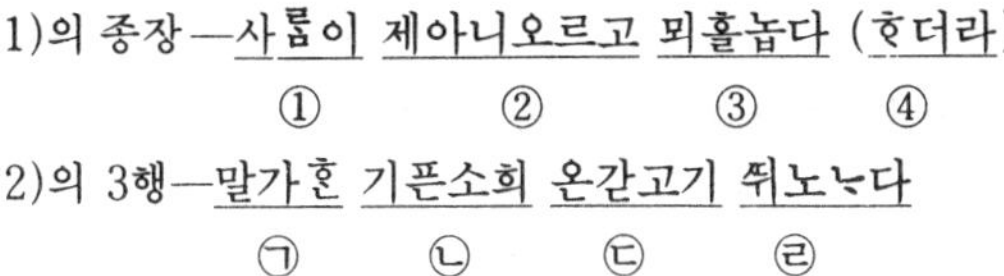

  1)의 종장─사룹이 제아니오르고 뫼홀놉다 (호더라)
              ①   ②   ③   ④
  2)의 3행─말가흔 기픈소회 온갇고기 쒸노ᄂ다
            ㉠   ㉡   ㉢   ㉣

  2)의 3행을 4음보로 본다면 1)의 종장 ②에 해당하는 2)의 3행 ㉡은 음수 부족의 음보임을 알 수 있다. 단시조에 있어서 종장 둘째 음보(여기서는 ②)가 5음절 이상으로 되어있는 것은 문학적 측면에서도 그렇게 되어야 할 논리적 필연이 있지만, 음악적 측면에서도 唱과의 조화를 위해서는 5음절 이상이 되어야만 자연스러워진다고 하겠다. 그러므로 시조창의 입장을 감안한다면 2)의 3행은 다음과 같이 3음보가 되어야 하는 것이다.

  ㄱ) 말가흔 기픈소회온갇고기 쒸노ᄂ다

  이렇게 보면 ㄱ)은 1)의 종장과 같이 시조 창으로 부를 때의 종장형식이 되어 있는 상태다.
  다시 한번 확인하지만 시조창의 경우엔 종장 끝음보가 생략된다. 그렇다면 孤山은 아예 종장 끝음보가 생략되는, 시조창의 형식에 맞추어서 창사인 어부사시사를 지었을까. 이 점은 속단하기 어려운 문제지만 그랬을 가능성은 충분히 있다. 그런데 문제는 3)이다. 3)의 종장은 다음과 같다.

  ㄴ) 두어라 말가흔깁흔소의 온갓고기 쒸노ᄂ다

ㄱ)은 끝음보의 생략이 필요없는 시조창하기에 적당한 형태라고 한다
면, ㄴ)은 '두어라'가 첨가되어 있기 때문에 끝음보 '쉬노ㄴ다'가 생략되
어야만 시조창하기에 적당한 형태가 된다. 시조창을 겨냥했다면 ㄱ)을
ㄴ)으로 고칠 필요가 없는 것이다. 그러나 ㄴ)은 시조창을 겨냥한 것이
아니었다. 3)에서 二數大葉이라는 歌曲唱의 곡조명이 보이는 바와 같이
3)은 가곡창을 겨냥한 수정이라고 보아야 옳다. 어부사시사에 수정을
가한 작품들에는 이렇게 가곡창의 곡조명이 표기되어 있는데, 이러한
사실이 이를 입증한다. 그러나 근본적으로 ㄴ)은 시조창으로 창하기에
어색한 일면이 있다.

　단시조 종장 끝음보는 생략되어도 다시 원래 뜻대로 복원할 수 있는
말들이 와 있는 자리다('하다'용언이 이 자리를 압도적으로 많이 차지하
고 있는 것도 이와 유관하다).[5] 그런데 ㄴ)의 끝음보 '쉬노는 다'가 생략
되어 버리면 聽者는 원의대로 다시 복원하기 어렵게 된다. 그리고 '쉬노
는다'란 말의 뜻과 다른 말이 와버리면 결국은 애초의 작품과는 다른
작품이 되고 마는 것이다. 그러므로 ㄴ)의 끝음보 '쉬노는다'는 생략될
수 없는 말이다. 비단 이 작품뿐 아니라 어부사시사의 3행 끝음보는
모두 생략되면 원의대로 다시 복원하기 실로 어려운 말들이다.

　이러한 이유에서 볼 때, 여러 시조집에서 어부사시사의 3행을 수정하
여 실어놓은 것은 가곡창을 겨냥한 것이었음을 알 수 있고, 나아가서
당시의 시조 작가들은 창과 창사와의 조화를 깊이 고려하였던 사람들이
었음을 짐작할 수 있다. 그뿐 아니라 단시조의 세련된 통어적 형태와
창과의 관계를 살핀다 해도 당시의 시조 작가들은 창사로서 적당한,

---

5) 시조창을 할 경우, 唱者가 이곳을 창하지 않고 생략해버린다 해도 聽者는
　이곳뿐 아니라 텍스트로서의 빈곳(Leerstelle)을 채우게 되고 그리하여
　확실한 텍스트(이를 context라 한다)를 만들게 된다. 결국, 이러한 생략된
　공간은 唱에 대한 聽者의 자발적 참여를 높이는 기능을 한다.

시조 작품 만들기에 노력을 많이 했던 것으로 짐작하게 한다.

　다시 1)을 보기로 한다. 1)에는 여러군데 휴지가 와 있다. 휴지가
어절 중간에 오는 경우는 음악상의 휴지와 문학상의 휴지가 일치하지
않는 경우가 되는데, 이런 경우를 제외하면 1)에서는 휴지(숨이나 쉼)
가 다음과 같이 놓여 있음을 알 수 있다.

4)　———。 ———。 ——— ———。
　　———。 ——— ———。
　　———。 ——— (———。)

※。은 휴지를 표시함.

　어떤 땐 휴지가 있음으로 해서 정보를 정확히 전달할 수 있지만, 어떤
땐 휴지가 없음으로 해서 정보의 정확을 기할 수도 있다. 그렇기 때문에
어절 사이에는 보통 휴지가 있지만, 어절 중간에는 휴지가 없다. 그런데
1)에서는 어절 중간에 휴지(여기서는 숨)가 와 있음을 본다. 그러나
1)에서 보면 휴지 바로 앞의 음절을 휴지가 끝난 뒤에 다시 창하여,
다음 음절과 결속시키고 있음도 알 수 있다. 이것은 음악상의 휴지 때문
에 문학상의 의미가 파괴됨을 막으려는 노력에서 비롯되었다. 곧 음악상
의 휴지 때문에 유발되는 의미의 단절을 막으려는 수법이다. 그러므로
이같은 경우를 제외하면 4)와 같은 형태가 된다.
　4)에서 보듯이 각장의 첫음보 다음에는 음악상의 휴지가 있다. 이것은
시조 문학상의 각장 첫음보에는 독립어적 자질이 강한 말들이 오고
있는데 이런 말들 다음에는 물론 문학적 휴지가 있게 되므로 이것은
음악적 휴지와 문학적 휴지가 대체로 만나고 있음을 의미한다.
　초장 둘째 음보 끝에도 긴 휴지가 와 있다. 이것도 상당히 의미있는
현상이라 생각된다. 단시조의 통어적 연결 형태를 고려해서 보면 시조

작품들은 대부분 다음과 같이 쉼표 마침표를 찍을 수 있다.

5) ______ ______,. ______ ______,.
   ______ ______,. ______ ______,.
   ______. ______,. ______ ______.

연결어미를 쉼표, 종결어미 또는 독립어를 마침표로 나타낸 결과가 5)이다. 이같은 통어적 연결은 창과 밀접한 연관이 있다고 보여진다. 4)에서 초장 둘째 음보 다음에 음악적 휴지가 와 있는데, 이것은 음악적 휴지를 감당할 수 있는 연결어미나 종결어미가 와야 함을 의미한다. 그런데 실제 시조 문학에는 여기에 연결어미나 종결어미가 와 있다. 이것은 창과 가사와의 조화로운 만남에 해당된다.

음악적 휴지와 문학적 휴지와의 상관관계를 따질 때에는 시조창에서 뿐 아니라, 가곡창의 경우에서도 따져봐야 한다.

1)을 가곡창으로 부를 때에는 다음과 같이 부른다.

6) 초장—泰山이 놉다 ᄒ되
   2장 —하놀 아릭 뫼히로다
   3장 —오르고 쏘오르면 못 오를 理 업건마는
        中 餘 音
   4장 —사룸이
   5장 —제 아니 오르고 뫼흘 놉다 ᄒ더라
        大 餘 音

문학상의 초장, 종장이 가곡창이라는 음악상에서는 각각 2장씩 나누어짐을 알 수 있다. 음악상의 각 장이 끝날 때에는 그때마다 긴 휴지가 오는데, 특히 3장이 끝나면 중여음, 5장이 끝나면 대여음이라는 특별히 긴 휴지가 온다.

문학상의 초장 둘째 음보까지를 가곡창에서는 초장으로 창한다. 가곡창의 초장 다음에는 휴지가 오기 때문에 문학상의 초장 둘째 음보에 연결어미나 종결어미(문학상의 휴지)가 온 것이다.

문학상의 초장 끝음보에도 연결어미나 종결어미나 오는데 이것도 창과 결부된 현상이다.

또 문학상 종장 첫음보가 독립어적 요소를 강하게 띤다는 사실도 창과 결부된 사실이다(가곡창에서는 이곳이 독립된 章이 되고 있다.).

그런데 문학상의 중장에서도 둘째 음보 다음에 연결어미나 종결어머가 오고 있는데, 이것도 설명되어야 한다.

이것은 시조창을 할 때에는 초장과 중장이 같은 박자이므로 초장의 박자와 그 박자에 조정된 그 음수적 배율을 중장이 다시 닮은 현상이라고 해석된다.

이것은 또한 다른 각도에서도 설명이 된다. 민요나 가사 문학에서 보듯이, 4음보로 된 노랫말에는 그 중간에 보통 연결어미나 종결어미가 오는데, 이것은 우리말의 논리 구조와 상관있는 일이라고 본다.

이와 같이 시조창이나 가곡창과 결부해서 시조 문학을 살펴볼 때, 시조 문학의 통어적 연결 형태는 창의 음악적 휴지와 상당히 밀접한 연관을 맺고 있음을 알 수 있다.

2. 長時調의 경우

장시조는 단시조에 비해 사설이 길다는 데서 장시조란 명칭이 붙는데, 그것도 다른 장에 비해 주로 중장이 길어진다. 왜 하필이면 중장이 길어지는가 하는 점은 흥미있는 문제 중의 하나다.

고시조집에서 보면 단시조에는 악조명이 표기되어 있지 않는 경우도 많지만 장시조의 경우에는 대부분 악조명이 붙어 있고, 그 악조명도 시조창의 악조명이 아니라 가곡창의 악조명이 붙어 있음을 알 수 있다.

6)에서 보듯이 문학상의 중장은 시조창에서도 중장이 되지만 가곡창에서는 3장에 해당된다. 그런데 가곡창에서는, 문학상의 초·종장은 각각 분장이 되지만 문학상의 중장만은 장이 분장되지는 않는다. 중장이 분장되지 않는다는 것은 분장에 따른 통사적인 제재가 없다는 의미를 가지므로 중장은 다른 章에 비해 자유로운 전개 양상을 띨 수 있게 마련되어 있는 셈이다. 또 가곡창에 있어서의 제3장(문학상의 장시조 중장)이 다른 장보다도 훨씬 창사로서의 음수가 많은데, 이것은 가곡창의 제3장이 음악적으로 많은 창사의 음수를 포용할 수 있는 시간적 여유가 있는 곳임을 뜻하기도 한다. 실제로 여기는 다른 장에서 보다 음악적 시간이 긴 곳이다(그리고 여기뿐 아니라 시조창에 비해 가곡창은 그 진행 속도가 상당히 느리다).

가곡창에서는 제3장이 절정(climax)으로서 고조된 곡조를 유지하는 곳이다. 이 고조된 곡조는 다시 중여음 16박 한 장단을 거쳐 4장이 3장의 절정을 잠시 받쳤다가는 제5장의 종지(closing)로 하락한다. 그러므로 절정으로서 고조된 곡조의 유지와 여기에 수반되는 창사가 화합하는 곳이 중장이라 하겠다. 다시 말하면 문학상의 장시조의 중장에서 본격적인 사건의 전개 또는 초장의 사실을 구체적으로 부연 설명하기 때문에 중장이 길어지는 경우가 대부분이다. 이같이 창의 고조된 곡조에 수반하여 창사도 구체적 사실을 띤다는 것은 음악적 분위기와 문학적 분위기가 화합하고 있음을 의미한다. 그러나 장시조 중에는 중장만 길어진 것이 아니라 다른 장도 길어진 경우가 있다. 이 경우 길어졌다 하더라도 중장이 길어지지 않는데 다른 장이 길어졌다든가, 아니면 다른 장이 중장보다 더 길어졌다든가 하는 경우는 보이지 않는 것 같다.

『진본청구영언』에 보면 그 끝에 「만횡청류」라 하여 소위 장시조의 작품들을 따로 편집해 놓은 것을 볼 수 있다. 「만횡청류」는 다음과 같이 설명된다.

> ‘蔓橫’은 長時調를 그 唱詞로 하는 歌曲의 曲種이며, ‘淸’은, ‘男청’, ‘女
> 청’ ‘細청’ 등의 ‘청(淸)’임에 틀림없다.—(생략)—‘蔓橫淸類’의 ‘類’도 ‘蔓橫
> 청’으로 부르는 작품들이라는 뜻에 그치지 않고, ‘蔓橫청과 같은 曲種들로
> 부르는 것’이라는 뜻으로 해석할 수도 있지 않을까 하는 생각이 든다.[6]

　장시조 중에서도 비교적 형식이 짧은 경우는 시조창(사설시조창)으로
불리워지기도 하였지만,[7] 턱없이 긴 장시조의 경우는 시조창으로는 부르
기 어려워 시조창에 비하면 가사를 많이 포용할 수 있는 만횡청과 같은
곡종에 얹어 부르게 된 것이며 이렇게 함으로써 창과 창사가 무리없이
진행될 수 있었다고 본다.

> 7)　니르랴보자 니르랴보자 닌 아니 니르랴 네 남편도려
> 　거즛거스로 물 깃는 체 호고 통으란 나리워 우물젼에 노코 쏘아리 버서
> 통조지에 걸고 건넌집 쟈근 金書房을 눈기야 불너너여 두손목 마조
> 덥겹 쥐고 슈근슉덕 호다가셔 삼밧트로 드러가 무스 일호는지 준삼은
> 쓰러지고 굵은 삼티 못만 나마 우즘우즘 호더라 호고 닌 아니 니르랴
> 네 남편도려
> 　져 아희 입이 보다라와 거즛말 마라스라 우리는 마을지어미라 밥
> 먹고 놀기 호 심심호여 실삼 키러 갓더니라
> 蔓橫(瓶歌935)

　7)에서는 중장은 말할 것도 없고 종장도 단시조의 그것과 비교가

---

6) 최동원 : 古時調論(三英社, 1980), p.69.
7) 시조창의 종류에도 여러가지가 있지만 어느 경우든지 그 박자가 같다.
　뒤에 나오는 18, 19)같은 작품들은 시조창으로 불리울 때엔 보통 평시조
　가 아니라 사설시조로 불리운다.

안될 정도로 길어져 있다. 이러한 작품이 가능하게 된 것은 가곡창의 곡조와 연관되어 있다.

이와 같이 창사가 긴 장시조에 있어서는 주로 가곡창으로 불리워졌는데 가곡창 그 자체가 창사의 길어남을 용납하고 있을 뿐 아니라, 곡조상 절정이 진행되면 가사의 내용도 거기에 수반되어서 창과 창사가 조화를 이루고 있음을 알 수 있는 것이다.

이상에서 살펴보았듯이, 고시조 작가들은 창과 밀접한 연관하에서 창작하였음을 알 수 있다. 즉 단시조든 장시조든 모두 가곡창으로는 창할 수 있지만, 장시조의 모든 작품을 시조창으로 창할 수는 없다. 장시조 중에서도 비교적 형식이 짧은 것은 시조창(그 중에서도 사설시조창)으로 창할 수 있지만, 턱없이 긴 형식의 장시조 작품들은 역시 가곡창으로 창할 수밖에 없는 것이다. 그러므로 단시조나 장시조는 창의 형식과 밀접한 연관하에서 창작되었음을 알 수 있다.

Ⅲ. 聽者를 위한 唱詞

앞에서 시조 문학은 창을 하기 위한 창사였기 때문에 창이라는 음악 형태에 맞게 시조 문학이 조정되어 있음을 밝혔었다. 즉, 음악의 형태와 문학의 형태가 서로 조화를 이루고 있음을 밝힌 셈이다. 그러나 시조 문학이 창의 가사였다는 사실은 비단 형태면에서만 문제가 있는 것이 아니라 내용면에서도 많은 문제가 있다고 생각된다.

일상적으로 사람들이 쓰고 있는 보편적인 말도 억양을 달리하면 다른 말이 될 뿐 아니라, 어떤 땐 의미 파악이 어렵게 되는 경우도 많다. 그런데 노래 가사가 노래로 불리워지면 곡조가 갖고 있는 고저·장단·강약 때문에 노래 가사가 애초 갖고 있던 고저·장단·강약을 무시하는 경우가 되므로 청자가 노래 가사의 의미를 파악하는 데에는 어려움이 생긴다. 그렇기 때문에 가사의 의미가 청자에게 잘 전달되도록 전달을 용이하게 하는 여러가지 장치를 가사 속에 포함시킬 필요가 생기게 된다.

시조 문학은 창의 장애를 무릅쓰고 창사의 의미를 청자에게 전달시키기 위하여 과연 어떠한 장치들을 창사(시조 작품) 속에 포함시켰을까. 여기서 예상되는 문제로는 다음과 같은 몇 가지 경우가 있을 수 있다.

1. 창을 듣는 청자의 지적 수준과 기호 및 의식세계에 알맞는 말의 선택이 창사 속에 포함되어 있을 수 있다(말의 선택).

2. 청자가 쉽게 예측할 수 있는 구조적 연결 형태가 창사 속에 포함되어 있을 수 있다(구조적 연결형태).

3. 관습화된 통사적 공식구(syntactic formula)가 창사 속에 포함되어 있을 수 있다(통사적 공식구).

4. 청자에게 의미를 잘 전달하기 위하여 반복구조가 창사 속에 포함되어 있을 수 있다(반복 구조).

1. 말의 선택

창을 할 때에는 음조도 좋아야 하지만, 창사의 내용도 청자의 요구에 어느 정도 일치해야만 창에 대한 관심도가 높아진다. 관심도가 높아짐은 결국 창을 수용하려는 능력이 높아짐을 의미한다.

시조를 짓고 부르던 층은 주로 생활의 여유를 가졌던 양반 사대부층, 중인계층(가창을 업으로 삼았던 가객 포함), 기녀층이었다. 이렇게 말할 수 있는 것은 실제로 전해오는 작품의 작가가 이러한 범주에 드는 사람들일 뿐더러, 조선조 사회를 조망해본다 해도 이러한 범위를 크게 벗어날 수 없기 때문이다.

먼저 양반 사대부층의 시조에서 '말의 선택'을 생각해보기로 한다.

양반 사대부층은 조선조 사회의 엘리뜨 집단이며, 그들은 위로는 국왕을 받들고, 아래로는 일반 백성들을 계도해야 하는 사회적 사명을 가진 계층이었다. 그들은 그들끼리만의 사교와 통혼을 하였으며, 항시 양반 사대부가 갖추어야 하는 제반 법도에 적잖은 신경을 쓰고 살았던 사람들이다. 그렇기 때문에 그들의 작품 속에는 엘리뜨로서의 자부심, 현학적 취미, 신분을 드러내는 발언 등이 자주 나타나고 있다. 가령, 그들의 작품 속에 人倫教誨, 江湖閑情類의 내용이 많은 것도 의식적이든 무의식적이든 그들 나름의 체질화된 의식의 표출이며, 또 그들 집단이 이러한 경향을 묵시적으로 요구하고 있기 때문에 이러한 요구에 부응한 결과이기도 하다.

이름이 밝혀진 양반 사대부들의 작품 속에는 음방, 치정을 내용으로 하는 작품이 거의 없다. 이것은 창을 듣는 청자가 어떤 내용을 요구하고 있다는 사실을 미리 읽었거나, 아니면 음방, 치정같은 내용의 작품을 창함으로써 자신의 현위치를 잘못 평가받을 우려가 있음을 미리 간파하였기 때문으로 풀이된다.

이름이 밝혀진 그들 작품 속에는 여성을 그리워하는 노래가 보이지 않는데 이것도 양반 사대부라는 사회적 체면이 작용된 결과로 해석된다. 다음과 같은 일반 백성들을 타이르는 노래에 이르면 대체로 이름이 분명히 밝혀지고 있는 것도 재미있는 현상이다.

> 8) 니히 됴타 ᄒᆞ고 남 슬흔 일 하지 말며
>   남이 ᄒᆞᆫ다 ᄒᆞ고 義 안이여든 좃지 말니
>   우리도 天性을 직희여 삼긴 ᄃᆡ로 ᄒᆞ리라
>
> 　　　　　　　　　　　　　　　朱義植(瓶歌390)

9) ᄆᆞᆯ 사ᄅᆞᆷ돌하 올흔 일 ᄒᆞ쟈스라
   사ᄅᆞᆷ이 되여나셔 올티곳 못ᄒᆞ면
   ᄆᆞ쇼ᄅᆞᆯ 갓 곳갈 싀워 밥 머기나 다ᄅᆞ랴

鄭澈(慶民篇戊辰九月本 8)

8), 9)는 일반 백성들에게 교화를 목적으로 쓴 작품이다. 그렇기 때문에 여기에는 어려운 한자어나 관념어 같은 것이 나타나 있지 않다. 이것은 이런 노래를 수용하는 층이 어려운 한자어나 관념어에 익숙해 있지 않다는 사실을 미리 감지하여 그들의 묵시적 요구에 응한 것이라 볼 수 있다.

다음은 중인 계층이 지은 작품 속에서 '말의 선택'을 생각해 보기로 한다.

중인 계층이 지은 작품들은 다음 세가지 경향을 띠고 있다.

ㄱ) 양반 사대부층이 가지고 있던 문화 의식과는 동떨어진 의식세계를 보여주었다.

ㄴ) 하층의 서민층보다는 우위라고 하는 자부심과 비록 중인 계층이긴 하지만 지적 수준과 지향하는 바는 양반 사대부층에 못지 않음을 보여주었다.

ㄷ) 가객의 신분으로서 놀이판에 참석하여 그 놀이판의 분위기에 맞추려는 태도를 보여주었다.

ㄱ)의 경우는 장시조 속에 흔하게 보이는 성적 유희 현상의, 또는 말장난을 통한 오락성의 작품에서 그 근거를 잡을 수 있다(이것이 단시조와 장시조와의 큰 차이점이기도 하다).

10) 折衝將軍 龍驤衛副護軍 날을 아는다 모로는다
    닉 비록 늙엇시나 노릭 춤을 추고 南北漢놀이 갈 쩨 ᄯᅥ러진 적 업고
   長安花柳 風流處에 안이 간 곳이 업는 날을
   閣氏네 그다지 숙보와도 ᄒᆞ룻밤 격거보면 多數흔 愛夫들에 將帥ㅣ 될

줄 알이라

金壽長(海周 559)

11)   지 넘어 식앗슬 두고 손뼉 치며 애써 간이
      말만흔 삿갓집의 헌덕셕 펼쳐덥고 년놈이 흔듸 누
      어 얽지고 틀어졌다 이제는 얼이북이 判奴軍에 들거곤아
      두어라 모밀쩍에 두 杖鼓를 말려 무슴 흐리요

金兌錫(靑謠 15)

단시조에서는 작품에 대한 진지성이 강하게 나타나고 있는데 비하여, 장시조에서는 작품에 대한 진지성이 결여된 작품들이 많다. 다시 말해 장시조는 인생살이를 희화시키고 있다든가, 세태를 장난스레 바라보고 있다든가 하는 일이 흔하게 나타나고 있다. 왜 이런 현상이 유독 장시조에 흔하게 나타나고 있을까.

장시조는 주로 중인 계층에서 지었다.[8] 그렇기 때문에 이러한 현상은 중인 계층이 갖고 있던 의식 세계와 무관하지 않는 것 같다.

김수장은 숙·영조때 서리이면서 가객이었고, 김태석 역시 숙영조때 가객이었다. 이들 중인 계층들은 주로 그들끼리 사교, 통혼을 하였고, 그들끼리 집단을 이루어 살기도 하였다. 그들은 양반 사대부층으로 격상할 수 없는 특수한 성격을 지닌 집단이기도 하였다. 그렇기 때문에 그들끼리의 모임에서는 양반 사대부들의 모임에서처럼 까다로운 격식이 필요없었던 분위기가 아니었던가 한다.

양반 사대부들이 오륜가, 훈민가, 연군가, 훈계자손가 같은 오륜을 바탕으로 한 작품들을 많이 남기고 있으나 그들은 이러한 제하(題下)의 작품들을 남기지 않았다. 그뿐 아니라, 양반 사대부층으로부터 소외된 계층이라는 점에서 발생할 수 있는 신세 자탄을 내용으로 하는 작품

---

8) 작가의 이름이 밝혀진 작품은 말할 것도 없고 작가의 이름이 밝혀지지 않은 작품에서도 중인계층에서 지었을 가능성이 높은 작품들이 많다.

같은 것도 남기지 않았다.

그들은 그야말로 인생을 즐기고 살았던 계층이었던 것 같다. 이러한 그들의 의식 세계가 10), 11) 같은 작품을 낳게 한 것으로 보인다. 즉 10), 11)은 그들 자체의 의식 세계를 내보이는 작품이면서 또한 그들 자체내의 묵시적 요구에 의하여 만들어진 작품 세계라 할 수도 있다.

10), 11)은 해석에 따라서는 양반 사대부들이 놀이판에 가객의 자격으로 불리어 가서 그 자리의 흥을 위하여 불렀던 노래라고도 할 수 있을는지 모른다. 그러나 양반 사대부들이 하천한 소리꾼들과 더불어 이같은 내용의 노래를 주고 받았다기에는 조선조 사회의 신분 여건상 용납되기 어려운 점이 있다. 그렇기 때문에 10), 11)은 그들끼리의 자유로운 분위기 속에서만 창작이 가능하였던 작품 세계로 해석하는 것이 더 현실적인 해석이라 하겠다.

ㄴ)의 경우를 알아보기로 한다. 이 경우는 ㄱ)의 경우와 거의 상반되는 경우다. 그리고 ㄱ)의 경우만큼은 시조 문학 속에 자주 나타나지 않는다.

12) 君莫惜典衣沽酒ᄒ소 囊乾ᄒ면 我典衣로다
　　鹿世離逢開口唉ㅣ니 知己를 相對盡情談ᄒ고 劉伶墳上에 酒不到ㅣ니 且樂生前一盃酒로다.
　　人生이 草露又튼이 醉코 놀려 ᄒ노라

朴文郁(青謠 66)

13) 不學이 無聞이면 正墻面而立이어니 聖學을 만이 비와 温故知新허오리라
　　그러미 雲車를 머므르고 芳草岸에 긔여올나 긴 프름 흔 마듸로 胸海를 널닌 後에 다시금　清流邊에 詩를 읽고 盞 날닐 제 불근 쏫 푸른 닙흔 山形을 그림허고　닷는 塵鹿 나는 시는 春興을 籍良헌다 瞭亮헌 가는 노릐 香風에 무더가고　浪籍헌 風樂쇼릐 行雲에 셧겨 난다
　　俄已오　石逕隱隱 비긴 길노 緇衣 白衲이 次例로 느러오며 合掌拜禮

　　허더라

安玟英(金玉 172)

　그들끼리의 자유로운 분위기라고 해서 늘상 10), 11)같은 작품들만 노래불렀다고는 할 수 없다. 여기서 보듯이 실지로 양반 사대부에 못지 않는 현학적 도락적 취미를 보여주는 작품들도 더러 있다. 신분상은 하천하지만 구비하고 있는 실력 세계, 또는 사고하는 의식 세계만은 양반 사대부층과 다름없음을 과시하려는 태도가 그들의 작품 속에 나타나고 있다. 12), 13)은 바로 이러한 경향을 대변하는 작품들이다.

　박문욱은 숙종, 영조때 가객이요, 안민영은 숙종·고종때 가객이었다. 가객이 되려면 상대하는 양반 사대부층에 가까운 학식과 교양을 가져야한다(이 점은 기녀의 경우도 마찬가지다). 그렇기 때문에 가객 중에는 양반 사대부다운 의식 세계를 은연중에 가지고 있었던 사람들도 많았을 것으로 보인다. 그들끼리의 모임의 자리라 하더라도 그들 내부에 있는 이러한 의식 세계가 표출되어 12), 13)과 같은 작품들을 창작하기도 하고 또 이같은 작품들을 요구하기도 하였을 것이다.

　ㄷ)의 경우를 살펴보기로 한다.

　다음의 작품들은 가객의 신분으로써 양반 사대부들의 놀이판에 참석하여 놀이판의 홍을 돋구기 위한, 즉 놀이판의 요구에 의해 작품을 창작한 경우가 된다.

14) 石坡大老 英風雄略 汾陽王과 古今이요
　　府大夫人 懿範淑德 郭夫人과 前後ㅣ로다
　　以故로 百子千孫의 富貴榮華 호시더라

安玟英(金玉 71)

15) 洛陽 三月時에 宮柳는 黃金枝로다
　　春服이 旣成커늘 小車에 술을 싯고 桃李園 차쟈 드러 東風을 洒掃호고
　　芳草로 자리 숨아　鸕鶿鷀酌 鸚鵡盃로 一杯一杯 醉케 먹고 吹笙鼓簧 호며

詠歌無蹈헐 제 日已 西호고 月復東이로다
兒嬉야 春風이 몃날이리 林間에 宿不歸를 호리라
任義直(源國 504)

14)의 작품 끝에 戊寅三月初三日 府大夫人 華甲日也 作三章歌曲 唱而
獻賀라는 말이 있음으로 보아 가객 안민영이 대원군 부인의 회갑연에
참석하여 이 작품을 창하였음을 알 수 있다. 이 작품은 회갑연의 흥취를
돋구기 위하여 만들어졌기 때문에, 그 자리에 참석한 하객들, 귀족 및
양반 사대부층의 지적 수준과 취향에 맞추려는 노력이 보인다. 어려운
한문투며, 중국 고사가 등장한 것은 창의 수용자층의 요구에 맞춘 결과
로 해석된다.

15)의 임의직은 고종때 동국선금(東國善琴)이란 말을 듣던 가야금의
명인이었으며 가객이었다. 이 작품도 귀한 연회석상(宮柳라는 말이
있음으로 보아 궁궐 내의 잔치가 아니었던가 한다)에서 불렀던 작품으
로 보이며, 여기서도 연회장에 모인 사람들의 지적 수준과 취향에 맞추
려는 노력이 나타나 있음을 알 수 있다.

다음은 기녀들이 지은 시조에서 '말의 선택'을 생각해 보기로 한다.

그들의 시조 속에는 신세 한탄의 내용이 없다. 그들은 주로 주석에서
시조를 창하였을 것이다. 주석같은 데서 신세 한탄이나 늘어놓는다고
한다면 주석의 분위기를 흐리게 하는 일이 되기 때문에 이런 내용의
시조는 주석에서 불리워질 수가 없다.

그들의 시조 속에는 오륜가 같은 내용의 시조도 없다. 만약, 기녀가
임금에게 충성하고 부모와 남편을 잘 섬기겠다는 내용을 노래했다고
한다면 청자들(양반 사대부들)을 역겹게 하는 일이 될 것이다. 그들은
부모를 모시고 한 남편을 받들어 안락한 가정을 이룰 수 없었으므로
(이렇게 되면 이미 기녀가 아니다) 이같은 내용은 자기 신분상 알맞는
내용이 아닐 뿐더러 청자가 기녀들에게 요구하는 내용도 아니기 때문이

다. 오늘날까지 전해오는 그들의 시조는 그들이 상대하였던 양반 사대부를 그리워하는 연정의 노래로 국한되어 있다. 이것이야말로 그들이 상대하는 양반 사대부층의 요구요, 자기 신분에 알맞는 내용이었던 것이다.

이상에서 보듯이, 시조 문학 속에는 시조 문학을 받아들이는 청자의 지적 수준과 청자의 의식 세계에 알맞는 말의 선택이 있었다. 이러한 말의 선택은 청자가 노래 의미를 쉽게 이해할 수 있도록 해준다.

2 구조적 연결 형태

프라이(Northrope Frye)는 시인이 시를 낭독할 때의 청중의 심리 상태에 대하여 다음과 같이 밝힌 적이 있다.

> 시나 음악을 들을 때 느끼는 즐거움의 가장 근본적인 원천은 매우 관습화된 예술에서만이 가능한「보편적인」기대의 충족일 것이다. 친숙한 음악을 들을 때와 같이 어떤 특별한 기대가 충족될 때에, 말하자면 다음에 무엇이 나올 것인지를 정확하게 알 수 있을 때에 우리의 주의력은 날카롭게 긴장할 필요가 없을 것이지만, 보편적 기대가 지나치게 충족될 때에는 우리가 듣고 있는 행위 자체는 제의식 또는 지루한 노동 혹은 둘다가 되기 쉽다. 만일 다음에 무엇이 나타날지 전혀 모른다면 우리의 주의력은 긴장되고 곧 피로해질 것이다. 위 두 경우의 중간 지점, 즉 정형시인 포우프가 다음에 무엇을 말할지는 모르지만 그 내용을 아름다운 이행 연구로 말할 것임을 알 때, 또는 탐정소설에서 누가 X를 살해했는지는 모르지만 반드시 누군가가 살해하였다는 것을 알고 호기심을 가질 때의 지점이 시인과 청중 양자가 조화롭게 만날 수 있는 지점인 것이다.[9]

정형화된 구전 시가는 문자로 기록된 개인 창작시가 갖지 못하는

---

9) Northrope Frye : The Critical Path〔고부응역 : 문학의 길(심지출판사, 1984), p.44〕

어떤 내적 추진력을 갖고 있다. 가령 민요의 구조는 일반적으로 반복 (repetition)과 병렬(parallelism)의 원리 하에서 이루어져 있는데[10] 이같은 원리가 민요를 구전하게 하였고, 또 민요의 가사를 쉽게 알아 듣도록 하였다. 다시 말해 민요에 있어서의 반복과 병렬의 원리는 창자(唱者)와 청자(聽者)가 조화롭게 만날 수있는 지점이 되고 있다. 민요에 익숙한 사람이면 누구든지 앞노랫말을 이어오는 기대치로 남아있는 뒷노랫말은 반복이나 병렬의 그 어떤 말일 것이라는 추측을 할 수 있게 된다. 그러나 과연 어떤 말로서의 반복과 병렬이 올 것인지에 대해서는 알수 없기 때문에 앞노랫말에 이어올 뒷노랫말은 보편적 기대로 남게되고, 이것은 다시 내적 추진력이 되어 그 노래에 대한 관심도를 높이는 한편 노랫말을 쉽게 알아듣도록 자극하게 된다.

시조 문학은 문자로 전해 오기도 하였지만 한편으로는 구전으로 전해 왔던 문학이었다. 또한 좌중의 흥에 겨워 서로 돌아가며 즉흥으로 작품을 짓기도 하였는데[11] 이것이 구전되어 오다가 가사집에 오르게 된 경우도 많았을 것으로 보인다.

시조 작품이 구전되었다고 한다면 구전된 그 작품 속에는 구전을 가능하도록 하는 어떤 원리가 있었을 것이다.[12] 또한 이 원리는 구전하기에 편리하도록 한 것만이 아니라, 그 작품을 창할 때에 청자가 그 작품을 쉽게 알아듣도록 하는 데에도 한 몫을 하였을 것은 당연하다. 그러면 이러한 원리는 어떻게 설명되는가.

구전 민요의 경우를 에로 들어보기로 한다.

---

10) Ruth Finnegan : Oral Poetry(New York Cambrige Univ., Press, 1977), pp.90~109.
11) 가곡창이든 시조창이든 창의 진행이 상당히 느리기 때문에 창에 수반되는 노랫말을 붙이는 데에는 충분한 시간적 여유가 생긴다.
12) 이 방면의 연구로는 최재남님의 '口碑的 側面에서 본 時調의 詩的 構成'(서울대 대학원 국문학연구, 제64집)이 있다.

민요, 특히 노동요같은 데에 자주 보이는 한 경향은 앞노래와 뒷노래가 서로 상반적 대립적 관계에 놓인다는 점이다.[13] 노동요는 노동의 고역을 덜어보자는 의미에서 불리워진다. 이때 노동의 고역을 더는 장치는 노래 곡조에도 있을 수 있지만 노래 가사에도 있을 수 있다. 노래 가사에 있다고 할 때, 여기에는 노랫말이 어떤 내용으로 짜여 있느냐 하는 내용성에 있을 수도 있고(민요에는 남녀의 애정을 다룬 작품이 많은데 이것은 내용성에 있는 경우에 해당된다), 또 앞노래와 뒷노래가 서로 어떤 연결을 이루고 있느냐 하는 연결 구성 방식에도 있을 수 있다.

방실방실 웃는님을 못다보고 해가지네
걱정말고 한탄마소 새는날에 다시보세[14]

이 노래는 앞노래와 뒷노래가 남녀로 교환되는 교환창의 민요다. 그리고 앞과 뒤가 서로 상반적, 대립적 관계로 연관되어 있다. 상반적·대립적 관계는 앞에 전개된 기존의 정보를 뒤엎고 앞과는 서로 다른 정보를 연결하는 경우이므로, 이 색다른 정보의 연결이 곧 예술미적 충동을 일으키게 하는 것이다. 이러한 예술미적 충동이 노동의 고역스러움을 덜어주는 기능을 하게 된다. 곧 창자나 청자나 모두 예술미적 충동을 느낌으로 해서 노동력은 증가되는 것이다.

시조 문학도 노래 가사이므로 창자나 청자(경우에 따라서는 작자와 독자) 모두가 즐기기 위한 수단에 불과하다. 그렇기 때문에 시조 문학 속에도 민요에서 보았던 상반적 대립적 관계가 있을 수 있는 것이다.[15]

---

13) Finnegan은 상반적 대립적 관계를 병렬구조 속에 포함시키고 있다(Finn-egan 의 앞의 책, pp.100~101).

14) 조동일편 : 경북민요(형설출판사, 1977), p.23.

15) 물론 내용성에서도 찾아볼 수가 있다. 가령 민요에서 처녀 총각 사이의 애정요가 많은 데 비하여, 시조 문학 속에는 처녀 총각사이의 애정에 관한

시조 문학에서 가장 흔하게 보이는 구조적 측면은 비록 시조가 3장으로 구성되어 있지만 실질적 기능은 2장이고, 나머지 한 장은 다른 한장에 대한 부연 설명을 하는 경우다.[16]

다음의 작품들에서 보듯이, 중장은 다른 한 장(주로 초장)을 부연 설명하는 경우가 시조 작품속에는 대단히 많은 것이다.

> 16) 잇자 ᄒ니 情 아니요 못 이지니 病이로다
>   長歎息 한 쇼릭에 속 셕은 물 눈의 가득
>   丁寧이 나 혼자 일렬진티 셕여 무삼 ᄒ리요
>
>   (源一 678)
>
> 17) 一生에 얄뫼올슨 거믜밧긔 ᄯᅩ 잇ᄂᆫ가
>   제 빅를 푸러닉여 망녕그물 미ᄌ두고
>   못 보고 넘노난 나뷔를 잡으려 ᄒᆞᄂ고나
>
>   (瓶歌 643)

16)의 중장은 초장을 부연 설명한다면 17)의 중장은 종장을 부연 설명하고 있다. 장시조의 경우에도 중장은 다른 장에 대한 부연 설명의 기능을 하는 경우가 대단히 많다. 일반적으로 장시조는 중장이 딕없이 길어져 있는데, 길어진 이유 중의 하나가 중장이 다른 장에 대한 부연 설명의 기능을 하고 있다는 사실과 유관하다. 다른 많은 시조 작품을 대하여 오던 중에 이러한 중장의 시적 기능을 파악하고 있다고 한다면 청자는 가사를 보다 쉽게 알아들을 수 있을 것이다.

이렇게 시조 3장 중 실질적 의미 기능은 2장인 경우가 많은데, 이때 2장끼리도 아무렇게나 연결되는 것이 아니라 어떤 원리 하에 연결된

작품은 없고, 조선조 사회에서는 이루어질 수 없는 규범에서 벗어난 사랑을 노래한 경우가 많다. 이같은 규범에서 벗어난 사랑을 상상함으로 해서 청자나 창자는 자신을 상상적 위치에 놓고 즐기게 된다.

16) 임종찬 : 시조문학의 意味構造(釜山大 人文論叢 제20집) 참조.

다.

 이 연결 원리로는 다섯 유형이 있는데,[17] 그 중에서도 가장 혼한 형태가 앞서 말한 상반적, 대립적 관계의 연결 형태이다. 16), 17)도 상반적, 대립적 관계의 연결형태로 되어 있다. 16)의 경우, 초 · 중장에서는 못잊고 속썩어하는 심정의 토로이고, 그 종장은 상대방이 작중 화자와 상반되는 행위를 한다면 못 잊고 속썩어하는 일을 그만 두겠다는 심정을 나타내었다. 17)의 경우, 다른 작품들은 보통 종장에서 시의가 매듭이 지는데 여기서는 초장에서 이루어져 버렸다. 이것은 일종의 규칙을 바꾸는 창조성(rule-changing creativity)이라 할 수 있는데, 이러한 변환을 통하여 이 작품은 독자에게 놀라움을 준다.

 중장 · 종장에서 거미가 나비를 잡지 않았으면 좋겠는데, 거미가 나비를 잡는다는 사실이 나타나 있고, 초장에서는 그러니 거미는 얄미운 존재라 이른 것이다. 그러므로 중 · 종장과 초장은 서로 상반적 대립적 관계라 할 수 있게 된다.

 이와 같은 상반적, 대립적 관계가 시조 문학 속에 흔하게 보이는데, 이같은 사실은 청자가 다른 여타의 시조 작품을 통해서 인식하고 있는 바이다. 그러나 과연 어떤 말로서 상반적, 대립적 관계를 이룰 것인지에 대해서는 예측할 수 없는 것이기 때문에, 창자의 경우에 앞노랫말에 이어 다음에 오게 될 뒷노랫말은 보편적 기대치로 남는다. 이 보편적 기대치는 작품에 대한 내적 추진력(관심도)이 되고, 창의 가사를 수월하게 알아듣는 데에도 기여하게 되는 것이다.

3. 통사적 공식구

 시조 문학 속에는 통사구 공식구(syntactic formula)가 아주 흔하게 나타나고 있다. 가령 초장의 첫째 음보와 둘째 음보에 나타난 통사적

---

17) 필자는 16)의 논문에서 다섯 형태의 연결 원리를 밝힌 적이 있다.

공식구를 몇개만 예로 들어 보기로 한다.

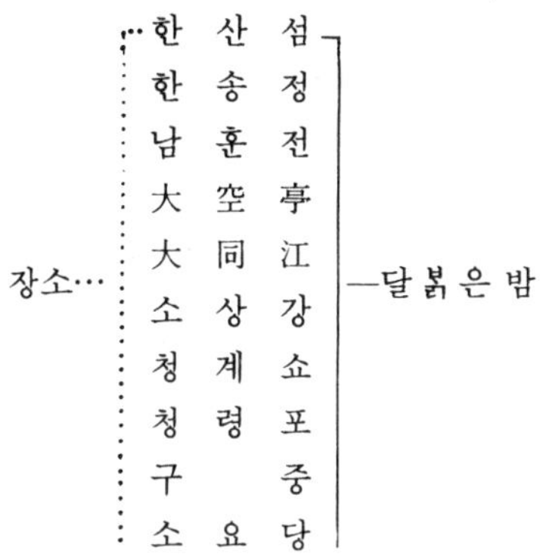

이것은 '장소+달 붉은 밤'이라는 통사적 공식구의 예다.[18] 이 외에 몇 개를 더 든다면 다음과 같은 것들도 있다.

· 믓노라 + □ 아
· □ 아 + □ 마라
· 이 바 + □ 아
· □ 에 + □ 호고

---

18) 이같은 관계를 文의 성분별로 도형화하면 다음과 같다.

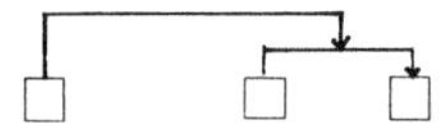

이러한 도형적 관계에서 보면 다음의 작품들도 같은 도형의 작품들이다.
  · 冬至ㅅ돌 기나긴 밤
  · 洞庭湖 그물건 사룸
  · 古堤川 近千年
  · 口圍東人 빛난 身勢
이렇게 시조 작품을 도형적으로 설명하면 많은 시조 작품도 몇 개의 도형으로 설명할 수 있을 것이다. 즉, 통사론적 연결형태로서 시조 형식을 설명할 수도 있을 것이다.

그리고 종장의 끝 두음보에도 통사적 공식구가 아주 흔하게 나타난다. 그 예는 다음과 같은 것들이 있다.

- ·아니 ☐ 고 ＋ { 어이리(어이ᄒ리) / 엇졔리(엇지ᄒ리) / 엇덧고 }
- ·☐ 인가 ＋ ᄒ노라(ᄒ여라, ᄒ도다)
- ·☐ 동말(만)동 ＋ ᄒ여라(ᄒ니)
- ·함쇠 ＋ ☐ ᄒ노라(왔노라)
- ·☐ 가(까) ＋ ᄒ노라
- ·☐ 무슴 ＋ ᄒ리오
- ·☐ 줄이 ＋ 이시랴

이같은 통사적 공식구를 시조 작품 속에서 조사한다면 상당히 많은 것으로 생각된다.

작자는 이같은 통사적 공식구를 이용해서 시조 작품을 창작하기도 하였지만, 이같은 통사적 공식구는 또한 구전 원리가 되어 시조 문학을 구전하도록 하기도 하였고, 나아가서 청자가 가사를 쉽게 알아듣도록 하는 데에도 기여하였을 것으로 보인다.

4. 반복 구조

노래 가사는 노래로 불리우는 것인 만큼 노래 불리우는 현장에서 즉각적인 이해가 요구된다. 즉각적인 이해를 넘어서 버리면 전달 사항(歌意)은 소멸해버리고 만다. 그렇기 때문에 노래 가사 속에는 인간의 기억력에 호소하는 어떤 요소가 있게 되는데 그 중의 하나가 바로 반복 구조인 셈이다.

반복 구조는 창자(작자)가 생각할 때, 문맥상 중요한 기능어가, 또는 이해되어야 할 부분이 이해되지 못하고 지나칠 것을 우려한 나머지

이 부분을 다시 반복함으로써 해당 가사에 대한 이해도를 높이는 일을 하기도 한다.

　　반복 구조는 크게 형태상과 내용상으로 나누어 설명할 수 있다.

　　먼저 형태상의 반복 구조에 대해 알아보기로 한다.[19]

　　　18) 思郎 思郎 고고이 미친 思郎 왼 바다를 두루 덥는 그물又치 미친 思郎
　　　　　往十里 踏十里라 춤외너출 슈박너출 얼거지고 트러져서 골골이 버더
　　　가는 思郎
　　　　　아마도 이 님의 思郎은 끗 간듸를 몰라 ᄒ노라

(瓶歌 948)

　　　19) ᄇ름도 쉬여넘는 고기 구름이라도 쉬여넘는 고기
　　　　　山진이 水진이 海東靑 보릭미 쉬여넘는 高峰 長城岺고기
　　　　　그 너머 님이 왓다 ᄒ면 나는 아니 ᄒ번도 쉬여넘어 가리라

(瓶歌 993)

　　　20) 靑山도 절로절로 綠水도 절로절로
　　　　　山절로 水절로 山水間에 나도절로
　　　　　두어라 절로 ᄌ란 몸이 늙기도 절로절로

(靑珍 462)

　　시조 문학 속에는 반복어(유사어의 반복 까지 포함)가 아주 흔하게 나타나고 있다. 18), 19)에서는 초장 중간과 그 끝, 그리고 중장의 끝에 반복어가 나타나 있다. 20)은 반복어가 아주 재미있게 분포되어 있는 작품이다. 이것을 표로 만들어 보면 다음과 같다.

　　　□　○　□　○
　　　○　○　□　○
　　　□　○　□　○

---

19) 여기에는 율격, 압운, 어법 등의 여러 측면이 있을 수 있으나, 이 글에서는
　　어법에 관해서 그것도 반복어의 측면에서만 간단히 설명한다.

□은 반복어가 나타나지 않는 경우의 음보요, ○은 반복어가 나타나
있는 경우의 음보라 할 때, 20)은 위 표와 같아 있다. 초장, 종장은
ABCB 형이고, 중장은 AABA형이다. 이같은 유형은 시조 문학 속에
자주보인다. 가령, 앞 경우는 "뮈온 님 촉직어 물리치는 갈골아장쟐이
고온님 촉직어 나옷친은 갈골아장쟐이 큰 갈골아장쟐이…"(海一 557
)가 있고 뒤의 경우는 "져멋고쟈 져멋고쟈 열다섯만 져먹고자…"(青珍
490) 같은 작품이 있다.

이러한 작품들은 청자가 어느 때쯤에서는 다시 반복어가 나타날 것이
라는 예측감을 가지게 한다. 이 예측감이 작품에 대한 관심을 증대시키
는 일을 할 뿐 아니라 창사를 잘 알아듣게 하는 구실을 한다.

다음은 내용상의 반복에 대하여 알아보기로 한다.[20]

> 21) 山村에 밤이 드니 먼듸 키 즈져온다
> 柴扉를 열고 보니 하 눌이 ᄎ고 달아로다
> 져 키야 空山 잠든 달을 즈져 무슴 ᄒ리오
>
> 千錦(青六 418)
>
> 22) 먼듸 둙 우러ᄂ냐 품의 든 님 가랴ᄒ니
> 이제 보내고도 반밤이나 남아시니
> ᄎ라리 보내지 말고 남은 정을 펴리라
>
> 金弘道(青淵 245)

21)은 개—인기척, 22)는 닭울음—날이 샘으로 통하는 사물의 유추를
통한 모티프(motif)가 나타나 있는 예들이다. 시조 문학 속에는 이같은
것만 있는 것이 아니라, 까마귀울음—불길, 까치 울음—희소식 등과
같은 俗信 모티프가 있는가 하면, 기러기—소식, 두견이—고독과 같은
전설 모티프도 작품 속에 자주 보인다.

---

20) 여기에도 주제, 모티프, 의미 등, 여러 요소가 있으나 이 글에서는 모티프의
   측면에서만 언급한다.

이같은 인습적 모티프는 청자로 하여금 창사를 쉽게 알아듣도록 해주는 기능을 한다.

이상, 장시조든 단시조든 시조문학 속에는 청자가 창사의 가의(歌意)를 쉽게 파악할 수 있도록 말의 선택, 구조의 연결 형태, 통사적 공식구, 반복 구조 등 여러 요소들을 포함하고 있음을 알 수 있었다.

Ⅳ. 結　論

여태, 시조 문학이 창사라는 점에서 창과의 연관을 따지는 일을 해왔다. 이러한 작업을 통하여 다음과 같은 사실을 알게 되었다.

1. 창법과 창사와의 관계에서

1) 단시조의 통어적 연결 형태는 창의 음악적 휴지와 상당히 밀접한 연관을 맺고 있음을 알 수 있었다.

2) 창사가 긴 장시조에 있어서는 주로 가곡창으로 불리워졌는데, 가곡창 그 자체가 창사의 길어남을 용납하고 있을 뿐 아니라, 곡조상 절정이 진행되면 창사의 내용도 거기에 수반되어서 창과 창사가 조화를 이루고 있음을 알 수 있었다.

2. 청자를 위한 창사의 측면에서

1) 시조 문학 속에는 청자의 지적 수준과 의식세계에 알맞는 말의 선택이 있었다.

2) 시조 문학 속에는 앞장과 뒷장의 연결 형태가 상반적, 대립적 관계로 된 작품들이 많은데 이것은 청자가 이미 인식하고 있는 바다. 그러나 어떤 말로서 상반적, 대립적 관계를 이룰 것인가에 대해서는 예측할 수 없는 것이기 때문에, 앞정보의 뒤를 이어올 뒷정보에 대해서는 보편적 기대치로 남게 된다. 이 보편적 기대치는 작품에 대한 내적 추진력이 되어 창사를 쉽게 알아듣도록 해준다.

3) 시조 문학 속에는 통사적 공식구(syntacic formula)가 흔하게 보이

는데 이것은 청자가 창사를 쉽게 알아듣도록 해주는 구실을 한다.

4) 시조 문학 속에는 인습적 모티프가 혼하게 보이는데, 이것도 창자가 창사를 쉽게 알아 듣도록 해주는 구실을 한다.

이상의 사실에서 종합해 볼 때, 시조 문학은 창을 하기 위한 가사로서의, 즉 창하기에 알맞는 가사로서의 문학 형태였음을 이 논문에서 어느 정도 밝힌 셈이 된다.[21]

---

21) 이 논문은 고시조와 현대시조를 비교 연구하는 데에 중요한 일면을 시사했다고도 할 수 있다. 나아가서 민요의 속성을 가졌던 1920年代의 소위 '민요시'를 연구하는 데에도, 또 가요시(Lied)를 연구하는 데에도 참고가 될 것이다.

3. 시조를 갈래짓는 두 사고의 틀

I. 序 論

고시조의 갈래는 장시조와 단시조로 나눌 수 있다.[1]

장시조와 단시조는 시문의 길이가 상대적으로 길다와 짧다는 형식성에서 일차적으로 이름붙여진 구분이다. 그러나 시문이 상대적으로 길다는 것은 시적 논의가 많다는 뜻을 가지므로 시문이 짧은 것에 비해 포괄하는 내용이 많다는 뜻을 가진다.

이것은 다시 포괄하는 내용이 많음으로 인해 상내적으로 나른 내용성을 가짐을 의미하므로 장시조와 단시조는 내용성에서 그 차이를 가진다는 뜻에서 이차적으로 장시조, 단시조로 이름 붙여진 것이다.

일반적으로 장시조는 단시조에서 파생하였다고 한다.

기존 문화 구조에서 벗어나 새로운 문화 형태를 결정짓는 데에는 역사적 · 사회적 여러 여건이 있지만, 단시조와 장시조는 서로 작가층이 다름에서 두 갈래의 시조가 만들어졌다고 볼 수 있다.

단시조는 양반 사대부층에서 장시조는 가객을 포함한 중인 계층에서

---

1) 중시조(엇시조)를 인정하는 분도 있으나 필자는 이를 부인한다. 그 이유에 대해서는 필자의 저서 『시조문학의 본질』(대방출판사 1986)중, 〈장시조의 율격〉편을 참고하여 주시기 바람.

주로 창작하였다. 이 두 계층은 조선조 사회에서 상층과 하층으로 구분
되는 신분 계층이었다. 이것을 염두에 두고 장시조를 생각해보면 장시조
는 단시조 작가층과 사고의 틀이 다름에서 비롯된 결과물임이 분명하게
된다.

　　과연 두 계층은 어떤 사고의 틀을 가지고 있었던가, 이것은 시조를
발생론적 구조의 입장에서 살핀다고 할 때에 대단히 중요한 문제가
되고 있는 것이다.

Ⅱ. 의식의 공유성—구심적 사고

　　단시조 작품들을 대하다 보면 아주 비슷한 작품들이 너무 많음에
놀라지 않을 수 없다. 여기서 비슷한 작품이라고 하면 주제면, 소재면,
표현면에서 비슷한 작품들을 의미한다.

　　주제면에서 살핀다 하더라도 주제의 범위가 너무 넓고 크므로 제한된
사상적 주제의 측면에서 살펴보면 재미있는 결과를 얻을 수 있을 것이
다.

　　1) 山밋히 사쟈ᄒ니 杜鵑이도 붓그럽다
　　　　니 집을 굽어보고 솟젹다 우눈고나
　　　　두어라 安貧樂道ㅣ니 恨ᄒᆯ 줄이 이시랴

安瑞羽(兩葉齊散稿)

　　2) 山됴코 믈 됴흔 곳의 바회 지혀 쮜집 짓고
　　　　돌 아래 고기 낙고 구름 속의 밧츨 가니
　　　　生理야 足ᄒᆯ 가마는 불을 일은 업세라

(古今 134)

　　1), 2)는 안빅낙도라는 주제하에서 놓고 보면 같은 작품이라 할 수
있을 것이다. 안빈낙도는 물론 도가 사상과 관계가 깊은데, 이같은 도가

풍의 시조는 시조집 속에 아주 혼하게 나타나고 있다.

도가풍 뿐만 아니라 삼강오륜을 바탕으로 하는 유가풍 시조도 상당히 많은 것을 알 수 있다.

3) 仁心은 터이되고 孝悌忠信 기동되여
　　禮儀 廉恥로 ㄱ즉이 너여시니
　　千萬年 風雨를 만난들 기울줄이 이시랴

朱義植(瓶歌 5)

4) 孝悌로 갓슬겻고 忠信으로 옷을지여
　　禮儀 廉恥로 신삼아 신어신이
　　암으리 千百歲지난들 히여질쏠 잇시랴

金壽長(海周 467)

3), 4)는 인륜(人道)을 주제로 한 시조이다. 이 외에도 충효, 형제우애, 부자유친, 군신유의 등등의 주제로 된 시조도 많다. 이를 통틀어 삼강오륜을 주제로 한 유가풍의 시조로 묶는다면 상당히 많은 작품을 발견하게 될 것은 물론이다.

소재면에서 살핀다 해도 소재가 상당히 한정되어 나타나고 있음을 알게 될 것이다.

가령, 꽃을 소재로 한 시조를 빈도수대로 나타내면 다음과 같다.[2]

① 도화(桃花)	26회	⑪ 요화(蓼花)	3회
② 매화(梅花)	23회	⑫ 석류(石榴)	2회
③ 국화(菊花)	19회	⑬ 두견화(杜鵑花)	2회
④ 이화(梨花)	13회	⑭ 동백화(冬柏花)	2회
⑤ 낙화(落花)	12회	⑮ 난화(蘭花)	1회
⑥ 이화(李花)	10회	⑯ 철쭉(躑躅)	1회

---

2) 정병욱 : 한국고전시가론(신구문화사, 1988) p.401.

⑦ 노화(蘆花)	8회		⑰ 향일화(向日花)	1회	
⑧ 연화(蓮花)	6회		⑱ 박꽃	1회	
⑨ 해당화(海棠花)	5회		⑲ 석죽화(石竹花)	1회	
⑩ 모란(牡丹)	4회		⑳ 면화(綿花)	1회	
			㉑ 도화(稻花)	1회	

　이 통계에 의하면 고시조에 등장하고 있는 꽃의 종류는 겨우 21종에 불과하고 그것도 3회 이상 등장하고 있는 꽃은 11종에 머물고 있어서 상당히 제한되어 있음을 알 수 있다.

　새를 소재로 한 작품에서도 마찬가지 현상이 나타나고 있다.

　새를 다룰 땐 으레히 꽃을 등장시키고 있는데 이것을 통계로 보이면 다음과 같다.[3]

① 두견(杜鵑)	10(梨花 5花 · 곳 3 落花 2)
② 백구(白鷗)	9(蘆花 5 蓼花 2 海棠花 1 桃花 1)
③ 앵(鶯)	7(花 · 곳 5 桃花 2)
④ 새(鳥)	6(花 · 곳 4 梅花 1 桃花 1)
⑤ 계(鷄)	3(花 · 곳 1 落花 1 梅花 1)
⑥ 학(鶴)	3(花곳)
⑦ 목(鶩)	1(蘆花)
⑧ 안(雁)	1(蘆花)
⑨ 원앙(鴛鴦)	1(石榴)
⑩ 까치	1(桃花)
⑪ 봉(鳳)	1(蓮花)
⑫ 연(鳶)	1(花)

　여기서도 3회 이상 등장한 새를 살펴본다면 불과 6종류에 머물고 있음을 알 수 있다.

---

3) 같은 책 : p.407.

　물론 여기에 나타난 꽃과 새의 빈도는 고시조 전반에 해당하는 것이다. 그러나 주지하다시피 장시조는 자연을 노래하는 작품은 아주 적고 대신 인간의 삶을 노래한 작품이 많으므로 앞의 빈도는 그대로 단시조의 경우로 받아들여도 큰 차이가 없을 것으로 보인다.

　다음은 표현면에서 살펴보기로 한다. 여기에는 두 가지 흐름이 있음을 알 수 있는데, 하나는 선행한 작품 표현을 거의 그대로 수용한 경우와 다른 하나는 선행한 작품 표현을 부분적으로 수용한 경우다.

　전자의 경우를 예로 든다면 다음과 같은 작품을 들 수 있다.

　　5) 그려 사지 말고 차하리 시여져서
　　　　月明 空山의 杜鵑시 넉시 되여
　　　　밤中만 술아져 울러 님의 귀의 들니리라

(青六 559)

　　6) 글여 사지 말고 이 몸이 곳이 죽어
　　　　梨花 一技에 蝶蝶새 넉시되야
　　　　님자는 碧沙窓外예 울러 님의 귀의 들니리라

(海一 384)

　5), 6)은 초, 중장이 약간씩 다르게 나타나 있지만 작품 전체로 볼 때 큰 차이가 없다. 이렇게 작품이 아주 닮아 있는 단시조 작품들은 예상외로 상당히 많다.

　후자의 경우를 예로 든다면 ① 동일한 음보 ② 동일한 구(2음보를 1구라 할 때) ③ 동일한 행(각 장)의 세 부분에서 생각할 수 있다.

　　① <u>江湖에</u> 봄이 드니
　　　　<u>江湖에</u> 비 갠 後ㅣ니

　　② <u>江湖에 봄이 드니</u> 이 몸이 일이 하다
　　　　<u>江湖에 봄이 드니</u> 미친 興이 藕노 난다

③ 글려 사지 말고 찰아리 싀여져서
　　閻王께 발괄하야 任을 마지 다려다가
　　그려 사지말고 차하리 시어져셔
　　月明空山의 杜鵑시 넉시되여

　①②③에 해당하는 작품의 예는 상당히 많다. 어쩌면 ①②③에 해당되지 않는 작품수는 극히 일부일 것이다.

　간략하게 주제면, 소재면, 표현면에서, 그것도 극히 일부분에서 단시조 작품상의 유사성에 대해서 살펴보았다. 일부분에서 살펴본 결과에서도 작품상의 유사성이 빈번히 일어나고 있음을 알 수 있었다. 물론 폭넓은 부분으로 확대해서 살펴본다면 작품상의 유사성은 더 심하게 나타날 것이다. 다음으로는 왜 이런 작품상의 유사성이 빈번하게 일어날 수 있었느냐 하는 문제에 대해 생각해 보기로 한다.

　첫째, 고시가 전반에 걸쳐 설명될 수 있는 일이지만 우리 시가(나아가 동양 예술)는 서구 예술에서처럼 개성화를 나타내는, 예술로서의 개별성 또는 독창성에 대해 견해를 달리하고 있었다.

　우리 시가의 작가들은 서구식의 개성을 의도하지도 않았고 목적하지도 않았다. 기존의 알려진 형태를 토대로 하기 때문에 독특한 개성의 과시 또는 진기성의 추구 등이 거부되어졌던 것이다.

　이 정신은 자신을 표면에 드러내지 않는 것이 인간의 이상적 역할[4]이라는 동양 정신과 통하고 있다. 다만 미세한 차이 또는 미세한 변화에서 근본적인 의미를 새롭게 얻는 예술 세계가 동양 예술 세계라 할 수 있다. 가령 동양화의 산수화에서 보면 산과 강의 위치를 조금만 바꾸어 놓아도 오행상생(五行相生) 또는 오행상극(五行相尅)의 이치에 따라 근본적인 변화가 일어나고 만다.

---

4) Tomas Munro : Oriental Aesthetics(백기수역, 동양미학 열화당 1984. p.85)

　단시조가 그렇게도 좁은 의식 공간을 점령하게 된 것도 동양 미학의 테두리를 벗어날 수 없다는 점에서 이해해야 하리라 본다.

　가령 기존 작품 A B C…가 있다면 이것들을 다시 조합하여 가(AB 혼합) 나(BC혼합) 다(AC혼합)… 등의 작품이 가능하게 되고, 앞서 5), 6)에서처럼 아주 닮은 작품 A' B' C'…가 가능하게 되는 것이다.

　선행한 작품 세계를 따르면서 거기에 자기 개성을 극소화시켜 나타내려고 하는 동양 예술 정신은 그대로 시조 문학에 나타나게 되었다고 보여진다. 이것은 한 시인의 유일성이 보장되는 현대시와의 거리를 의미하게 되고, 더 나아가서는 작품의 개성이 곧 시인의 생활 수단 또는 시인의 작품 판매 전략일 수 있는 현대 예술의 탄생 그 이전의 예술 형태임을 의미하게 된다.

　둘째, 시조 문학은 소리 문화의 일종이었고 구비 전승이 실현된 문학 형태였다는 점에서 이유를 들 수 있겠다.

　단시조가 구비 전승되기 위해서는 여기에는 두 가지 장치가 단시조 안에 내재해 있어야 한다. 하나의 장치로는 창이라는 음악에다 창사인 단시조가 붙여졌을 때에 창이 주는 소리의 고저·장단·강약 그리고 쉼과 이음을 넘어서(창이 주는 장애를 무릅쓰고) 창사의 의미가 청자에게 전달되도록 해야 하는 장치와 또 다른 장치로는 창사가 잘 기억되어 청자로 하여금 쉽게 재생할 수 있도록 해야 하는 장치를 내재해야만 단시조의 구비 전승이 가능하게 되는 것이다.

　놀랍게도 단시조에는 구비 전승할 수 있는 장치들이 내재해 있고[5] 실제로 구비 전승하여 왔던 것으로 짐작이 간다. 그렇기 때문에 구비 전승을 하는 동안 자연히 같은 작품에 대한 작가는 여럿이 등장하게 되고, 또 어떤 경우엔 아주 비슷한 여러 작품 등이 가능하게 되었다고

---

5) 이 점에 대해서는 필자의 '시조문학의 본질'(대방출판사 1986) p.47～8 5 참조.

본다. 더 나아가 구비 전승에 대한 장치를 내재하다 보니 관습적 표현구 또는 수사법상의 끌리세(cliché)가 등장하게 되어 부분적으로 같은 작품들이 많이 속출하게 되었다고 보는 것이다.

세째, 의식 공간을 공유하고자 하는 작가들의 지향성이 원인이 된 것으로도 볼 수 있다.

단시조의 주된 작가층은 양반 사대부층이었다. 그들은 선민 의식 또는 지도층으로서의 자위와 그들 나름의 사회를 선도하려는 의식의 소유자들이었고, 또 이러한 의식을 작품 속에서 나타내려 했다고 보여진다. 그들은 조선조 사회의 통치 이념인 주자학적 세계관 그리고 사회 철학인 자연귀의와 안빈낙도를 표방하는 노장 사상을 단시조 속에 포함시킴으로 해서 그들만의 공유의식을 나타내려 했던 것이다. 이것은 한편으로는 이러한 공유영역 안에 자신이 존재함을 타로부터의 인정과 자신으로부터의 자기 확인을 동시에 의미했던 것이다.

그들이 이러한 의식공유 공간에 머물기를 희망하는 한에서는 서로의 작품 세계가 엇비슷하게 될 수밖에 없었다고 본다. 심지어는 표현상의 문제가 아니라 표기상의 문제로도 작자명이 다르게 나타날 수 있었고, 또 한 구 정도의 개작으로도 작자명을 달리하는 경우도 더러 있었던 것이다. 그렇게 해도 작품 저작권이 문제되지 않았던 시대였으므로 문제될 것이 없었다. 다르게 말하면 단시조의 많은 작품들은 공동저작권으로서의 작품 세계였다고도 할 수 있게 된다.

물론, 그들 양반 사대부층의 의식공유 공간을 확보함으로써 그들끼리의 동질성 회복을 추구하는 데에는 어느 정도 성공하였다고 보여지지만, 시조 문학이 작품으로서 가져야 할 독창성의 발휘라는 측면에서는 적잖은 방해가 되었다고 보여진다.

이렇게 볼 때, 단시조는 구심적 사고의 틀에 의해서 이룩되어진 의식 공간임을 알 수 있겠다. 즉 어느 한 의식의 공간을 과감히 깨뜨리기보다는 현존의 상태 또는 기존의 상태에 안주하는 한정영역을 스스로 부여함으로써 단시조의 특징을 나타내게 되었다고 할 수 있는 것이다.

Ⅲ. 새로운 문화적 전략—원심적 사고

단시조는 앞에서 논하였듯이 양반 사대부층이 향유하였던 의식의 세계를 포함시킨 그들 위주의 부분문화(sub-culture)였다고 보여진다. 그렇기 때문에 단시조는 작품 표현상으로서의 전문성보다는 주로 그들이 가진 사상 체계의 확인과 그것의 전달적 차원에서 이루어졌다고 할 수 있는 것이다.

작품으로서의 전문성은 작품판매시장의 시장경제 원리에 따라 좌우된다고 할 수 있는데, 단시조 작가들의 대부분은 작품을 상업적 근거에서 또는 직업상의 생활수단으로서 생산하지 않았기 때문에 거기에는 판매행위를 촉진시킬 수 있는 전문성 또는 한 작품이 타와 구별됨으로 해서 유발되는 구매력을 위한 장치가 뚜렷하지 않았다.

여기에 비해 장시조는 어떤가.

첫째, 장시조는 직업 연예인이라 할 수 있는 가객들에 의해 많은 작품들이 생산되었다는 점[6]에서 단시조와의 차이는 불가피해진다고 할 수 있겠다.

가객들은 시조 작품을 짓고 그것을 창함으로써 존재 이유가 있는 사람들이었다. 즉 시조를 생활수단화한 사람들이었다. 물론 가객은 시조만을 생활수단화한 것은 아니나 시조를 생활수단화했다는 점에서 보면 앞서 양반 사대부층과 구별되는 계층들이라 할 수 있다.

가객은 일단 목소리를 연마하여 여느 사람이 못따를 만큼의 전문적인 자기영역을 확보해야 한다(이 때 판소리를 업으로 삼았던 광대들이 목을 티우기 위해 고행했던 일화를 연상할 필요가 있다.).

거기다가 기존의 시조 창법과는 다른 변조 변박을 통한 새로운 음악

---

6) 이 때의 생산은 기존작품의 변모개작까지를 포함시킬 수 있다.

형태(창법)의 개발을 서둘러야 했고, 또 새롭게 개발된 창법에 합류할 수 있는 창사의 개발도 동시에 서둘러야 했던 것이다.

   7) 가마귀 거므나다나 해오리 휘나다나
      환시다리 기나다나 올히다리 져르나다나
      世上에 黑白長短은 나는 몰나 ㅎ노라   (瓶歌 855)

   8) 가마귀를 뉘라 물드려 검짜ㅎ며 빅노를 뉘라 마젼ㅎ야 희다더냐
      황시다리를 누라이어 기다ㅎ며 오리다리를 뉘라 분질너 즈르다ㅎ랴
      아마도 검고 희고 길고 즈르고 흑빅장단이야 일너무슴   (時調 98)

   7), 8)은 여러 면으로 보아 아주 닮은 작품들이다. 그러나 자세히 뜯어보면 7)과 8)의 관계는 ㉠ 7)에다 보충어를 삽입하여 8)이 되었거나 ㉡ 8)에서 보충어를 빼버린 것이 7)이 되었거나 한 관계임을 알 수 있다. 문제는 ㉠이냐 ㉡이냐이다.

   이것은 ㉠으로 봐서 7)이 선행작품으로 인정해야 할 것 같다. 그 이유는 우선 작품이 실린 책에서 볼 때,『병와가곡집(瓶窩歌曲集)』은 병와 이형상(瓶窩 李衡祥)(1653~1733)의 작품집이고『시조(時調)』는 조선 조말 오위장을 지낸 어느 한 기독교 신자이자 풍류객이 시조를 수집 기록하였다고 하니,[7] 병와가곡집에 8)이 실리지 않는 것으로 보아 8)은 7)보다 후대의 것으로 짐작할 수 있다. 또 7), 8)의 관계에서처럼 선행 작품이 후대에 와서 장시화한 경우가 많은 것으로 봐서도 ㉡보다는 ㉠으로 봐야 할 것이다. 또 단시조에 비해 장시조의 일반적 성격이 8)에서처럼 상황 전개의 구체성을 띠는 경우가 대단히 많은데, 이와 같은 장시조의 일반적 성격은 조선후기 장시조에 두드러지게 나타나고 있음으로 봐서도 8)은 7)을 모형으로 해서 만들어졌다고 볼 수 있다. 8)은 7)을 모형으로 하였으되, 7)보다는 형식면에서의 파격이요 내용면에서도 섬세성을 보일 정도로 달라져 있는 것이다.

---

7) 심재완 : 시조의 문헌적 연구 (세종문화사 1972) p.41.

7)을 창하던 창법으로 8)을 창하게 되면 박자와 템포의 면에 있어서 어긋남이 생길 것이다. 어긋나지 않게 창과의 조화를 이루려면 8)에 맞는 창법을 개발해야 할 것이고, 이렇게 개발된 창의 형식은 7)의 창법에 비하여 변조, 변박이라 할 수 있겠다. 또 거꾸로 변조, 변박을 강행하려 하자 7)을 8)로 바꾸지 않으면 안되었다고도 볼 수 있다. 여하튼 창과 창사는 서로 조화되어야 하는 것이다. 장시조에는 8)보다 더 긴 장시조(창사)도 얼마든지 있다. 이러한 작품은 8)과 또 다른 변조, 변박이 일어나야만 할 것이다.

가객들은 새로운 창법과 그 새로운 창법에 조화되는 새로운 창사 즉 장시조를 창작함으로써 창을 듣는 청자들에게 신선미를 제공하였던 것이다.

둘째, 가객들은 다른 여타의 소리 문화와 시조창과의 제휴를 통한 새로운 예술미를 탄생시켰고, 여기에 수반하여 각기 다른 창사와 창사끼리 제휴함으로 해서 복합성을 띤 문화 형태를 만들었던 것이다.

앞에서도 잠시 언급했지만 가객들은 시조창만을 생활수단으로 삼았다고는 볼 수 없다. 물론 시조창만을 업으로 삼았던 이도 있었겠지만, 그러나 그런 경우는 드물었던 것으로 짐작된다. 놀이판에 불려나가 좌중의 흥을 돋구어야 하는 가객의 입장은 분위기에 따라 여러 다른 소리 문화를 창해야 했을 것이고, 그렇게 함으로 해서 자기 신원에 대한 진가가 발휘되었을 것으로 보인다.

실제로 장시조 작품을 분석해보면 다음의 네가지 방법에 의해 장시조가 엮어져 있음을 알 수 있고 여기에 맞추어 음악적인 부분에 있어서도 이 네가지 방법에 의해 제휴되었으리라 본다.

　1) 민요와의 제휴
　2) 잡가와의 제휴
　3) 가사와의 제휴
　4) 판소리와의 제휴

장시조를 엮음시조 또는 편시조(編時調)라고 칭하기도 하는데 이것은 위에서 제시한 바와 같이 장시조(長時調)가 장문화(長文化)[8]를 이루기 위해 다른 시가와 제휴함으로 해서 얻어진 명칭이라 생각된다. 이렇게 함으로 해서 장시조는 창과 창사의 양측면에서 기존 문화형태를 변형시켰는데, 이것은 시조가 가지고 있던 문화적 자장을 광범위하게 넓히는 결과가 되었다고 본다.

세째, 비록 가객의 손에 의해 만들어지지 않은 작품이라 해도 장시조는 형식면에서 단시조의 짧은 형태를 벗어나 있다. 이것은 단시조가 구비 전승하기에 편리한 장치를 내재한 것이었지만 장시조에 있어서는 구비 전승하기 위한 장치가 소홀하게 취급되었다는 점을 의미한다. 다시 말해 억지로 장시간 노력해야 비로소 전문을 다 암송할 수 있는 장문 형식이 바로 장시조이므로 가객의 신분이 아니라 해도 가객의 신분에 가깝게 접근되어 있는 사람들에 의해 애창되었던 소리 문화였다고도 생각할 수 있는 것이다.

네째, 장시조 작가들 중에는 중인 계층인들(가객포함)이 많은데 이들은 양반 사대부들이 행세차로 창하던 단시조의 창법과 창사에서 일탈하여 자기들만의 것, 아니면 적어도 단시조의 분위기와는 구별되는 다른 시조를 개발할 필요를 느꼈으리라 본다.

애초 양반 사대부층은 그들 스스로 선민 의식을 가졌었고 그리하여 타와 구별되는 문화행위로서 단시조와 그 창법을 활용하였듯이 이제 중인 혹은 중인 계층인들도 위로의 양반 사대부에 대결하여, 또 아래로의 일반 백성에 구별지어 그들나름의 문화 형태를 향유하려 하였을 것이다.

어느 사회든 한 사회가 신분상으로 동일 집단을 이루고 있을 때에는 그들만의 연대감과 소속감을 나타내는 행동을 하게 되고 또 어떤 땐

---

8) 여기서 장문이라는 의미는 문장의 길이가 길다는 뜻과 그것으로 인한 Text의 길이가 길다는 의미의 장문을 동시에 이름이다.

그들이 향유할 수 있는 문화 형태를 만들어 가졌던 것은 인간사회 속에서 쉽게 발견되는 일이다.

이런 점에서 미루어보면 양반층에서 소외된 중인 또는 중인 계층에서 장시조를 개발하게 되고 창하게 된 이유는 너무나 자연스럽다 하겠다. 이렇게 해서 장시조는 단시조와 성격을 달리하는 문학이 되었다고 볼 수 있다. 즉 장시조는 양반사대부층이 향유했던 단시조에 대한 반문화(counter culture)로서 단시조의 현학적 취미 또는 군자연하는 태도와는 달리 인간삶의 사실성을 노골적으로 나타낼 수 있었을 것이다.

Ⅳ. 結　論

이상에서 논한 바를 정리하면 다음과 같다.

단시조는 주제면, 소재면, 표현면에서 볼 때, 유사한 작품들이 많은데 이렇게 유사한 작품들이 많은 이유에 대해서는 다음 몇 가지를 들 수 있다.

첫째, 우리 시가는 서구 예술에서처럼 개성화를 나타내는, 예술로서의 개별성 또는 독창성에 대해 견해를 달리하는 데서 비롯된다. 즉 우리 시가는 선행한 작품세계를 따르면서 거기에 자기 개성을 극소화시켜 나타내려 한다. 단시조는 이러한 우리 시가의 일반적 경향에 따른 것 같다.

둘째, 단시조에는 구비 전승할 수 있는 장치들이 들어 있고, 실제로 구비 전승하여 왔던 것이다. 그렇기 때문에 구비전승하는 동안에 같은 작품에 대한 작가는 여럿으로 또 여떤 경우엔 아주 비슷한 여러 작품이 작가를 달리해서 전해오게 되었다.

셋째, 의식공간을 공유하고자 하는 작가들의 지향성이 원인이 된 것으로도 볼 수 있다.

이러한 이유에서 볼 때, 단시조는 현존의 상태 또는 기존의 상태에 안주함으로써 단시조의 특성을 나타내게 되었음을 알 수 있게 된다. 이것은 단시조가 구심적 사고의 틀을 향유한 시가임을 의미한다.

장시조에서는 단시조와 작가 계층이 다름으로 인해 다음과 같은 사고 영역을 확보하였던 것이다.

첫째, 가객들이 그들의 생활 도구로서 장시조를 개발한 경우가 많았는데, 이렇게 되니까 새로운 창법을 개발함과 동시에 여기에 부합되는 창사(장시조)를 또한 개발하여야 했던 것이다. 이것은 가객으로서의 전문성을 발휘하기 위한 수단이고, 그 결과는 형식면과 내용면에서 단시조적인 분위기를 벗어날 수 밖에 없었던 것이다.

둘째, 가객들은 다른 여타의 소리 문화와 시조의 제휴를 통해 새로운 예술미를 탄생시켰다고 본다. 이것은 창과 창, 창사와 창사와의 제휴까지를 동시에 포함하게 된다. 여기에는 네가지 방법이 있었는데 1) 민요와의 제휴 2) 잡가와의 제휴 3) 가사와의 제휴 4) 판소리와의 제휴를 들 수 있다.

세째, 장시조에 있어서는 구비 전승을 위한 장치가 소홀하게 취급되어 있다. 억지로 장시간 노력해야만 비로소 전문을 암송할 수 있는 장문형식이므로 전문직업인의 직업적 노력을 요구하고 있는 시가라 할 수 있는 것이다.

네째, 장시조 작가들은 중인계층인(가객포함)들이 많은데, 그들은 그들 나름대로의 연대감을 행사할 수 있는 문화 형태 또는 양반 사대부층과 구별되는 문화 형태를 향유하려 하였을 것이고 그 결과가 장시조로 나타날 수 있었다고 본다.

이런 점에서 미루어 보면 장시조는 기존 문화형태에서 벗어나려는 의식공간을 향유하고 있는 시가임을 알 수 있다. 즉 구심으로부터 벗어나 원심적인 사고의 틀을 향유한 시가임을 알 수 있다.

이상에서 살핀 결과로 시조의 발생근거 또는 시조의 존속근거가 큰 두 사고의 틀에 의해서 비롯되었음을 알 수 있다.

제 2 부
藝術美的 接近

제 2 부 藝術美的 接近

1. 妓女時調의 優秀性

I. 序 論

우리들은 흔히 단시조를 권위에 찬, 그러면서도 타성에 젖은 좁은 공간의 시가(Conventional Poetry)라고 이야기하고 있다. 장시조와 단시조를 비교해 볼 때, 단시조는 역시 인습적이고 타성적이라 할 수 있으므로, 단시조를 좁은 공간의 시가라 해도 큰 무리가 없을 것이다.

장시조는 단시조에서 갈라져 나왔기는 해도, 단시조의 형식과 내용을 거부하는 요소가 가득 차 있다. 이것의 원인으로는 많은 것이 있겠지만 무엇보다 작가층이 달라진 데서 가까운 원인이 있었지 않았니 싶다. 단시조가 양반 사대부 위주의 문학이라면,[1] 장시조는 중인 계층 위주의 문학이었다[2]라 할 수 있다.

작가 계층이 다르므로 해서 작품 경향도 달라진다면, 조선조 사회 속에서 또 다른 작가 계층인 기녀들의 시조[3]는 과연 어떠한가 하는

---

1) 최동원 : 古時調研究(형설출판사, 1978), p.42.

2) 같은 책 p.170.

3) 심재완님의 「時調의 文獻的 研究」p.273에 의하면, 기녀 작가는 28명이오, 그들의 작품수는 67수라 하였다. 그러나, 67수 중에는 한 작품에 작가가 여럿 있는 경우, 또는 작가가 한 명이긴 하되, 그 작가를 그대로 믿기 어려운 것도 있어, 실제로 신빙성 있는 작품은 더 줄어든다. 또 심님의 조사 중에서 松伊의 작품수가 13이라 했는데, 이것은 14이고 桂娘의 작품수는 4라 했지만 3이 옳은 것 같다.

의문점이 생긴다. 기녀들은 양반 사대부를 상대했던, 양반들의 부속 인물들이지만, 외출과 접인의 자유가 보장되어 연애도 자유롭게 할 수 있었던 사람들이다. 그들은 양반 사대부들과 같이 철저한 유교 이념의 신봉자들이 아니었으므로 그들의 사고는 양반 사대부들에 비해 퍽 개방적이었다고 생각된다.

이런 점에서 기녀 시조가 양반 사대부 시조와 다른 성질을 가질 수 있는 가능성은 있을 수 있다.그렇다 하더라도 막연히 양반 사대부 시조에 비해 기녀 시조가 어떻다고 할 수 없는 일이다. 그래서 필자는 표현면에서 이 양계층의 시조들을 비교 검토하여 보기로 하였다.표현면에서 살핀다 하더라도 좀 막연한 감이 있으므로, 소위 시에서 말하는 기상(奇想, Conceit)라고 하는 표현 수법의 면에서 이 양 계층의 시조들을 살펴보기로 한다.

Ⅱ. 기상(奇想, Conceit)의 技法

기상의 원어인 Conceit란 말은 이탈리아말 Concetto에서 온 말인데, 1600년 무렵까지는 thought와 동의어로 사용되어 왔으며, concept, idea, conception과 거의 유사한 뜻으로 사용되었다.

이 말이 시에 쓰이게 되자, 그 뜻은 더욱 복잡하게 변해버렸지만, 다음 몇가지 경우를 살펴보면 대충의 뜻을 파악할 수 있게 된다.

① 복잡하면서 억지로 갖다 댄 은유이며, 그것은 놀라움, 충격 또는 쾌락의 환기된 감정을 통하여 나타나는 기능(an intricate, far-fetched metaphore, which functions through arousing feelings of surprise, shock or amusement)[4]

② 불일치의 일치, 유사하지 않는 이미지의 결합, 또는 분명히 같지 않는

---

4) 이근섭 : Metaphisical poets(영어영문학 봄. 1970, p.59에서 영문인용)

것 속에서 신비스러운 유사점의 발견(…a kind of discordia concors, a combination of dissimilar images, or discovery of occult resemblances in things apparently unlike)[5]

③ 문학용어로서 이 단어는 상당히 정교하고 특징 있는 생각을 표현한다. 이것은 흔히 은유법, 직유법, 과장법, 모순어법을 통하여 기지와 교묘로 놀라움과 즐거움을 주려한다(As a literary term this word has come to denote a fairly elaborate figurative device of a fanciful kind which often incorporates metaphore, simile, hyperbole or oxymoron and which is intended to surprise and delight by its wit and ingenuity) [6]

④ 기발한 착상, 속임수로서의 독창적 행동, 기지(機知), 현명한 의견, 아이디어(a fanciful supposition, an ingenious act of deception or a witty or clever remark or idea)[7]

⑤ 17C의 형이상학과 시인들, 단, 마이블·허버트 그리고 그 외 사람들은 명백한 자기 모순, 논리적 독단의 극단적 형태의 말을 가끔 사용한다. 이 특징은 어떤 광범위하고 기지에 찬 대조 또는 근본적으로 다른 것들을 서로 연결하는데 사용되어지는 용어로서 Conceit의 일종이다(And the metaphisical poets of the seventeenth century, Donne, Marvell, Herbert, and others, othen use an extreme form of logical paradox or apparent self-contradiction. This figure is one kind of conceit, a term used for any extensive and witty comparison or bringing toge-ther of radically dissimilar things)[8]

이상의 여러 설명에서 보는 바와 같이 기상(奇想)에 대한 견해로서는 여러가지가 있지만, 서로 비슷비슷한 설명이 되고 있다. 간단하면서도 의미 파악이 수월한 것은 사무엘 존슨(Samuel Johnson)이 형이상학파

---

5) 앞과 같음.

6) J.A. Cuddon : A Dictionary of Literary Terms, p.142.

7) 앞과 같음.

8) Danziger Johnson : An Introduction to Literary Criticism, p.41.

시인(Metaphisical Poets)들의 시의 특징을 설명하는 자리에서 밝힌 ④의 견해가 되겠다.

기상에는 보통 두 가지 종류가 있다고 한다. 하나는 이탈리아 시인이었던 페트라르카(Petrarch)가 그의 연애시에서 자주 사용하였던 페트라르카풍 기상(Petrarchan Conceit)가 그것이요, 다른 하나는 17세기 형이상학파 시인(17C Metaphisical poets)들이 즐겨 사용한 형이상학적 기상(Metaphisical Conceit)[9]이 그것이다.

이들 두 기상은 일견 서로 비슷한 것 같지만, 구별이 되는 요소를 가지고 있다.

페트라르카식풍 기상은 페트라르카가 그의 연애시에서 자주 사용한 수법으로 처음엔 참신하고 기발한 맛이 있었으나, 르네상스시대에 영국 시인들이 소네트(Sonnet)를 쓰면서 이 수법을 많이 이용하였으므로 인습적인 느낌을 주고 있다. 이 수법은 주로 모멸에 가득 찬 애인, 아름답긴 하지만 잔인할 만큼 냉정한 애인에게 적용되는 기상이다.[10]

토마스 와이어트(Thomas Wyatt)의 다음과 같은 시는 페트라르카풍의 기상을 사용한 시이다.

> 나는 평화를 발견하지 못한다. 그리고 모든 나의 전쟁은 끝났다.
> 나는 두려워 하면서 또 희망한다. 나는 타오르고 얼음 같이 얼어 붙는다.
>
> I find no peace and all my war is done
> I fear and hope, I burne and freeze like ice

사랑의 희망과 절망을 불과 얼음으로 비유하고 있으며, 모순어법(oxymoron) 을 동원한 시이다. 페트라르카풍의 기상이 유행하던 엘리자

---

9) 형이상학적 기상 란 뜻이 아니고, 형이상학파 시인들이 쓴 기상이란 의미이다.
10) 이근섭 : 앞의 글.

베드 여왕 시대의 세익스피어도 애인의 아름다움을 다음과 같이 표현하였다.

> 내 애인의 눈동자는 태양과 같지 못하다.
> 그녀의 입술이 붉은 것보다 산호는 더욱 더 붉다.
> 만약 눈이 희다면 왜 그녀의 가슴은 어두운가.
> 만약 머리카락이 철사줄이라면 검은 철사줄이 그녀의 머리에 자라고 있네.

> My mistress' eyes are nothing like the sun:
> Coral is far more red than her lips' red:
> If snow be white, why then her breasts are dun:
> If hairs be wires, black wires grow on her head.

애인의 눈동자와 태양과의 병치, 산호와 애인의 입술과의 병치를 나타낸 기상이다. 그러나 와이어트나 세익스피어가 애인을 두고 태양과 산호로 비유한다든가 그 열정을 불과 얼음으로 비유하고 있는 것은 르네상스 시대의 소네트에서 자주 볼 수 있는 기상이어서, 신선미를 상실하고 있다.

이것과는 달리 형이상학적 시인들이 사용한 소위 형이상학적 기상을 살펴보면, 페트라르카풍의 기상과는 거리가 있음을 알게 된다.

> 사랑은 선(線)과 같아서 기울면
> 모든 각도에서 서로 만나게 된다.
> 그러나 우리의 사랑은 참으로 평행선이라
> 비록 무한하지만 결코 만나지 못한다.

> As lines so loves oblique may well
> Themselves in every angle greet;
> But ours so truly parallel,
> Though infinite can never meet.

이것은 마블(Marvell)의 시, '사랑의 정의(The Definition of love)'
의 일부이다.

　사랑을 선에 비유하고 있으며, 사랑하지만 이룰 수 없는 사랑을 평행
선이라 하고 있다. 말하자면, 이 시는 기하학적 논리 구조 위에 서 있는
시라고 할 것이다. 이것은 존 단(John Donne)의 시에 있어서도 마찬가
지 경우가 되고 있다.

만약 그들이 둘이라면, 마치 **뻣뻣한** 두 콤파스의
다리가 둘인 것처럼 그들도 둘이지요.
당신의 혼은 고정된 다리, 움직일 기색을 보이지 않지만
그러나 다른 다리가 움직이면 따라 움직이지요.

그리고 한 다리가 중심에 위치하고 있긴 하지만
다른 다리가 멀리 헤매면
한 다리는 기울고 그 뒤를 따라 귀를 기울이지요.
그리고 한 다리가 집에 돌아옴에 따라 똑 바로 서지요.

당신은 나에게 이와 같아야 할 거요.
다른 다리처럼 비스듬히 달려야 하는 나에게
당신의 확고함이 나의 원을 정확히 만들고
그리고 내가 시작한 곳에서 나를 끝나게 만드오.

If they be two, they are two so
　　As stiffe twin compasses are two,
Thy soule, the fixt foot, makes no show
　　To move, but doth, if the other doe.

And though it in the center sit,
　　Yet when the other far doth rome,
It leanes, and hearkens after it,
　　And growes erect, as that comes home.

Such wilt thou be to me, who must

> Like th' other foot, obliquely runne;
> Thy firmnes makes my circle just,
> And makes me end, where I begunne.

　존 단의 시, '고별사 : 서러워 말라(A Valediction: Forbidding Mourning)'의 일부이다.

　흔히 부부는 한 몸이라고 말한다. 둘이 합쳐서 하나를 이루는 것이 부부라 할 수 있다. 둘이면서 하나요, 하나이면서 둘인 이 묘한 관계를 단은 콤파스의 두 다리가 하나의 콤파스를 이루는 이치와 연결시켜 놓았다. 즉, 부부가 모여 한 가정을 이루는 이치를 콤파스의 두 다리가 모여 한 개의 콤파스를 이루는 이치와 결부시켜 놓았다.

　원을 그리려면, 한 다리는 축에 고정되어야 하고 한 다리는 원의 둘레를 그려야 한다. 가정으로 말하면, 한 사람(아내)은 집에 있으면서 집을 관리하지만, 한 사람(남편)은 밖에 나가 사회 활동을 하게 된다. 부부의 역할과 콤파스의 두 다리의 역할을 아주 묘하게 결부시켜 설명하고 있는 것이다.

　그는 또한 '고별사 : 우는 것에 대하여(A Valediction; of weeping)'란 시에서는 달이 바닷물을 끌어당기는 조수 현상을 자기 애인이 자기를 끌어당기는 이치로 연결시켜 놓기도 하였다. 이와 같이, 형이상학적 기상은 자연 과학적 논리를 중시하는 기상이며, 전혀 예상 밖의 두 사물을 아주 묘하게 서로 연결시켜 의미의 혈관을 통해 놓고 있는 수법이라 하겠다. 그래서 흔히 형이상학적 기상을 두고 언어의 폭력적 연결, 대담한 병치, 당돌한 효과 등을 나타내고 있는 기상이라고 말하기도 한다.

　페트라르카풍의 기상은 어느 정도 예상할 수 있는 객관적 상관관계에 가까운 사물의 병치라고 한다면, 형이상학적 기상은 자연과학적 논리성을 띠면서도 예상 밖의 두 사물(서로 이질적인 관계)을 아주 묘하게 결부시켜 시의 생명을 새롭게 하는 기상이라고 할 수 있게 된다. 17세기

형이상학파 시인들에 의하여 창안되었던 형이상학적 기상은 20세기에
와서 엘리어트(T.S. Eliot)나 랜섬(J.C. Ransom) 등에 의하여 다시 재현
되어 현대 영시를 더욱 높은 수준(지적인 수준)으로 끌어 올리는 역할
을 하였다.

> 그러면 우리 가세 그대와 나
> 저녁이 하늘을 향해 펼쳐져 있네
> 마치 수술대 위의 에테르로 마취된 환자처럼.
>
> Let us then, You and I
> When the evening is spread out against the sky
> Like a patient etherized upon a table

엘리어트의 시 'J.A. 프루프록의 연가(The love song of J. Alfred
Prufrock)'에 나오는 귀절이다.

저녁의 어두움이 고요히 하늘에 번지어 있는 상태를, 마치 에테르에
마취된 환자의 경우로 비유하고 있다. 이것은 형이상학파풍의 기상의 연
장으로 볼 수 있는 표현이다.

엘리어트(T.S. Eliot)는 형이상학파 시인들의 기지(wit)에 넘치는
기발한 작시법이 자기에게 적당한 詩法이 된다는 사실을 깨닫고, 자기와
근거리에 있는 19세기또는 18세기의 시법을 뒤로 하고 17세기의 시법으
로 돌아가[11] 위와 같은 시를 남겼던 것이다.

또한, 이러한 표현 수법(Metaphisical Conceit)은 초현실주의 시에
연결되어 '유사성의 확대'라는 말로 쓰이고 있다.

---

11) 李慶雨 : 엘리어트의 多面主義와 「荒蕪地」(T.S. 엘리어트, 英美語文學研究
   叢書 4, 民音社. 1978, p.303).

Ⅲ. 인습의 탈피

엘리어트(T.S. Eliot)는 '새롭고 갑작스러운 결합 속에서 꾸준히 병치된 언어의 영속적이고도 사소한 변화'가 시 속에 내재해야 한다고 말하였다.[12] 이 말은 브룩스(Brooks)에 와서 다시 확인된다. 즉 '시인의 용어는 꾸준히 상호 수식하면서 자체가 지닌 사전적 의미를 파괴해야 한다'[13]고 한 말이나, 또는 '시인은 모순과 의미 부여에 의하여 작업해야만 한다'[14]고 한 말은 앞서 엘리어트가 한 말의 뜻을 대체로 다시 확인하고 있는 것 같다.

다시 말해, 시인은 끊임없이 새로운 표현으로 시를 새롭게 하여야 한다는 뜻이 된다. 인습적이고 타성에 젖은 시는 이미 시의 생명을 상실하고 있는 것이며, 독자에게 시적 감흥을 주기 어렵게 된다. 시를 새롭게 표현하려고 하는 시인의 의도는 자연히 기상과 결부되어 나타나기도 한다.

> 1) 이것은 소리 없는 아우성
>   저 푸른 海原을 向하여 흔드는
>   永遠한 노스탈자의 손수건

청마는 깃발을 아우성으로 비유하였다.

깃발과 아우성은 그 의미로 보아 같은 자리에 놓일 성질의 단어가 아니다. 서로 닮은 데가 없기 때문이다. 그런데도 이 두 단어는 시 속에서 묘하게도 의미를 서로 연결하고 있는 것이다. 말하자면, 이 두 단어는 시 속에서 살아있는 새로운 의미로 재창조되어 나타나 있다.

---

12) Cleanth Brooks : The well wrough urn p.9에서 재인용

13) 앞과 같음.

14) 앞과 같음.

　이렇게 보면 시인은 새로운 의미를 창조하는 역할의 담당자이며, 새로운 의미의 창조라는 문제 때문에 늘 고민하는 사람이기도 하다.

　또, 서정주는 그의 명시 ‘국화옆에서’에서, 국화를 누님으로, 또는 소쩍새 울음으로 병치시키고 있다. 전혀 엉뚱한 병치가 아닐 수 없다. 곧 기상이라고 할 수 있게 된다. 그러나, 청마의 경우에는 하나 더 문제가 있다.

　‘소리 없는 아우성’, 이것은 언어도단이요, 모순의 표현이다. 그렇지만 독자들은 이 모순된 표현을 거부하지 않고, 오히려 이해의 폭 속에 용해시킴으로 해서 시적인 어떤 쾌감에 접하게 된다.

　이와 같이, 일견 모순된 것이지만 곰곰히 따지고 보면 이해가 되고 수긍이 되는 모순된 표현을 모순어법(oxymoron)이라고 하며, 이것이 시에 쓰이었을 때를 가리켜 모순어법의 기상이라고 한다.[15]

　세익스피어가 ‘로미오와 줄리엣’ 중에서

　　그리하여 오 싸우는 사랑아! 오 사랑하는 미움아!
　　why, then, O brawling love! O loving hate

라고 한 것이라던가, 앞에 예로 들은 토마스 와이어트(Thomas Wyatt)

　　나는 평화를 발견하지 못한다. 그리고 모든 나의 전쟁은 끝났다.
　　나는 두려워하면서 또 희망한다. 나는 타오르고 얼음같이 얼어 붙는다.

라고 표현한 시들은 모순어법의 기상을 이용한 시들이다.

　　山村에 밤이 드니 먼듸 ᄀᆡ 즈져 온다.
　　柴扉를 열고 보니 하ᄂᆞᆯ이 ᄎᆞ고 달이로다.

---

15) J.A. Cuddon : A Dictionary of Literary Terms, p.142.

져 기야 空山 잠든 달을 즈져 무슴 ᄒ리오.

千錦(靑六 418)

靑山里 碧溪水야 수이 감을 즈랑 마라
一到滄海ᄒ면 다시 오기 어려오니
明月이 滿空山ᄒ니 쉬여 간들 엇더리

黃眞伊(甁歌 539)

천금의 시조는 산촌의 밤을 그렸다. 고요하고 정적인 상태를 개소리가 깨뜨린다. 황진이의 시조는 푸른 산 속으로 흘러가는 시냇물을 두고 이르는 독백체이다. 이 두 작품의 공통 인수는 밤의 정적인 상태를 묘사하고 있다는 것과, 달빛이 유난히 밝다는 사실과, 정적인 상황에 균형을 깨뜨리는 것으로 개와 벽계수가 등장한다는 사실이다.

더욱 문제가 되는 것은 '空山 잠든 달'과 '明月이 滿空山ᄒ니'라는 모순된 표현을 공유하고 있다는 점이다.[16] 空山이라고 하면 사람이 없는 산을 의미한다. 사람이 없는 산에 달빛이 가득 차 있다. 그러나 사람이 있고 없고가 문제가 아니라, 달빛이 산에 가득 차 있다면 이것은 벌써 공산의 개념이 무너지는 것이다.

---

16) 황진이 시조는 甁窩歌曲集이나 珍本靑丘永言에 전하는 바에 의하면 「碧溪水即宗臣碧溪守明月眞伊」라 하였으니, 시조에 쓰인 벽계수, 명월은 이중의 뜻을 가진 말이다. 이것을 수사법상 연어법(緣語法, Paronomasia or pun)이라 한다. 이것은 기녀 시조에 자주 등장하는 수사법인데, 예를 들면 梅花의 '梅花 녯등걸에 春節이 도라오니' 寒雨의 '오늘은 춘비 맛자신이 녹아 잘 싸ᄒ노라' 鐵伊의 '鐵을 鐵이라커늘 무쇠 錫鐵만 여겻더니 다시 보니 鄭澈일시 的實ᄒ다' '여기서는 鐵은 정 철을 이름이지 鐵伊 自身을 이름이 아니다' 玉伊의 '玉을 玉이라 커늘' 松臺春의 '漢陽서 쩌온 나뷔 百花叢에 들거고나 銀河에 좁간 쉬여 松臺에 올나안져' 求之의 '長松으로 븨를 무어 大同江에 홀니 쯰여 柳一枝 휘여다가 구지구지 미야시니' 등이 있다. 모두 人名과 사물과의 연결을 통한 이중의 효과를 노린 것이다.

다음과 같은 작품을 살펴보자.

> 清江에 비 듯는 소리 긔 무어시 우읍관듸
> 滿山 紅綠이 휘드르며 웃는고야
> 두어라 春風이 몃놀이리 우을 듸로 우어라.
>
> 孝廟(甁歌 35)

> 夜半相逢 죠튼 마음 出門相送 엇덧턴고
> 月色은 滿庭헌데 화음은 작작이라
> 엇지타 봉시란 별시이ᄒᆞ니 글를 슬허
>
> (源一 680)

　여기서처럼 '滿山紅綠' 또는 '月色은 滿庭헌데'라고 한다면 하나도 문제될 것이 없는 당연한 표현이다. 이들 시조에서는 왜 '滿空山 紅綠' 또는 '月色은 滿空庭헌데'라고 하지 않았을까. 반대로 앞의 시조에서 '滿山 잠든 달' 또는 '明月이 滿山ᄒᆞ니'하는 식으로 하지 않았을까. 이것은 역시 비어있다는 사실과 채워 있다는 사실, 이 두 모순된 의미를 동시에 갖고자 하는 데서 '空山 잠든 달' 또는 '明月이 滿空山ᄒᆞ니'로 표현한 것 같다. 묘한 표현이라 아니할 수 없다.
　천금, 황진이의 시조에 있어서는 근원적인 모순이 또 있다. 空山 잠든 달이라 했는데 달이 잠들 수 있는가. 벽계수를 쉬어가라 했는데, 시냇물이 쉬어갈 수 있는가. 이것은 브룩스의 견해로 보면 시의 역설(Paradox) 에 해당되는 말이다.

> 冬至ㅅ둘 기나긴 밤을 한 허리를 버혀내어
> 春風 니불 아래 서리서리 너헛다가
> 어른님 오신 날 밤이여드란 구뷔구뷔 펴리라.
>
> 黃眞(靑珍 287)

　황진이는 '어른님'오시는 날 밤의 짧음을 한탄하여 더 길게 연장하고 싫어했다. 그래서, 혼자 자는 동짓달 긴 밤의 한 가운데를 베어서, 춘풍 이불 아래 잘 간수했다가 어른님 오시는 날 밤에다 이어, 길게 연장하고 싶어하는 것이다. 밤을 신장성 있는 물체(이를테면 비단 같은 것)으로 인지하고 있다. 실로 어처구니 없는 발상이 아닐 수 없다.

이 시조가 절창이라고 할 수 있는 이유는 무엇보다도 이러한 어처구니 없는 소원이 작자의 놀라운 표현을 거칠 때에, 독자가 보기에 너무나 당연한 것처럼 된다는 사실에 있을 것이다.[17] 밤을 신장성 있는 물체로 보아 끊고 연결하겠다는 것은 억지요 모순이다. 이러한 억지와 모순의 발상은 황진이 시조의 대종을 이루는 표현기교이다.

> 어뎌 닉 일이여 그릴 줄를 모로던가
> 이시라 ᄒ뎌면 가랴마ᄂᆞ 졔 구틱야
> 보닉고 그리ᄂᆞ 情은 나도 몰나 ᄒ노라.
>
> 眞伊(甁歌 25)

진이는 사람을 보내놓고 다시 그 사람을 그리워한다.

보내놓고 다시 찾고 부르는 것은 모순이다. 이러한 모순된 표현(모순 어법의 기상)은 사대부 시조에는 보이지 않는 표현수법이다.[18]

> 2) 묏버들 갈히 것거 보내노라 님의 손딕
> 자시ᄂᆞ 窓밧긔 심거두고 보쇼셔
> 밤비에 새닙 곳 나거든 날인가도 너기쇼셔.
>
> 洪娘(吳氏藏傳寫本)

---

17) 宋穥：詩學評傳, p.135.

18) 月山大君의 '無心ᄒᆞ 둘빗만 싯고 빈빅 저어 오노라'라는 시조나 玉仙의 '아미도 정 주고 병 엇기난 나뿐인가'라는 시조들은 모순어법의 기상을 이용한 시조들이다. 그러나, 이들 시조는 漢詩의 번역체시조이므로 예문에서 제외하였다.

선조 6년 고죽 최경창(孤竹 崔慶昌)이 북해평사(北海評事)로 경성에
가 있을 때, 그는 기녀 홍랑과 가까이 지냈다. 고죽이 서울로 돌아오게
되자, 홍랑은 영흥까지 배웅하고 함관령에 이르러 저문 날, 비 내리는
속에서 이 노래와 버들가지를 함께 고죽에게 보냈다 한다.

임이 자시는 창밖(임의 방 가까이)에 자기가 꺾어주는 이 묏버들을
심어 두고 계시라는 당부는 임과의 이별이 이별이라고 할 수 없는 동거
의 세계에 있음을 알아달라는 암시이다.[19] 자신의 거리를 불가피한 것으
로 수용은 하면서도 자신이 임에게서의 불가리(不可離)의 존재로 깊이
임에게 잠겨 있음을 표백하고 있는 것이다.[20]

한시에 있어서도 버들은 이별을 연상시키는 것으로 등장한다. 당시대
(唐時代)에는 버들가지를 꺾어서 헤어지는 친구에게 선사하는 것이
관례였다.[21] 그러나 홍랑의 경우는 버들이라도 묏버들이다. 이 뫼란 관용
어가 어떤 의미를 내포하고 있는 것 같다.

표현 주체는 그 사랑이 '뫼'의 것, 야산의 것이라고 비하하고 있는
것이다.[22] 이 때 홍랑은 기생이라는 것을 방증으로 삼는다면, '뫼'라는
말이 어쩌면 정확한 자기 표현일 수도 있는 셈이다. 이것은 다음 말의
'窓밧긔 심거 두고 보쇼셔'의 '창밖'이란 말과도 호응이 된다. 창안에
존재할 수 없는 자기 신분의 은유가 곧 창밖인 셈이다.

문제는 창밖의 존재일망정 고죽의 소유로 지켜서고 싶어 하는 데
있다. 즉 고죽과 떨어져 있는 남이고 싶지 않는 것에 있다.

---

19) 이것은 한용운 「님의 침묵」에서 '님은 갔지만 나는 님을 보내지 않았읍니
다'란 발상과 흡사하다.

20) 金烈圭 : 韓國詩歌의 抒情의 몇 局面(단국대학교 부설 동양학연구소 간행
東洋學 二輯, p.81)

21) 劉若愚 : 中國詩學(李章佑譯, 汎學圖書, 1976, p.25).

22) 金烈圭 : 앞과 같음

이와 흡사한 발상으로 고려속요 동동(動動)이 있다.

十二月ㅅ 분디남ᄀ로 갓곤
아으 나올 盤잇 져 다호라
니믜 알픠 드러 얼이노니
소니 가재다 므ᄅ읍노이다.

작자는 자신을 산초나무로 깎은 젓가락으로 비유하였다. 그 젓가락은
임에게 드릴 소반 위에 얹혀 있다. 작자 자신은 임의 입에 물리는 젓가
락이고자 하였다. 그런데, 손님이 먼저 냉큼 집어가 입에 물고 말았다.
이루어지지 않은 사랑의 비극을 읊은 노래이다.

홍랑은 묏버들이 되어 임이 자시는 창 밖에 지켜 서서 임 가까이에
존재하는 인물이고자 하였고, 동동(動動)에서는 자신을 임의 입에 물릴
젓가락 즉 임의 소유로서 임과 가장 가까이에 존재하는 인물이고자
하였다. 사랑하는 이에게 더 가까이 존재하기 위하여, 옷의 장식품이나
애인의 노예이기를 원하는, 이러한 발상을 시로 나타내었을 경우, 이것
을 질투의 기상(jealousy conccit)이라고 한다.[23]

보라 그녀는 그녀의 손으로 그녀의 뺨을 어떻게 기대고 있는가를
오 나는 그 손 위에 덮힌 장갑이고 싶어라
내가 그녀의 뺨을 대질리기 위해서.

See how she leans her cheek upon her hand:
O! that I were a glove upon that hand,
That I might touch that cheek

이것은 세익스피어의 '로미오와 줄리엣' 중에 나오는 시로서, 질투의

---

23) J.A. Cuddon : 앞의 책, p.142.

기상을 이용한 시라 하겠다. 그런데, 상기 세익스피어의 시에서 보면 작중 인물(persona)은 남성이며, 남성이 그의 애인인 여성에게 접근하는 식의 질투의 기상을 쓰고 있다. 그러나, 우리나라의 고시가에서 보면, 작중 인물로서의 남성이 여성에 가까이 가기 위하여 질투의 기상을 쓰는 경우는 보이지 않는다.

물론, 작가는 남성이지만 그가 만든 작중 인물(persona)은 여성으로 나타나는 경우는 우리의 고시가 속에 얼마든지 찾아 볼 수 있지만,[24] 질투의 기상으로 나타나지는 않는다.

이것은 유교 이념을 신봉하던 양반 사대부들의 입장으로 봐서, 지극히 당연한 결과인지도 모른다.

> 3) 靑山눈 엇데호야 萬古애 프르르며
>   流水눈 엇데호야 晝夜에 긋디 아니눈고
>   우리도 그치지 마라 萬古常靑호리라.
>
> 李滉(陶山六曲板本 11)

이황은 불변의 대상으로서 청산과 유수를 보았다. 청산이 변함이 없다든가 유수가 그침이 없다는 생각은 이황 혼자만의 인식이 아니고 너무 보편화된 상식이다.

> 말 업슨 靑山이오 態 업슨 流水ㅣ로다
> 갑 업슨 淸風이오 임즈 업슨 明月이로다
> 이 듕에 일 업슨 늬 몸이 分別 업시 늙그리라.
>
> 成渾(甁歌 106)

---

24) 작품 속에서의 시적 자아는 반성적(contra sexual)으로 나타나는 수가 많다. Jung은 남성의 무의식 속에 있는 여성적 요소를 Anima, 여성의 무의식 속에 있는 남성적 요소를 Animus라 하였으며, 무의식은 항상 반성적으로 채색된다고 하였다. (Jolande Jacobi : The psychology of C.G. Jung. 李泰東 譯, 成文閣. pp.183~194).

　여기서도 마찬가지로 불변의 대상으로서 청산과 유수를 들었다. 하나의 고정화된 인습으로서의 청산이요, 유수이지, 작가의 개성적 표현을 통한 창조된 청산과 유수가 아닌 것이다.

　이렇게 되면, 이 두 시조 속에서의 청산과 유수는 시로서의 생명력을 새롭게 하는데 공헌하지 못하게 된다.

> 青山은 내 뜻이오 綠水는 님의 情이
> 綠水 흘너간들 青山이야 變홀손가
> 綠水도 青山을 못 니져 우러 예어 가는고
>
> 眞伊(大東 128)

　황진이는 사대부의 시조와 다르게 가변의 대상으로서 유수[綠水]를 보았다. 이와 비슷한 시조가 황진이에겐 한 수 더 있다.

> 山은 넷 山이로딕 물은 넷 물 아니로다.
> 畫夜에 흐르거든 넷 물이 이실소냐
> 人傑도 물과 ㄹ도다 가고 아니 오는또다
>
> 黃眞(瓶歌 541)

　역시 가변의 대상으로서 유수가 등장하고 있다. 이것은 유수에 대한 관점이 양반 사대부의 그것과 다르다는 것을 말한다. 사대부들이 유수를 흘러가는 그 연속적인 자체 행동에 관점을 두었다면, 진이는 흘러간 물은 다시 그 장소를 반복하여 흐를 수 없다는 일회성에 관점을 둔 것이다.

　진이는 관점을 달리하여 유수를 보고 있으며, 사대부들의 가변적인 사랑을 유수에 비겨 나타내고 있다. 유수(또는 綠水)를 가변의 대상으로 읊은 것은 진이의 시조밖에 없는 것 같다.

> 이 몸이 죽어가서 무어시 될고 ㅎ니
> 蓬萊山 第一峰에 落落長松 되야 이셔
> 白雪이 萬乾坤홀 제 獨也靑靑ㅎ리라.
>
> 成三問(瓶歌 63)

> 간밤의 부든 ㅂ람 눈셔리 치단말가
> 落落長松이 다 기우러 가노미라
> ㅎ물며 못 다 핀 곳치야 일너 무엇 ㅎ리오.
>
> 兪應孚(瓶歌 66)

낙락장송이라 하면 국운이 쇠퇴할 즈음의 충신을 두고 쓰는 말이다.
성삼문의 경우엔 낙락장송을 자기 자신으로 표백시키고 있으며, 유응부
의 시조에 있어서는 스러져 가는 충신들을 가리키고 있다.

> 이와 버힐시고 落落長松 버힐시고
> 져근덧 두던들 棟樑材 되리러니
> 어즈버 明堂이 기울거든 므서 스로 바티려노.
>
> 鄭澈(松星 45)

여기서도 역시 낙락장송은 충신을 이르는 말로 나타나 있다. 명당이
기울 때, 받칠 낙락장송을 함부로 베어서는 안된다는 말이니, 역시
'국운이 쇠퇴할 즈음의 충신'이 곧 낙락장송이라는 개념은 조금도 부서
지지 않았다. 그러나 다음 시조는 어떤가.

> 솔이 솔이라 ㅎ여 무슴 솔만 너겨더니
> 千尋絶壁에 落落長松 늬 긔로다
> 길 아릭 樵童의 졉낫시야 걸어볼 줄 이시랴.
>
> 松伊(瓶歌 547)

이 시조의 낙락장송은 사대부들이 가리키던 충절지신(忠節之臣)을

의미하고 있지는 않다. 스스로를 낙락장송이라 하였는데, 낙락장송이 위치하고 있는 곳은 천심절벽이므로 보통 사람으로는 접근하고자 해도 엄두를 내지 못하는 그런 위치에 있다고 하였다.

비록, 기생 신분이지만 자기는 고상한 품격의 인물이어서, 하찮은 인물 초동은 상대할 수 없다는 높은 자존심, 보통사람이면 범접할 수 없는, 다만 신통력을 가진 사람만이 접근할 수 있는 자신임을 스스로 자처했던 것이다.

이것은, 낙락장송이란 말이 시조에 쓰일 때 연상할 수 있는 충신이란 이미지[25]를 다른 이미지로 바꾸어 놓은 것이 된다. 즉 언어의 의미를 새롭게 재창조시킨 것이다.

Ⅳ. 結　論

이상에서 살핀 바와 같이 기녀들의 시조는 양반 사대부들의 시조보다는 숫자상으로 비유가 될 수 없을 만큼 적은 수이지만, 시적 표현에 있어서는 양반 사대부 시조보다 한층 새롭다는 사실을 알게 되었다. 그 근거로는,

첫째, 모순어법의 기상을 시조에 도입하여 표현에 있어 새로운 생동감을 주고 있다.

둘째, 임과의 사랑을 읊되 질투의 기상을 이용한, 보다 간절한 사랑의 표현을 하고 있다.

셋째, 타성에 젖은 말의 의미를 재창조하여 다른 말의 의미로 전환시

---

25) 낙락장송이 곧 충신을 의미한다는 사실은 表徵(emblem)에 가깝다. 표징이란 원관념(tenor)과 보조관념(vehicle)의 관계가 고정적인 상태인 경우를 의미한다. 이를테면, 비둘기가 평화를, 붉은 색이 위험을 나타내는 것 등이 여기에 해당된다.

킨 기발한 표현, (기상, Conceit)을 하고 있다.
등으로 집약할 수 있겠다.

이런 점에서 보면, 양반 사대부시조의 구태의연한 표현이 기녀시조에 의해 도전을 받고 있다는 사실을 알 수 있게 된다.

다시 말하자면, 기녀 시조가 양반 사대부 시조보다 시적표현에 있어 훨씬 우위에 있음을 알 수 있다는 것이다.

17C 형이상학파 시인들이 기상을 통하여 영시를 새롭게 변모시켰듯이 양반 사대부시조 속에서는 발견되지 않은 기상이라고 하는 표현 기교를 기녀 시조가 가짐으로 해서, 시조 문학을 새롭게 변모시키었다는 점은 충분히 인정할 수 있는 문제라고 생각한다.

2. 短時調의 詩的 認識

I. 序 論

고시조는 주로 창을 염두에 둔 창작들이었다. 그렇기 때문에 고시조 작가들은 창하기에 적당하도록(이를테면 청중을 고려해서) 고시조를 창작한 경우가 많다고 생각할 수 있다.

이 점을 미리 염두에 둔 어떤 평자들은 고시조(여기서의 고시조는 모두 단시조)는 순수예술성과는 거리가 멀다고 평하기도 하고, 또 시로서의 가치가 떨어진다고 까지 말하기도 하는 것이다.

고시조는 주지하다시피 양반 사대부 위주의 교양물이요, 그들 위주의 오락물이라 해도 무리가 없을 것이다. 이런 이유에서 보면, 고시조는 이미 오늘날 말하는 순수문예 정신과 거리가 있을 수 있다는 추측은 가능해진다 하겠다.

그러나 고시조가 설사 양반 사대부들의 교양과 오락을 위한 것이었다 하더라도 이들 작품을 분석 검토하지 않고 일방적으로 문학적 가치가 어떻다고 말해서는 안될 것이다.

이 논문에서는 오늘날의 시이론으로 보아 고시조는 시적 가치가 있는가 또는 시적 가치가 있다고 한다면 어떤 이유에서인가를 밝히고자 하는 데에 있다.

Ⅱ. 直觀的 認識과 古時調

크로체(Benedetto Croce, 1866~1952)에 의하면, 인간, 사물(또는 세계)에 대한 인식방법으로는 직관적 인식과 논리적 인식이 있다 하였다. 그는 직관적 인식이란 개인적 인식(individual knowledge)으로서, 개개의 사물에 대한 인식이며, 우리의 내면 세계(image)를 산출하는 인식이라 하였고, 논리적 인식은 지성(intellect)의 판단에 의하여 일어나는 보편적 인식(universal knowledge)으로서 관념(concept)을 산출해 내는 인식이라 하였다.[1] 그는 또한 예술을 간단히 직관적 인식에 의한 표출로 정의하였으며, 이것이 완전한 예술의 정의가 될 수 있다고까지 설파하고 있는 것이다.

리드(Herbert Read)는 크로체가 그의 미학책(Aesthetic As science of expression and general Linguistic)에서 밝힌 인식에 대한 설명을 그 이전의 어떠한 미학이론보다 더 조명을 한 것은 사실로 증명되어야 한다고 하여 크로체의 이론을 지지하고 있다.[2]

한편 이보다 앞서 베르그송(Bergson, 1859~1941)도 인식의 방법으로 직관과 지성으로 설명한 적이 있다.

첫째는 우리가 대상의 주위를 맴도는 것을 말한다. 둘째는 우리가 대상 속으로 들어가는 것이다. 첫번째 것은 우리가 위치하고 있는 관점에 의존하고 또 우리가 자기 자신을 표현하는 상징(symbol)들에 의존한다. 두번째 것은 관점에 의존하지도 않고 어떠한 상징에도 의지하지 않는다. 첫째 종류의 인식은 상대적인 지식에 머문다고 말할 수 있으며, 둘째 종류의

---

1) Benedetto Croce : Aesthetic, As Science of expression and general Linguistic (Eng. trans, Douglas Ainslie), The Nooday Press, p.1.

2) Herbert Read : The meaning of Art, p.21.

인식은 그것이 가능한 경우에는 절대적인 지식을 얻는다고 말할 수 있을 것이다.[3]

첫째의 인식은 지성의 간접적, 개념적, 합리적인 방법이라면 둘째의 인식은 직관의 직접적, 직각적, 생명침투적인 인식 방법인 것이다.

직관은 보통 이성의 영역 안에 나타나는 논리적인 추리라는 요소와 경험에 관련된 감각적인 관찰이라는 요소를 요구하지 않고, 인식의 직접적이고 직각적이고 확실한 방법을 뜻하는 것으로 이해된다.[4] 그러나 직관은 순간속에서 사태를 전체적으로 파악하게 되므로 분석(논리 또는 지성)처럼 분명하지 못하고 또 직관하는 자에게는 명료하게 인식되었다 하더라도 그것을 그대로 남에게 전달하기 어려운 난점이 존재한다.

직관이라는 intuition의 어원은 중세 라틴어 intueri 〔in(in)+tueri(to look at, view)〕로부터 연유된 말로, 내면을 본다, 내면을 투사한다는 의미에서 출발하였다. 이 직관은 철학상의 한 인식능력(cognitive faculty) 또는 요소로서, 사유(thinking)와 상반되는 인식작용을 말하는데, 미학상의 의미로는 미적 대상의 전모와 본질을 개념(concept)의 매개 없이 직접적으로 파악하는 관조 내지 인식의 작용을 의미하게 된다.[5] 말하자면 논리적 인식(또는 지성)이 물질들의 대상을 이해하고 조정하는 것이라면, 직관의 경우는 예술적인 창조, 인간의 사랑 그리고 성자와 신비가의 경험 속에 발견되어질 수 있다 하겠다.[6]

브레난(Brennan)은 직관과 지성(논리적 인식)의 차이를 어머니와 소앗과 의사의 경우로 설명하고 있다.

어머니와 소앗과 의사는 둘 다 어린이를 안다. 그러나 그들이 인식하

---

3) Joseph G. Brennan : The meaning of philosophy(郭江濟譯), p.182.

4) 앞의 책, p.177.

5) 白琪洙 : 美學(서울대 출판부, 1978), p.41.

6) Brennan : 앞의 책, p.182.

는 방법은 다르다. 어린이에 대한 어머니의 인식은 직선적이고 직접적이며 어린이에 대한 그녀의 사랑과 동일하지는 않지만 그 사랑과 분리될 수는 없다. 소앗과 의사의 지식은 과학적이고 개념적이며 외부적이라 할 수 있다.

> 내 마음 속 우리 님의 고운 눈썹을
> 즈믄 밤의 꿈으로 맑게 씻어서
> 하늘에다 옮기어 심어놨더니
> 동지 섣달 나르는 매서운 새가
> 그걸 알고 시늉하며 비끼어 가네.
>
> —서정주 '冬天'—

작자는 자기 내부에 '님'을 두고 있었다. 그는 님의 눈썹이 아름답다고 혼자 생각하고 있었다. 이것은 그의 비밀에 해당되는 것이었다. 그런데 날아가는 새가 서정주의 비밀을 알고 날개짓을 잠깐 멈추고 멀리 선회하는 것이었다. 마치 님의 눈썹 모양을 날개로 흉내내듯이, 그런 모양을 하고는(서정주의 비밀을 폭로하고는) 날아가는 것이었다.

날아가는 새의 날개에서 애인의 눈썹을 느낀 것은 서정주의 직관의 세계요, 독창적 사고 영역에 드는 인식세계라 하겠다.

세익스피어의 '맥베스'에서 보면, 맥베스 부인은 남편의 편지를 갖고 달려온 지친 사자를 보았을 때, 운명의 갈림길에 선 맥베스 부인으로서는 불길한 소식을 직감했기 때문에 사자를 까마귀라 한 것이다.

이와 같이 인식의 대상을 직감적으로 판단하여, 비합리적으로 인식하

---

7) 예술적 입장에서의 직관의 종류를 大西克禮는 ① 感性的 直觀 ② 知的 直觀 ③ 想像的 直觀 ④ 幻想的 直觀 등으로 나누어 설명하고 있다(大西克禮 : 美學) 여기서는 직관을 이렇게 세분화하지 않고 感官的 知覺世界에 있는 사물만을 직관의 대상으로 삼았다.

는 독자적인 영감의 세계를 직관의 세계라 생각할 때,[7] 서정주나 세익스피어의 경우에서 보면, 그들의 인식은 외부의 간섭이 배제된 순수한 직관적 인식 곧 시적 이미지였던 것이다.

구룸빗치 조타 ᄒ나 검기를 ᄌ로 ᄒ다
ᄇ람소릭 몱다 ᄒ나 그칠 적이 하노매라
조코도 그츨 뉘 업기ᄂ 물뿐인가 ᄒ노라

尹善道(孤遺 14)

금음에 지는 달도 十五夜의 다시 밝고
今年에 이운 꽃도 明年三月 다시 퓌네
두어라 월부원화ᄭᆯ발을 다시 볼가 ᄒ노라.

羅志成(源— 715)

이들 작품의 작자들은 논리적, 지성적 입장에서 사물을 인식하고 있다. 윤선도나 나지성이 아니더라도 누구나 인식하는 객관적이고 보편적인 상식이며, 거역할 수 없는 자연현상의 순리에 대한 기록이다.

시에서 놀라운 것을 보지 못할 때 시는 그 의의와 명분을 잃고 만다. 시는 우리들의 시시하고 평범한 세계에서 번영할 수 없다. 기적적인 것, 놀라운 것, 신비스러운 것이야말로 진정 시적인 취급을 받을 수 있는 유일의 주제에 해당된다.[8]

이것은 카시러(Cassier)가 예술을 논하는 자리에서 밝힌 말이다.

예술은 창조적이어야 한다. 이 창조적(creative)이란 말 속에는 다이나믹한 이미지(dynamic image)의 표출[9]을 통한 미적인 새로움이 존재

---

8) Ernst Cassier : An essay on man, pp.156~157.

9) Susanne K. Langer는 그의 Problems of Art에서, 무용을 설명하면서 예술 속에는 dynamic image가 내재해야 한다고 하였다.

해야만 한다는 뜻을 내포하고 있다. 그래서 늘 예술은 새로움에 대한 동경을 가지게 되는 것이다. 이 새로움은 인식세계의 새로움이어야 함은 물론이다. 그런데 앞서의 작품들은 타성적이고 구태의연한 인식 세계이며, 직관에 의한 독창적 인식세계와는 거리가 멀리 떨어져 있는 타성적인 작품이라 할 수 있을 것이다.

> 닉언지 無信ᄒ여 님을 언지 속엿관딕
> 月沈三更에 온뜻지 젼혀 업닉
> 秋風에 지눈 닙소릭야 닉들 어니 ᄒ리오.
>
> 黃眞(甁歌 540)

> 蓮못싀 비오눈 소릭 긔 므어시 놀랍관
> 님 보라 가던 쑴이 못 보고 씨돗던고딕
> 닙 우희 구슬만 담겨 눈물 듯둣 ᄒ더라
>
> 지은이 모름(槿樂 49)

황진이는 깊은 밤 낙엽 떨어지는 소리를 마치 자기를 찾아오는 그리운 임의 발자욱 소리로 알아들어 속고 말았다는 것이다. 낙엽 떨어지는 소리를 임의 발자욱 소리로 안 그의 오해는 직관에 해당되는 인식 세계이다. 자아가 이성의 도움 없이 특정한 사물에 직접 접촉한 결과의 표현인 것이다.

실명씨의 작품에서는 연잎 위의 빗방울을 눈물로 감지하고 있다. 비오는 소리에 임 보러 가던 꿈이 깨어져 버렸는데, 이 허망한 순간에 연잎을 보니 빗방울이 고여 있었다. 그런데, 이 빗방울은 빗방울이 아니라 임을 보지 못하여 애석해하고 있는 작자의 눈에는, 임의 눈물로 지각되어 나타난 것이다.

> 江村에 日暮ᄒ니 곳곳이 漁火ㅣ로다.
> 滿江船子들은 북티며 告祀ᄒ다

밤ㅁ中만 疑乃一聲에 山更幽를 ㅎ더라

任義直(源國 262)

밤중쯤 배를 저으며 부르는 노랫소리(疑乃一聲)에 산이 다시 깊어지더라는 것이다. 노랫소리에 산이 다시 깊어진다는 것은 작자의 직관의 영역이요, 이성의 도움이나 객관적 사리가 닿지 않는 혼자만의 인식 세계인 것이다. 곧 시적인 인식 세계에 접하고 있는 것이다.

Ⅲ. 詩의 功用性과 非功用性

정통적인 유가들의 견해로서는, 시의 존재 가치란 어디까지나 도덕 교훈을 하기 위한 수단으로써, 나아가 덕치국가를 건설하기 위한 사회적, 정치적 기능으로서 인정되었던 것이다. 먼저 공자와 그의 추종학자들의 시에 대한 관점을 살펴보기로 하자.

시경 삼백수를 한마디로 요약하면 생각함에 사특함이 없다.
(詩二白 一言而敝之曰 思無邪)

시의(詩意)가 사특함이 없다는 것은 시경이 갖는 도덕적 가치를 말하기도 하고, 공자의 시경 편찬 태도를 아울러 말하기도 한다. 시와 도덕이 먼거리에 있지 않다는 것을 암시하는 것이라 하겠다.

시경 삼백편을 외우더라도 政事를 맡아서 통달하지 못하고 四方에 사신으로 나아가서도 대화를 도맡아 하지 못하면 비록 많이 안들 또한 무엇에 쓰겠는가.
(頌詩三百 授之以政 不達使於四方 不能專對 雖多 亦爲以爲)

이 글의 내용으로 미루어 보아, 시경은 정사(政事)에 활용되기도 하였으며 외교석상에서도 활용되었던 것으로 이해할 수 있다. 또한 정사나 외교석상에까지도 시경을 활용하기를 공자는 바라고 있었던 것 같다.

> 만약 시를 배우지 않으면 대화할 수 없다.
> (不學詩 無以言)

공자가 아들에게 한 말이다. 그는 시경을 도덕적 원천으로 이해함과 동시에 시경을 변재(辯才)의 한 방편으로 생각하고 있었음을 알 수 있게 된다.

> 그대들은 어찌 시를 공부하지 않는가, 시로서 흥겹게 할 수 있고 관찰할 수 있고 무리에 어울리게 할 수 있고 원망을 표현하게 할 수 있고 가까이는 어버이를 섬기게 하고 멀리는 임금을 섬기게 할 수 있으며, 새 짐승 초목의 이름에까지 많이 알게 할 것이다.
> (小子何莫學夫詩 可以興 可以觀 可以群 可以怨 邇之事父 遠之事君 多識於 鳥獸草木之名)

공자는 도덕적 사회적 기능으로서의 시의 용도(효용)를 설명하고 있다. 무리에 어울릴 수 있게 된다는 것은 시를 가까이하는 사대부 층에 끼어 그들과 사귈 수 있게 된다는 등등의 다분히 현실적인 방편으로서 시경의 시를 배우기를 권했던 것이다.

공자의 이같은 태도는 그의 제자 자하(子夏)에게도 계승되었다. 자하가 썼다고 하는 시경대서(詩經大序)에 보면 다음과 같은 말이 나온다.

> 그러므로(정부의) 성공과 실패에 대한 정확한 표준을 유지하는데, 하늘과 땅을 움직이는데, 귀신을 감동시키는데 시경만한 글이 없다. 앞서 어진 임금들이 그것으로 남편과 아내 사이의 영원한 유대를 맺게 하고 효성스러운 존경심을 이루게 하고 인간 관계를 두텁게 하고 敎化를 아름답게 하고 풍속을 개선시켰다.

(故正得失 動天地 感鬼神 莫近於詩 先王以是經夫婦 成孝敬 厚人論 美教化 移風俗)

   역시 시를 공용성(功用性)의 입장에서 바라보는 공자의 태도와 다름이 없다.

   송대의 주돈이(周敦頤)도 글은 도가 담겨져 있어야 한다(文以載道)고까지 하였다. 이와 같이, 시를 공용성의 입장으로 이해한 이론은 청대(清代)에 이르기까지 문학이론으로 더욱 구체화되어 갔던 것이다.[10] 그러나 오늘날에서 보면 시와 도덕이 거의 일치해야 한다든가 시가 사회교화에 참여해야 한다는, 시의 功用性으로 본 공자의 詩에 대한 관점은 문학인은 물론 일반독자에게까지 호응을 받기 어렵게 된다.[11] 오히려 그 반대의 입장에 서서 비도덕적인 추한 생각 추한 단어들이 시 속에 들어 있어야 시가 풍부해진다고까지 말하고 있는 실정이다.[12]

       무을 사룸들하 올흔 일 ᄒᆞ자ᄉᆞ라
       사룸이 되여나셔 올티옷 못ᄒᆞ면
       무쇼를 갓 곳갈 싀워 밥 머기나 다ᄅᆞ랴

                                           鄭澈(가람本)

---

10) 金學主 : 中國文學序說(汎學圖書, 1976), p.36.
11) 이와 같이 시의 존재가치를 사회적, 정치적 功用性(效用性)으로 이해한 공자나 그의 제자들의 전통적인 시의 견해는 상당히 오랫동안 문학이론으로서 영향력을 발휘하였다. 그러나, 시는 개인적 정서(自己表現)이어야 한다는 견해가 아주 없었던 것도 아니지만(劉若愚著 李章佑譯 中國詩學, 汎學圖書, 1976, p.97), 이 이론은 공자를 따르던 많은 유가들의 이론에 눌려 활기를 펴지 못하였다. 특히 唐代, 宋代의 시 속에는 사회적, 정치적 功用性과는 거리가 있는 개성적인 작품들도 많이 있으나 詩는 思無邪라야 한다는 공자의 詩觀에서는 멀리 있지 않다고 하겠다.
12) 특히 Warren이 「Pure and Impure poetry」(Danziger Johnson : An Introduction to Literary Criticism, p.321)에서 밝히고 있는 바이다.

닉히 됴타ᄒ고 남 슬흔 일 하지 말며
남이 흔다 ᄒ고 義 안이여든 좃디 말니
우리도 天性을 직히어 삼긴 듸로 ᄒ리라.

朱義植(瓶歌 390)

늙고 병이 드러 江湖의 누워신들
님 向흔 丹心이 좁드다 니즐소냐
千里의 一片魂夢이 오락가락 ᄒᄂ다.

辛啓榮(仙石遺稿)

유교 이념을 통치의 근간으로 삼았던 조선시대에 알맞는 도의교과서 같은 내용이다.[13]

정철, 주의식의 작품은 관이 민을 다스리는 훈계의 목소리로 되어 있다. 훈계를 위하여 문학이 차용된 것 같은 인상을 준다고 하겠다.[14] 신계영의 경우도 忠에 대한 자기 의지가 변함이 없다는 것을 내용으로 한 자기 신원의 진술로 되어 있다.

이런 종류의 작품들이 시조 문학 속에 많은 것은 시의 존재 가치를 공용성으로 이해한 중국 문학 이론가들에 영향을 입은 결과 때문이라고 생각된다. 말하자면 시조를 짓고 부르던 그 향유 계층이 유교이념의 신봉자들이었던, 양반 사대부층이었다는 데에 가까운 원인이 있었다고 본다.[15]

---

13) 이런 내용은 독일문학에 있어서의 소위 가요시(Lied, Meistergesang)에 가깝다 하겠다. 독일 가요시는 멜로디로 노래하기 위한 시가인데, 그 내용은 다분히 종교적, 교훈적, 도덕적이다.

14) 지식 전달의 수단으로서 또는 훈계의 내용으로서의 문학은 특히 教述文學(didaktik)이라 한다. 고대 독일 문학에 있어서는 이같은 교술문학 장르를 뚜렷이 설정하고 있다.

15) 민요나 판소리 계통의 문학에서 보면, 유교 이념에 따른 上記의 작품같은 것은 아주 드물게 보인다. 오히려 노골적이고 사실적인 생활 감정을 솔직하

시가 사회와 정치를 위한 공용성으로만 일관되어 있다면 문학의 다양한 발전을 가로막을 것이고, 개성적이고 독창적이어야 하는 문학 정신에도 위배될 것이다. 그뿐 아니라, 유교 이념을 나타내기 위한 도구로써가 아닌 순수문학이 존재할 여유를 주지 않게 될 것이다.

문학이 이념을 가지되 그것이 외화(外化)되지 않고 숨어 있어야 하는 것이다. 그런데 공자의 문학관은 이념을 나타내는 데에 문학의 의의를 두고 있으며, 그런 문학이 사회적으로나 정치적으로 유용하게 쓰일 것을 요구하고 있는 셈이다. 이것이 문제가 된다는 것이다.

그러나 중국의 시가에서도 그렇겠지만 우리 시조문학 속에서도 공자의 시관과는 거리를 두고 있는 개성적이고 순수예술 지향적인 작품들이 없었던 것이 아니었다.

> 東山에 布穀새 울고 南林에 倉庚이 운다
> 農夫는 보리를 갈고 村婦는 뽕눈을 본다
> 아마도 太平한 百姓은 田家인가.
>
> 지은이 모름(樂高 965)

이 작품은 일반 백성의 지순한 생활 정서를 나타내고 있다. 혹시 양반 사대부들의 어지러운 정치 놀음을 보고 일반 백성들의 어진 생활 태도를 갈망하는 태도에서 나온 백성에 대한 찬양이 아닌지 모르겠다. 어찌했건, 전체적인 분위기는 어떤 관념을 앞세우지도 않았고, 또 어떤 목적의식에서 작품을 이룬 것 같지도 않은 것 같다. '村婦는 뽕눈을 본다'

게 나타내려고 하는 것이 그 주된 내용이다. 이것은 민요나 판소리계통의 문학을 향유했던 계층이 주로 일반 서민층이라는 데에서 그 이유를 찾을 수 있을 것이다. 또한 같은 시조 문학이라 해도 장시조에 오면 그 내용이 단시조와는 다른 민요나 판소리계통에서의 문학과 같이 노골적이고 사실적인 생활 감정으로 나타나고 있는데, 그 이유도 단시조와 장시조가 각각 다른 계층의 작가군을 가지고 있음으로 해서 빚어진 결과인 것이다.

는 촌부의 행동 묘사 같은 것은 언어를 절약한 시적 감흥의 표현이 깃들
어 있다고 느껴진다.
   다음과 같은 작품도 순수예술지향적인 작품이라 하겠다.

   바회 峯上에 달암쥐 긔고 시니 溪邊에 가지 게로다
   함박쏫히 뒤용벌 날고 됴팝남게 피독시 운다
   어디셔 징덩둥 쇼릭의 쪠구름이 우즘우즘 ᄒ더라
지은이 모름(詩歌 596)

   이 작품의 초·중장은 사실적 재현에 가깝다. 그러나 종장은 비쳐진
세계를 자기 도식 안에 넣어 肉化시킨 주체적 인식 세계이다. 이점은
황진이의 시조에서 다시 확인된다.

   冬至ㅅ둘 기나긴 밤을 한 허리를 버혀내여
   春風 니불 아래 서리서리 너헛다가
   어론님 오신 날 밤이여든 구뷔구뷔 펴리라.
黃眞(青珍 287)

   황진이의 시조는 연가풍의 시조로서는 그야말로 절창이라 하겠다.
이 시조가 절창이라 할 수 있는 것은 작가의 어처구니없는 소원이 작자
의 놀라운 표현을 거칠 때에 독자가 보기에는 너무나 당연한 것처럼
된다는 사실에 있을 것이다.[16] 밤을 신장성 있는 물체(이를테면 비단같
은 것)로 본 것은 시적 인식 세계다. 곧 그가 만들어낸 새로운 인식
세계다.

   어뎌 닉일이여 그릴 줄을 모로던가
   이시라 ᄒ더면 가랴마ᄂ 제구틱야

---

16) 송욱 : 詩學評傳, p.135.

보닉고 그리는 情은 나도 몰나 ᄒ노라.

眞伊(瓶歌 25)

황진이는 사랑하는 사람을 보내놓고 난 뒤 다시 그리워 찾고 부른다. 보내놓고 다시 찾고 부르는 것은 모순이다. 황진이는 이러한 모순된 표현(oxymoron conceit)을 시조 속에 도입하여 시조를 새롭게 변모시킨 사람들 중의 한 사람이다.[17] 모순된 표현은 시의 의미 효과를 높이는 한 수법이다.

이와 같이 실명씨(失名氏)의 작품에서나 황진이의 작품에서 보듯이 시의 공용성에 관점을 둔 그런 창작이 아닌, 자기 개성적이며 독창적인 표현을 통한 순수예술 지향적인 시조들이 고시조 속에도 흔하게 발견되고 있는 것이다.

Ⅳ. 他者의 自我(me) 와 自己 展開的 自我(I)

他者의 自我(me)는 행동 주체자가 타인의 태도(the attitudes of others)를 취함으로 해서 일어나는 자아세계이다.[18] 자기 개성을 죽인 일반화된 他者(generalized others)의 입장에 선 객관적 자아인 셈이다. 그러나 自己展開的 自我(I)는 타인의 태도에 대한 유기적인 반응(the 'I''s the response of the organism to the attitudes of the others)이므로,[19] 행동 주체자는 자아(I)를 미리 알 수 없으며, 자아(I)가 나타난 후에라야 행동 주체자의 머리 속에 기억으로 존재하게 된다.

---

17) 필자는 '인습의 거부'(국어국문학 16집, 부산대 국문학과)에서, 妓女時調는 양반 사대부들의 시조보다 시적 표현면에서 훨씬 앞서 있으며, 이것은 또한 시조문학을 새롭게 변모시킨 결과가 되었다고 밝힌 적이 있다.

18) Mead : mind, self & society, p.174.

19) 같은 책, p.175.

즉 자기전개적 자아(I)는 그것이 행동으로 나타난 연후에야 지각되는 자아 세계인 것이다.

우리 존재를 전연 의식하지 못한 채 우리가 자신의 행동으로 자신이 놀라게 된다고 말하는 까닭은 I 때문인 것이다. 이와 같이 I는 그 자신의 행동 범위 안에서 사회적 상황에 대한 그의 반응인 것이며, 그것이 행동으로 나타난 연후에야 자신의 경험 속에 들어가게 되는 것이다. 그러나 기억 속의 I('I' in memory)는 초, 분 또는 날자 앞의(과거의) 자아의 대변인으로 존재하며, 그것은 지난 날의 I이지만, 지금은 me로 화하고 만다는 것이다.(it is a 'me' but it is a me which was the 'I' at the earlier times)

> I와 me의 이런 연관 속에서 I는 말하자면 개인의 경험영역 안에 드는 사회적 상황에 대해 반응하는 어떤 것이다. 그것은 그가 타인의 태도를 가상할 때 타인이 그를 향하여 유발하는, 태도를 결정하는 개인의 대답이다.
>
> 자, 그가 타자를 향해 유발하고 있는 태도는 그 자신의 경험 속에 있지만 그것에 대한 응답은 고상한 요소를 포함할 것이다. I는 자유와 독창적인 sense를 준다. 그 상황은 우리가 자의식의 양상(self-conscious fashion) 속에 행동하기 위해, 우리를 위해 그 곳에 있다.
>
> 우리는 우리 자신을 알고 상황의 존재를 알지만 그러나 꼭 어떻게 행동할 것인가는 그 행동이 일어난 후에야 비로소 경험의 영역 안에 드는 것이다.[20]

me는 사회화된 I의 존재이며 타인으로서의 自我인 셈이다.

I는 계산적이고 논리적인 자아 세계가 아닌 즉흥적, 감정적, 무의식적 자아 세계이며 생물체로서의 충동적 성격을 띤 것이라고 할 수 있다면, me는 I의 이러한 성격을 사회화시킨 객관적 태도로서의 I인 셈이

---

20) 같은 책, pp.177~178.

다. 즉 그 개인 속의 내면화된 타자(internalized other)로서 타인의 기대
치를 반영시킨 결과로서의 自我가 곧 me인 셈이다.

이렇게 보면 I는 인간 행동의 추진력이 될 수 있겠고, me는 행동 방향
의 키가 될 수 있겠다. 그렇기 때문에 미드(Mead)의 I 때문에 인간은
창조적인 동물이라 한다면, me 때문에 인간은 사회적 동물이라 할 수
있다는 것이다.[21] 그러니까 창조적인 일을 하는 예술가들은 me보다
I의 요소를 많이 가지게 되며, I와 같은 발상에서만 생명력있는 예술
작품을 창작할 수 있게 된다고 하겠다.

> 쓴ㄴ물 데온 물이 고기도곤 마시 이셰
> 草屋 조븐 줄이 긔 더욱 내 분이라
> 다만당 님 그린 타ㅅ로 시롬 계위 ᄒ노라.

鄭澈(松星 20)

> 山水間 바회 아래 뛰집을 짓노라 ᄒ니
> 그 모른 놈들은 욷는다 혼다마는
> 어리고 햐암의 뜻의눈 내 分인가 ᄒ노라.

尹善道(孤遺 1)

겉으로 봐서는 산수간에 묻혀 사는 안빈낙도의 자세에 들어가 있는,
그런 사람들의 작품이라 하겠다. 그러나 정작 고산이나 송강이 '쓴ㄴ물

---

21) Mead의 I와 me는 Freud의 Id와 Super ego와 흡사한 데가 있다. Mead의
   I는 창조적, 자율적 견해로서의 자아라 한다면 Freud의 Id는 성적 충동
   또는 공격적 본성쪽으로 본 견해이다. 또 Mead는 I와 me를 과정상 분리하
   여 설명하였지만, 그러나 이것은 전체의 부분들이라는 상호 보완적 입장을
   취하고 있다. Freud의 경우는, 'Super ego는 영구적으로 본능을 봉쇄하고자
   하는 노력이며 성적 충동이나 혹은 공격적 본성의 재충동을 금지하는, Id
   와 ego에 대립하는 경향으로 이해하였다. 즉 Super ego와 Id는 서로 대립적
   경향이라는 것이다'(Theories of Personlity, Calvin S. Hall & Gardner
   Lindz ey).

데온 믈이 고기도곤 마시 이세'로 감지하고 살아갔다든가 또는 '山水間 바회 아래 뛰집을 짓노라 ᄒᆞ니' 정도의 경제적 궁핍 속에서 살았다고는 할 수 없게 된다. 관리들이 벼슬길에서 물러나 앉으면 으례히 이런 투의 안빈낙도를 찾고 불렀던 것이 당시의 작품 창작태도였다고 할 수 있다. 말하자면 당시의 관리들이 벼슬길에서 물러나 앉기만 하면 이런 투의 상투적이고 인습적인 자연귀의와 안빈낙도의 태도에 들어갔던 것이다. 이때의 자연은 자연을 노래했다기 보다 현실의 패배자가 안고 있는 불만의 감정을 자연에서 위로받으려고 하는 것이므로 이같은 자연시는 사이비 자연시(似而非自然詩)다.

> 菊花야 너는 어이 三月春風 다 지닉고
> 落木寒天에 네 홀노 픠엿ᄂᆞ니
> 아마도 傲霜孤節은 너ᄲᅮᆫ인가 ᄒᆞ노라
>
> 李鼎輔(靑六 217)

고시조에 있어서는 고절(孤節)을 노래하는 대목에만 오면 으례히 공식처럼 국화가 등장하고 있다. 국화 그 자체에 의미를 붙이다 보니 고절이 된 것이 아니라 고절의 대상을 찾다가 보니 국화가 발견되어진 것일 것이다. 이렇게 발견된 국화는 고절의 대명사로 고시조 속에 두고 쓰이게 된 것이라 생각된다.

로렌스(D.H. Lawrence)는, 예술적 대상과의 직접 대화의 회로를 통한 생명력 있는 표현이 되지 못하고 관념을 앞세워 예술적 대상을 바라보는 것은 자기에게는 마치 육체가 두뇌 속의 법칙에 반응하도록 시도하는 수음의 형태와 비슷하게 들린다고 하였다(It sounds to me like a form of masturbation, an attempt to make the body react to some crebral formula).[22]

---

22) D.H. Lawrence : Selected Essays(Penguin Books, 1972), p.326.

  이것은 이 정보의 경우에 국한한 것이 아니라 당시 양반 사대부층의 시조작품에 널리 찾아볼 수 있는 보편적인 사실에 불과하다. 미드(Mead)의 이론으로 보면 일반화된 他者의 입장(taking of the attitudes of others)을 취하여, 거기에 따라간 것이요 비개성적 표현이라 하겠다.[23]

>   가을밤 치 긴 젹의 님 生覺이 더욱 깁다
>   마귀 성긘 비에 남은 肝腸 다 셕노라
>   아마도 薄命흔 人生은 니 혼진가 ㅎ노라.
>
>   金天澤(瓶歌 483)

  가을밤이 매우 깊은 것은 작자의 개인 사정(임 생각) 때문인 것이다. 깊은 가을밤보다도 임 생각은 더욱 깊다고 하였으니, 시적 분위기는 점차 고조되어 나타난다. 거기다 머귀잎에 떨어지는 '성긘 비'는 임으로 해서 썩고 남은 간장마저도 다 썩게 하는 것이니 시적 분위기는 절정에 도달한 셈이다.

  머귀잎에 떨어지는 빗소리를 자기 내부의 갈등과 결부시킨 것은 타인의 경험 세계를 빌려온 객관화된 타자의 입장이 아닌, 작자 자신의 독자적 경험 세계요 자기전개적 자아 세계인 것이라 하겠다.

>   靑山은 내 뜻이오 綠水는 님의 情이
>   綠水 홀너간들 靑山이냐 變홀손가
>   綠水도 靑山을 못 니져 우러 예어 가는고
>
>   眞伊(大東 128)

---

23) T.S. Eliot가 'Impersonal theory of Poetry'에서 밝힌 비개성은 시가 가져야 할 보편성을 의미하는 말이다. 그러나 여기서의 비개성적이란 말은 시 그 자체가 다른 시와 구별될 수 있는, 시가 가져야 할 독자성(창조성)을 못가 졌음을 의미한다.

이황은 유수를 '青山는 엇뎨ᄒᆞ야 萬古에 프르르며 / 流水는 엇뎨ᄒᆞ야 晝夜애 굿디 아니는고' 하였으며 성혼 역시 '말 업슨 靑山이오 態 업슨 流水ㅣ로다' 申犀도 '靑山은 萬古靑이오 流水난 晝夜流라'하였다. 이와같이 양반사대부들의 유수는 변하지 않은 불변의 대상이지만, 황진이의 유수(녹수)는 가변의 대상이다. 사대부들은 물이 주야로 흐른다는 연속되는 운동의 관점에서였다면 황진이는 흐른 자리를 다시 돌이켜 흐를 수 없다는 물의 일회성에 대한 관점이었던 것이다. 말하자면 사대부들이 생각하지 않았던 황진이만의 '유수'를 창조한 셈이 되는 것이다.

> 솔이 솔이라 ᄒᆞ야 무슴 솔만 너겨더니
> 千壽絶壁에 落落長松 닉 긔로다
> 길 아릐 憔童의 졉낫시아 걸어볼 줄 이시랴.
>
> 松伊(瓶歌 547)

고시조에 등장하는 낙락장송은 충신을, 그것도 국운이 쇠퇴할 즈음의 충신을 두고 쓰는 말이다.

성삼문은 '蓬萊山 第一峰에 落落長松 되야 이셔'로, 유응부는 '落落長松이 다 기우러 가노민라'로, 정철은 '어와 버힐시고 落落長松 버힐시고'로 노래하였다. 이 때의 '落落長松'은 앞서 말한 국운이 쇠퇴할 즈음의 충신을 가리키는 말이 되겠다. 그러나 송이(松伊)의 '落落長松'은 자기 자존심을 나타내는 새로운 의미로서의 '落落長松'인 것이다.

말하자면 여태 두고 쓰던 말이라도 그 의미를 재창조한, 인습의 거부요 자기 전개적 측면에서의 인식인 것이라 하겠다.[24]

---

24) Erich Fromm은 그의 Escape from freedom(pp.190~192)에서 일기 관측에 대하여 말하고 있다. 해변에서 어부와 도시인이 만났다. 그들은 서로 일기를 예보했다. 어부의 일기 관측은 오로지 그의 경험 세계에서 비롯된 자신의 관측(주관)이라고 한다면 도시인은 라디오의 일기 예보에 의한 타인의 관측(객관)의 인용이다. 놀랍게도 도시인은 그의 예보가 마치 자신의 관측

V. 結 論

이상에서 언급한 바와 같이 필자는 세 가지 측면에서 고시조를 분석하였다. 이 세 가지 측면은 아래 표와 같이 시적인 것과 비시적인 것의 두 방향을 설정하기 위한 수단으로서 차용한 것에 불과하다. 그렇기 때문에 이 세 가지 측면은 설명을 수월하게 하기 위해서 필자가 나누어 설명한 것이지 궁극적으로는(또는 개념을 크게 잡으면) 어느 한 측면에 귀납되어 설명할 수도 있는 문제라고도 생각한다.

시적인 시조	비시적인 시조
직관적 인식으로서의 시조	논리적 인식으로서의 시조
비공용성의 태도를 보인 시조	공용성의 태도를 보인 시조
자기 전개적 자아(Ⅰ)를 가진 시조	他者의 자아세계(me)를 가진 시조

여기서 '시적인' 또는 '비시적인'이란 말의 근거는 웰즈(H. Wells)가 밝힌 바에 따른다.

웰즈는 어떤 대상 속에서 자기 자신의 존재 또는 자신이 구사하는 우주를 발견해야만 시적이라 말할 수 있고, 그렇지 않고 대상의 형상화만을 추구할 경우에는 비시적이라고 말한 바 있다.[25]

인 양 말한다는 것이다. 이 이야기를 Fromm이 끌어온 것은 인간의 확실성(authenticity)의 유무를 가리자는 것이었다.

여기서 진이나 송이가 인습적이고 타성적인 *流水* 또는 *落落長松*이 아닌 새로운 의미로서의 *流水*와 *落落長松*이란 말을 쓰는데, 이것은 그들 내부에 타인의 사고로부터 구별되려는 확실성(자기 전개적 자아 세계)을 가졌었기 때문이다. 사대부들의 시조(또는 도회인의 일기관측)은 他者의 自我세계(me)의 입장에 가깝다면 기녀들의 시조(또는 어부의 일기관측)는 自己展開的 自我세계(I)에 가깝다 하겠다.

25) H. Wells : Poetic Imagery(Russell & Russell, 1968), p.34.

웰즈의 말을 다시 정리하면, 시적인 것은 대상에 대한 인식이 자기화된 상태를 의미하는 것이라면 비시적인 것은 대상에 대한 인식이 자기화가 아닌 사회화 또는 비자기화된 상태를 의미한다고 할 수 있겠다.

인간들이 어떤 대상(또는 세계)을 인식할 때에는 어느 하나로 통일하여 인식하지 않는다.

인간의 자율성을 표방하는 자아의식, 불결정성, 주관적 세계의 삶, 무합리성, 상대성, 전체성, 잠재성 등과 타율성을 표방하는 예측성, 객관적 세계의 삶, 합리성, 절대성, 현실성 등이 항상 인간사회 속에서 서로 갈등을 빚고 있기 때문이다.[26] 그러므로 文學 속에는 자율적인 요소와 타율적인 요소가 공존할 가능성은 이미 있는 것이다. 그러나 오늘날에 있어서 시라고 할 경우에는 인간의 타율성에 의한 인식으로서의 작품이 아니라 인간의 자율성에 의한 인식으로서의 작품을 의미하고 있는 것이다. 이 점은 이미 웰즈가 밝힌 바와 같아진다. 즉 대상의 형상화만을 의미하는 것(타율적인 것)이 아니라, 대상을 통한 자기 존재, 또는 자기 세계(자기 우주)를 발견하는 것(자율적인 것)이어야 시로서의 자질을 갖추게 된다고 할 수 있겠다는 것이다.

이러한 현대시의 이론으로 볼 때, 고시조 속에는 시적인 가치를 가진 시조가 실지로 존재하고 있음을 알게 되었다. 그러므로 고시조는 시적인 가치가 떨어진다는 일방적인 논평을 한다면 이것은 지나친 편견일 수 있다는 근거를 가지게 된다.

---

26) 오세철 : 문화와 사회심리이론(박영사, 1979), pp.34~37.

3. 藝術美를 위한 造作

I. 序 論

고시조를 읽어가다가 다음과 같은 비슷하면서도 서로 다른 두 장시조를 발견하게 되었다.

A. 어홈 아 긔 뉘옵신고 건넌 佛堂 動鈴僧이 내 올너니
   홀居士내 홀노 주시는 방안에 무스것 ᄒ랴 와 겨오신고
   홀居士내 노감토 버셔거는 말 겻틱 내 곡갈 버셔 걸너 왓노라
                                    騷聳(瓶歌 848)

B. 窓 밧기 어른어른ᄒ느니 小僧이 올소이다
   어계 저녁의 動鈴ᄒ랴 왓든 듕이 올느니 閣氏님ㅈ는 房 독도리 버셔거
   는 말그틱 이닉 쇼리 송낙을 걸고 가자 왓소
   져 듕아 걸기는 걸고 갈지라도 後ㅅ말이나 업게 ᄒ여라
                                    蔓橫(瓶歌 937)

이 두 노래가 닮았다고 한다면, 승려와 속인의 육정적 사랑을 다 같이 나타내고 있다는 점에서이다.

이 두 노래가 다르다고 한다면, A에서는 여자(동령승)가 육정적 사랑

을 위한 능동적 인물로 나타난 데 비하여, B에서는 남자(소승)가 육정적 사랑을 위한 능동적인 인물로 나타난 점에서이다.

먼저 이 두 노래가 닮아 있다는 점에서 다음과 같은 문제를 생각할 수 있다.

민요 속에서 발견되는 남녀의 사랑은 처녀와 총각 사이의 오히려 권장할 만한 사랑이 주를 이루고 있다. 그런데 고시조(단시조)속에 보이는 남녀의 사랑은 위장된 남녀의 사랑(군신 사이를 남녀의 사이로 나타낸, 그런 시조에서 볼 수 있는 사랑)으로 나타나기 일쑤이다. 간혹 진정한 남녀의 사랑을 읊은 고시조는 주로 양반 사대부와 그들의 부속인물이라고 할 수 있는 기녀와의 사이에서 찾아 볼 수 있다. 그러나 앞에 보인 이들 장시조에서는 승려와 속인이라고 하는 서로 이질적인 사람들(조선조 사회 속에서는 사랑으로 결합되기 어려운 사람들)끼리의 사랑을 노래하고 있는 것이다. 이것은 예술미적으로 어떠한 의미를 가지고 있다 할 것인가 하는 것이 문제가 되는 것이다.

이 두 노래가 다르다고 하는 점에서는 다음과 같은 문제를 생각할 수 있을 것이다.

B에서 보듯이 부계 사회(父系社會)에 있어서는 남자가 여자를 찾아가 구애 행위를 하는 것이 일반화된 사회관습이라 할 수 있다. 더우기 유교이념을 신봉하던 조선조 사회에서는 여자가 외간 남자를 스스로 찾아가 구애를 한다는 것은 조선조 사회의 관습으로 봐서 있을 수 없는 일이라 하겠다. 그런데도 불구하고 A에서와 같이 여자가 남자를 찾아가 구애하도록 한 것은 예술미적으로 어떠한 의미를 가지는가 하는 것이 문제인 것이다.

본 논문은 앞서 말한 이 같은 문제점을 예술미적으로 봐서 어떻게 해석할 것인가 하는 점을 목적으로 삼는 것이다.

II. 生素材로서의 사랑

현대시인들은 시 속에 무엇을 담을 것인가 하는 주제의 문제보다 어떠한 주제이든 그 주제를 어떻게 나타낼 것인가 하는 표현의 수단에 더 많은 관심을 가지고 창작에 임하고 있다 할 것이다. 그러나 고시조(주로 단시조) 작가들은 시조 속에 무엇을 담을 것인가 하는 주제의 문제에 골몰하고 있었던 것 같다.

거개의 고시조들은 유교 이념을 그 안에 내포하고 있다. 주된 고시조 작가들이라 할 수 있는 양반 사대부들은 유교 이념을 담는 그릇으로서 시조를 보았으며, 그들이 행세차로 갖추어야 하는 일종의 교양물로써 시조를 이해했다고도 볼 수 있다. 그렇기 때문에 남녀의 사랑을 노래한다 하더라도 남녀의 사랑이라고 하는 표면적인 의미 뒤에는 임금에 대한 충성심이라는 자기 신원이 숨어 있었던 것이다.

> 님 보신 둘 보고 님 뵈온듯 반기로다
> 님도 니을 보고 닐 본듯 반기는가
> 출하리 저 둘이 되여서 비최여나 보리라
>
> 李元翼(甁歌 180)

> 님이 혀오시민 나는 전혀 밋덧더니
> 날 사랑하든 정을 뉘손되 옴기신고
> 처음에 뮈시던 거시면 이딧도록 셜울가
>
> 宋時烈(甁歌 266)

이 작품에서 보듯이 임(임금)에 대한 나(작자)는 여성화된 나로서 어디까지나 임에 대한 일방적인 사랑의 표시자인 것이며, 그 사랑은 임금에 대한 충성심의 변이 형태인 것이다. 임금에 대한 변함 없는 충성심을 맹세하려 하니, 그것에 따른 편법으로 자기를 여성화시키고 있는

것이다. 이런 유의 작품들은 진정한 남녀 사이의 사랑을 노래한 작품들
이 아닌 것이다. 그러나 고시조 속에서 실제의 남녀 사랑노래가 아주
없었던 것은 아니다.

> 살들헌 닉 마음과 알들헌 님의 정을
> 一時相逢 글리워도 斷腸心懷 어렵거든
> 하물며 몃몃 날을 이디도록
>
> 晋州 梅花(源一 719)

> 青草 우거진 골에 즈는다 누엇는다
> 紅顔을 어듸 두고 白骨만 뭇첫는다
> 盞 잡아 勸ㅎ리 업스니 글을 슬허ㅎ노라
>
> 林悌(瓶歌 196)

이것들은 양반 사대부와 기녀와의 사랑을 읊은 시조들이다. 기녀인
매화의 시조는 임과 헤어져 지내는 것이 안타까와 이 같이 노래했다
면, 사대부인 임제의 시조는 주안석에서 같이 놀던 기녀의 죽음을 애도
하여 이같이 노래하였던 것이다.

이같이 양반 사대부와 기녀와의 사이에 빚어진 사랑 노래는 조선조
사회가 마련해 놓은 일종의 신호 체계(signal system) 앞에 작동한 반응
이라 할 수 있다. 기녀들은 양반 사대부를 상대했던 인물들로서, 양반
사대부들의 부속인물들이라 할 수 있을 것이다. 그러므로 이들 사이에서
빚어진 사랑노래는 필연적인 인연 관계에서 나온 사랑이지 우연적인
인연 관계에서 나온 사랑은 아닌 것이다. 즉, 조선조 사회 속에서는
응당 이런 노래가 미리 마련되어 있었다고 본다.

고시조(단시조)에서는 실제 남녀의 사랑노래로서 이같은 양반 사대부
와 기녀의 사이에 빚어진 사랑노래를 제외하면 또 다른 실제 남녀의
사랑노래는 보이지 않는다. 이같은 현상은 유교 이념을 쫓아 생활하던

양반 사대부들의 생활의 한 단면을 나타내고 있다고도 하겠다.

그러나 일반 서민들의 노래라고 하는 민요에 있어서는 노동과 결부된 사랑노래가 많으며, 그것도 처녀와 총각 사이의 사랑을 노래한 작품이 많은 것이다.

<pre>
사래 긴 밭   넓은 들에
목화 따는   저 아가씨
혼자 따면   심심한데
둘이 따면   어떠하노
둘이 따면   좋건마는
먼데 있는   우리 오빠
눈초리가   무서우네[1]
</pre>

처녀 총각 사이에 일어나는 사랑은 기대되는 사람이고, 또 바람직한 사랑이라 할 수 있을 것이다. 또한 응당 있어야 하고 있음직한 노래인 것이다.

그러나 앞에서 예를 든 A와 B 같은 승려와 속인 간의 사랑은 예상 밖의 인물들끼리의 사랑이라서, 조선조 사회 속에서 있어야 하고 있음직한 노래의 형태는 아닌 것이라 하겠다.

앞에서도 잠깐 언급이 있었듯이, 고시조(단시조)에 있어서는 이념을 앞세운 '정제된 소재 또는 공식화된 소재'로서 시조 작품을 이루고 있다 할 수 있다. 예를 들면 충심을 나타내고자 할 때는 으레히 지은이 자신을 여성화시키고 상대인 임금을 그리워하는 임으로 표현하고 있는, 사랑으로 가장된 충성심의 노래라든가, 양반 사대부와 기녀와의 사랑, 또는 사랑과는 거리가 멀지만 지절을 노래할 때에는 으레히, 국화, 소나무, 대나무, 바위 등의 소재를 동원시킨다든가 하는, 공식화된 소재가 자주 등장하는 것을 본다. 그러나 A와 B에 있어서는 우선 임금에 대한 충성

---

1) 임동권 : 한국민요연구 Ⅱ. p.445.

심의 자기 신원을 위한 사랑 노래(충성심의 노래)가 아니며, 또한 공식
화된 사랑의 소재(지은이 자신을 여성화하고 임금을 임으로 부르는
것)가 아니며, 기대되는 바람직한 사랑(민요에서와 같이 처녀 총각간의
사랑)도 아닌, 전혀 엉뚱한 사랑의 형태인 것이라 하겠다.

그러므로 시조 문학의 소재면에서 살펴볼 때, A와 B에서의 승려와
속인 간의 사랑은 정제되고 공식화된 소재(익은 소재)가 아닌, 생경하고
낯선 생소재(生素材)라 할 수 있게 된다.[2]

말하자면 시조문학을 통하여 볼 때, 미리 예측되고 통용되는 흔한
소재가 아니고 예측 밖의 이색적인 소재라 할 수 있겠다는 것이다.

이와 같이 A와 B의 이색적인 사랑의 소재는 단시조의 한정된 소재나
공식화된 소재의 틀을 벗어나서 확산되고 발전된 형태의 소재라고도
하겠다.

남녀 사이의 사랑을 가장한 사랑노래(양반 사대부들이 임금을 향한
자기 신원의 노래)나, 미리 예측이 되는 사랑(양반 사대부와 기녀와의

---

2) 승려와 속인 사이의 사랑을 읊은 작품은 비단 장시조에만 보이는 것은
아니다. 고시조(단시조) 속에는 잘 보이지 않지만, 조선시대의 평민 문학이
라고 하는 판소리나 가면극에서는 그 예를 흔하게 찾아볼 수 있는 것이
다. 그러나 가면극이나 판소리는 광대라고 하는 직업 연기자가 있어, 이것
을 생활 도구로 하여 살았으므로, 그들은 관객의 유치를 위해서도 이같은
이색적인 사랑을 작품속에 넣어 작품에 대한 흥미를 돋구어야 했을 것이
다. 그렇다 하더라도 이같은 요소를 판소리나 가면극이 가지게 된 영향
관계로 살펴보면 장시조의 영향도 어느 정도 있었지 않았나 싶다. 장시조의
전성기는 18세기였는데, 판소리나 가면극의 전성기는 19세기이므로 장시조
의 내용이 판소리나 가면극의 내용을 이루는 데에 동적 자원이 어느 정도
되었으리라 추측할 수 있기 때문이다.
　　고려 가요인 쌍화점 같은 작품에서도 승려와 속인 사이의 육정적인 사랑
이 담겨 있다. 이것은 장시조에 앞선 소재로 인정이 되나 선후의 영향 관계
로 보기에는 시대적으로 너무 거리가 먼 것 같다.

사랑) 또는 기대되는 사랑(민요에서의 처녀와 총각 사이의 사랑)이 아닌 이색적인 사랑[3]을 장시조가 가짐으로 해서 이런 장시조를 창하거나 또는 읽는 사람들 자신은 물론이고 이런 작품을 듣는 사람들에게도 평범에서 벗어난 어떤 기이함이 주는 미적인 쾌감에 접하게 될 것이다.

리드(H. Read)의 말처럼 예술은 '즐거움을 주는 형태를 창조하려는 시도(an attempt to create pleasing forms)'[4]라 할 때, 장시조(A와 B)가 승려와 속인 사이의 사랑이라고 하는 이색적인 사랑을 소재로 택했다고 하는 것은 이같은 장시조를 대하는 사람들에게 어떤 미적 즐거움을 주려는 시도였다고 할 수 있다.

Ⅲ. 뒤틀림(distortion)의 미학

A와 B의 노래 속에 등장하는 인물들이 어떻게 행동하느냐 하는 점에서 살펴본다면 다음 표와 같다고 할 수 있겠다.

---

3) 이같은 상상 밖의 당돌한 연결을 보이는 사랑 노래로는 다음과 같은 것도 있다.

　　각시님 믈너 눕소 내품의 안기리 이 아히놈 괘심ᄒ니

　　네 날을 안을소냐 각시님 그 말 마소 됴고만 닷져고리 크나큰 고양감긔 쒱쒱 도라가며 제 혼자 다 안거든 내 자ᄂᆡ 못 안을가 이 아히놈 괘심ᄒ니 네날을 휘울소냐 각시님 그 말 마소 됴고만 도샤공이 크나큰 대듕션을 제 혼자 다 휘우거든 내 자ᄂᆡ 못 휘울가 이 아히놈 괘심ᄒ니 네날을 붓홀소냐 각시님 그 말 마소 됴고만 벼룩블이 니러곳 나게 되면 청계라 관악산을 제 혼자 다 붓거든 내 자ᄂᆡ 못 붓홀가 이 아히놈 괘심ᄒ니 네 날을 그늘을소냐 각시님 그 말 마소 됴고만 빅지댱이 관동달면을 제 혼자 다 그늘오거든 내 자ᄂᆡ 못 그늘을가

　　진실로 네 말 ᄀ듯ᄐ작시면 빅년 동쥬하리라(古今 291)

4) H. Read : The meaning of art(Faber & Faber 1977), p.18.

능 동 적 인 물	피 동 적 인 물
A. 동령승(여자)	홀거사(남자)
B. 소 승(남자)	각시님(여자)

위 표에서 보듯이 A는 육정적 사랑을 하기 위하여 여자(동령승)를 능동적 인물로 삼았고, B는 A와 반대로 남자(소승)를 능동적 인물로 삼고 있다.

B와 같이 남자가 사랑을 하기 위하여 능동적으로 움직였다면 어색할 것이 없는데, 여자가 사랑을, 그것도 육정적인 사랑을 하기 위하여 능동적으로 움직였다면 유교이념을 신봉하던 조선조 사회 속에서는 놀라운 일이 아닐 수 없다. 가령 다음과 같은 장시조라고 한다면 또 모르겠다.

중놈이 졈은 샤당년을 엇어 싀父母께 孝道를 긔무엇슬 ᄒ야갈쇼

松杞쩍 갈 松편과 더덕 片脯芋 椒佐飯 뫼흐로 치돌아 싀엄취라 삽쥬 고살이 글언 묏ᄂ물과 들밧트로 ᄂ이돌아 곰돌릐 라물 쑥게 우목 꼿ᄯ지와 씀박위 쟌다귀라 고돌쌱이 둘오 키야 바랑ᄲ게 너허 가지 무엇슬 트고 갈쇼

어화 雜말 혼다 암쇼등에 언치 노하 새 삿갓 모시長杉 곳갈에 念珠 밧쳐 어울 트고 갈이라

李鼎輔(海一 317)

여기서 보듯이 샤당년이 즁놈[5]을 얻는 것이 아니라 즁놈이 샤당년을 얻었다는 것이다. 그리고 대화의 내용도 즁놈이 의사 결정권을 갖고 있음을 볼 수 있다. 이와 같이 남자가 모든 일에 능동적으로 행동하던

---

5) 조선조 시대의 문학 속에는 중의 타락성을 노골적으로 나타내는 장면이 많다. 이것은 실제로 중의 타락된 생활의 반영이라기 보다는 중을 폄시하는 (또 폄시하여도 그 반작용이 미미한 고로) 경향에서 비롯되었다고 본다.

것이 조선조 사회(나아가서는 부계 사회)의 관례라 할 수 있는데, A
의 노래는 이 사회적 관례를 벗어나 있음을 알 수 있다.

　A는 합리적이고 보편적인 질서를 파괴한 기형적인 태도를 보이는
작품이라 할 수 있다. 그러면 이와 같이 비합리적이고 보편성에서 벗어
난 일면은 미학적으로 어떠한 의미를 가지는가 하는 것이 문제가 된
다.

　이 문제에 대하여 황패강님이 '고전문학의 미의식의 원리'라는 논문에
서 밝힌 바가 있다.

　　그들은 단순한 현실의 합리적인 재현이나 복사보다는 예술적인 감동을
　조작하는데 예술의 우선권을 주었던 것으로 보인다. 그것이 예술적인 감동
　을 촉발하는데 최선의 방법이라는 확신이 있을 때에는 '현실적인 타당성'
　을 회생하는 일도 서슴치 않는다는 태도다.[6]

　위의 말은 고대소설 속에서 발견한 불합리성에 대한 논술이다. 고대소
설은 이같은 불합리성 때문에 소설이 갖추어야 할 현실적 또는 과학적
증빙과는 거리가 멀다는 평을 들을 지 몰라도 예술미적인 면에서 본다
면 현실적인 타당성을 결하고 있다 하는 점이 오히려 미적쾌감을 촉발
하도록 하는 어떤 장치의 일부가 되는 것이다.

　일찌기 리드(H. Read)는 훌륭한 미치고 그 균형 속에 균형을 깨뜨리
는 그 무슨 기이함(strangeness)을 가지고 있지 않은 경우는 없다고까지
말하고 예술에 있어서는 비획일적(art not uniform)이어야 한다고 주장
하였다.[7]

　그러므로 남자가 여자를 찾아가 사랑을 토로하는 정상적인 사회 관습

---

6) 황패강 : '고전문학의 미의식의 원리'(고전문학을 찾아서, 문학과 지성사
　　1976. p.27).
7) H. Read : 앞의 책, p.27.

에서 벗어난 A와 같은 노래는 미학에서 말하는 뒤틀림(distortion)의
수법을 쓴 것이라 할 수 있겠다. 뒤틀림이란 규칙적인 기하학적 조화상
태(regular geometrical harmony)에서 벗어난 것을 뜻하기도 하고, 또는
더 일반적으로 자연세계 속에서 발견되는 비율을 무시하는 경향을 말하
기도 하는 것이다.[8]

　이 뒤틀림의 수법은 현대시 속에서도 자주 보이는 수법인데, 가령
서정주의 '자화상'같은 시는 그 예의 하나가 될 수 있다.

　　　스물 세 해 동안 나를 키운 건 팔 할이 바람이다.
　　　세상은 가도가도 부끄럽기만 하더라.

　이 작품에서처럼 자기를 키워준 것은 부모님인데도 부모님이라는
엄연한 현실(자연의 질서)를 무시하고 바람이라고 한 것은 뒤틀림의
수법이라 함직하다. 또한 워즈워드가 그의 유명한 시 'My heart leaps
up when I behold'에서 "어린이는 어른의 아버지이다(The child is
father of a man)"라고 한 것도 뒤틀림의 일부로 봄직한 것이다.[9]

　모든 형태는 연기처럼 민감하여 그 일부분을 눈에 띄지 않을 정도로
조금만 옮겨놓아도 그것에 본질적인 변화를 준다는 칸딘스키(W.

---

8) H. Read : 앞의 책, p.29.
9) 이것은 또한 모순어법(Oxymoron)의 일종이라 함직하다.
　원래 의미의 모순어법은 두개의 서로 대조적인 요소를 결합시키는 말재주
　의 하나이다. 가령 O heavy lightness! Serious Vanity! (Shakespeare,
　Romeo and Juliet I.I)에서와 같이 서로 상반되는 두 단어의 결합하에서
　이루어진다. 그러나 여기서 말하는 뒤틀림(distortion)이란 자연의 질서체계
　나 자연의 순리를 부정하고 전혀 엉뚱한 방향으로 설명하는 것을 의미한
　다. 그러므로 이것은 모순된 설명이 아닐 수 없으므로　모순어법이라고
　할 수 있으나, 원래 시에 쓰여졌던 모순어법과는 다소 다른 모순어법이라
　할 수 있다.

Kandinsky)의 말[10]과 같이 일반적 사회관습인 B의 형태에서 A의 형태로 바꾸어 놓기만 해도 그 작품을 읽는 사람들에게는 그 느낌은 클 것으로 생각된다.

다시 말해, B의 장시조는 인간사회에서 일반적으로 통하는 사회관습을 그냥 그대로 묘사한 사실 재현적 직역법(representational literaliness)[11]에 해당하는 작품이라 한다면, A는 이같은 사회질서 체계를 무시한 기형적인 작품에 해당한다. 그러므로 A는 B와 같은 유형의 사고에 정신적 대립[12]을 가짐으로 해서 우리들에게 미적인 쾌감을 자극한다고 할

---

10) W. Kandinsky : über das Geistig in der Kunst(권영필역, 예술에 있어서 정신적인 것에 대하여, 열화당 1979. p.66)

11) H. Read : 앞의 책, p.30.

12) A,B와 같은 서로 정신적 대립을 보이는 장시조는 다음과 같은 것도 있다.

  A) 窓 내고져 窓을 내고져 이내 가슴의 窓 내고져
      고모장ㅈ 細술장ㅈ ㄱ로다지 여다지에 암돌져긔 수돌져긔
      크나큰 장도리로 쑥싹박아 이 내 가슴에 窓내고져
      잇다감 하 답답홀지 여다져나 볼가 ㅎ노라

(瓶歌 985)

  B) 한숨아 세한숨아 네 어늬틈으로 드러온다
      고모장ㅈ 세슬장ㅈ 들장ㅈ 열장ㅈ에 암돌졔긔 수돌졔긔
      비목걸시 쑥싹박고 크나큰 줌을쇠로 숙이숙이 추엿ㄴ듸
      屛風이라 덜걱 접고 簇子ㅣ라 틱틔골 말고 네 어늬 틈으로 드러온다
      어인지 너 온 날이면 줌 못드러 ㅎ노라

(瓶歌 1066)

  근심 걱정을 덜어보자는 의도는 다 같은데 근심 걱정을 덜자는 노력으로는 A)에서는 가슴에 고인 근심 걱정을 날려 보내기 위하여 창을 내어야 하겠다고 하였다. 그러나 B)의 노래에서는 아예 근심 걱정이 못 들어 오도록 벽을 쌓아야 하겠다고 했다. 창을 단다는 것과 벽을 쌓는다는 것과는 서로 상반된 행위라 하겠다. 이 두 작품을 읽으면 우리는 정신적 대립을 느끼게 된다. 그러나 이 작품은 A), B) 두 작품을 서로 나란히 놓았을 때에야 비로소 정신적 대립이 분명해진다.

수 있을 것이다.

이 논문에서와 같이 A와 B를 나란히 놓고 대조한 결과에 따라 서로 정신적 대립관계에 놓여 있다고도 할 수 있고, 또 나아가서는 B라는 작품이 존재하지 않는다 하더라도 B와 같은 사회관습이 존재하고 있는 한은 A는 늘 B 또는 B와 같은 사회관습과 대조를 이루게 되므로, 우리는 B에서 보다는 사회관습을 거역하고 있는 A에서 더 한층 미적 쾌감을 느끼게 되는 것이다.

VI. 結 論

이상에서 살핀 바를 다시 요약하면 다음과 같아진다.

1) 이 두 노래의 공통점이라고 하는 승려와 속인 사이의 사랑은 고시조(단시조)에서나 민요에서의 미리 정해져 있는 사랑 또는 기대되는 사랑의 형태가 아닌 전혀 엉뚱한 사랑의 형태이므로 사랑을 소재로 한 여타의 작품들과는 다른 소재를 택한 작품들이다. 곧 미리 예측된 사랑의 소재가 아닌 생소재(生素材)로서의 사랑이다. 그러므로 이 두 노래는 예술미가 갖는 기이함 또는 놀라움으로 연결된 미적 쾌감을 주는 작품들이라 할 수 있게 된다.

2) 이 두 노래를 비교해 볼 때, 서로 다른 점은 B는 남자가 여자를 찾아가 구애행위를 하는 데 비하여 A는 여자가 남자를 찾아가 구애행위를 하고 있는 것이다. B는 사회관습에 충실한 작품이라면 A는 사회관습을 거역한 작품이라 하겠다. 그러므로 A는 예술미가 갖는 뒤틀림(distortion) 의 수법을 취함으로 해서 B보다는 한층 더 미적인 쾌감[13]에

---

13) 시적인 쾌감과 미적인 쾌감은 다른 것이다. 시적인 쾌감은 정서적인 것이라 한다면 미적인 쾌감은 지성적인 것이고 매우 전문적인 것이고 숙련자에 의한 것이라 하겠다(G. 미쇼, A. 베네트, 원형갑역, 「문학의 열쇠」새문사 1979. p.139).

접하게 된다고 생각할 수 있는 것이다.

이와 같은 경향을 가진 또 다른 장시조가 존재하고 있음도 예로서 들었다. 이로 미루어 보아 1)과 2)의 이 두 경향은 장시조 속에 재적되어 있는 많은 미적인 가치[14] 중의 한 부분이 되기에 충분하다는 결론에 도달한 것이다.

---

14) 필자는 「미학적 측면에서 본 민요와 사설시조」(釜山女大, 國語教育學科 睡蓮語文集論集, 第七輯)에서 민요와 장시조의 대화체 작품들을 미학적으로 비교하였다. 여기서는 앞의 작중 화자 말과 그 말을 받는 뒤의 작중화자 말이 어떤 연결을 보이고 있느냐 하는 연결 구성상의 미를 비교하였다.

제 3 부

長時調의 獨自性

제 3 부   長時調의 獨自性

I. 序 論

1. 문제의 제기

시조 문학의 하위장르로서는 보통 短時調와 長時調를 든다.[1]

이렇게 이대별(二大別)할 때, 단시조와 장시조는 시조문학이 가져야 할 공통된 요소를 가지기도 하지만 한편 서로 다른 이질적 요소를 가지 기도 하는 것이다. 말하자면 단시조와 장시조는 공통성과 이질성을 동시 에 가지고 있는 문학이 되는 셈이다.

공통적인 요소 중에는 여러가지가 있겠으나 그 가운데서도 두드러진 것은 의미 구조(意味構造)라 할 수 있다.

시조 문학은 어느 것이나 다 3장으로 구성되어 있고, 그 3장이 유기적

---

1) 시조 문학의 하위 장르를 단시조(평시조), 중시조(엇시조), 장시조(사설시 조)라 하여 중시조를 인정하려는 학자들도 있지만 그 타당성은 희박하다. 〔崔東元 : 古時調論(서울 : 三英社, 1980), pp.177~208 참조〕
   본 논문에서도 중시조를 인정하지 않는 설을 취하였는데, 이것은 본문 속의 '장시조의 율격'에서 다시 거론될 것이다. 그리고 명칭도 이 논문에서 는 단시조와 장시조라는 명칭으로 일관하고자 한다.

으로 결합하여 한 작품을 이루어내는데, 여기에는 다섯가지 유형의 결합 방식이 있어서 이 다섯가지 유형 안에서 이루어지는 것이 시조 문학이라 하겠다. 즉 시조 3장 중에서 어느 한 장이 다른 한 장의 부연 설명이거나 아니면 수식적 기능을 하여 두 장이 큰 하나가 되어서 나머지 한 장과 결합함으로써 한 작품을 이루는 경우와, 시조 3장이 각각 독립적 존재가 되어 한 작품을 이루는 경우의 두 가지 방향이 있다. 그리고 이 두가지 방향안에 다섯가지 유형이 있다.[2]

그러나 이 논문에서는 이질적 요소에 한해서 장시조를 연구하고자 한다. 이질적 요소라 해도 단시조가 가지지 못한 장시조만의 특징적 요소가 될 수 있는 것만 골라서 그것이 장시조의 문학성과 어떻게 상관되는가를 밝히고자 하는 것이다.

일반적으로 문학은 시대를 반영하고 또 작가의 신분이며 직위와도 무관하지가 않다.

이렇게 본다면 단시조와 장시조에는 많은 차이가 있을 것이라는 추측은 쉽게 할 수 있게 된다. 단시조와 장시조는 그 전성기가 서로 다를 뿐 아니라 주된 작가층이 서로 다르기 때문이다.[3] 그러나 문학에는 늘 예외가 있는 것이다. 문학은 시대를 반영하지 않기도 하고 또 작가의 신분이며 직위와 무관한 경우도 더러 있다. 그렇기 때문에 문학연구는 늘 실증적인 것이어야 한다.

장시조에서 단시조가 가지지 못한 문학성을 발견하게 된다면 이것은 시조 문학 전체의 성격을 파악하는 데에, 나아가서 한국문학사에서 장시조가 어느 위치에 있는가 하는 문제를 푸는 데에도 어떤 시사(示唆)를 얻을 수 있을 것이다.

---

2) 임종찬 : 시조 문학의 의미 구조(부산대 인문논총, 20집, 1981) 참조.
3) 이 문제는 최동원의 '古時調論'에 상론되어 있음.

2. 연구 방법

　문학 작품을 연구하는 데에는 보통 역사주의적 방법론, 형태 구조론적 방법론, 사회 윤리적 방법론, 심리주의적 방법론, 신화주의적 방법론 등으로 나눈다. 이렇게 다섯가지 방법론으로 나누어지지만 크게 분류하면 두 가지로 요약된다고 하겠다. 즉 문학작품 내부를 중시하여 작품을 연구할 것이냐 아니면 작품 외부의 문제를 가지고 작품을 연구할 것이냐 하는 문제이다.

　이때까지의 장시조 연구는 주로 작품 외부의 문제를 가지고 작품을 연구하는 경우가 많았다. 그러나 여기서는 작품내부를 중시하는 형태 구조론적 연구 방법론에 따르고자 한다.

　문학은 의미 체계로 되어 있지만, 확실한 의미 체계도 불확실한 의미 체계도 아닌 보류된 의미(suspended meaning) 체계라 할 수 있다. 문학 연구는 진리를 발견하는 일이라기 보다는 이 보류된 의미 체계 안에서 하나의 타당성을 획득하는 일이다. 이 타당성의 획득을 위해서는 자연히 문학의 비본질적 요건(external terms)에 관한 연구보다는 문학의 본질 적 요건(internal terms)에 관한 연구가 우선되어야 할 것이다. 작품 밖의 문제를 가지고 작품 안을 해석한다는 것은 결과론적인 해석이 되거나 아니면 근원의 오류(fallacy of origins)를 범하기 쉽기 때문이다.

　그러므로 여기서는 문학연구의 본질적 요건이라 할 수 있는 율격(metre), 상상력(imagination), 동기(motif), 기법(technique), 시어(poetic diction), 태도(tone) 등의 범위 안에서 장시조를 연구하고자 한다.[4]

---

4) 경우에 따라서는 본질적 요건의 연구를 더 튼튼히 하기 위해서 부차적으로 비본질적 요건(이를테면 사상, 관념, 종교, 도덕, 심리, 사회, 자연 등)을 참고할 경우도 있을 것이다.
　Graham Hough는 다음과 같이 말하고 있다.

Ⅱ. 長時調의 律格[1]

1. 前提로서의 短時調 律格

산문을 시처럼 토막을 내놓았다고 해서 산문이 서로 바뀌지 않는다. 반대로 시를 산문식으로 표기해 놓았다고 해서 시가 산문이 되지도 않는다. 시와 산문은 출발부터가 시이고 산문이다.

시와 산문은 여러 방법으로 구별되겠지만 리듬의 유무가 우선 문제가 된다. 즉 시는 리듬의 패턴이 있지만 산문에는 그런 것이 없다.

리듬은 일차적으로 소리의 조직을 통하여 청각적 효과를 주는 그야말

"가끔 안장 없이도 말을 타도록 하는 것은 좋은 훈련이다. 그러나 우리는 안장과 등자를 걸고 말을 타면 더 정상적으로 잘 탈 수 있다. (문학을 연구하는 데) 받을 수 있는 도움들에서, 그 중 많은 것들은 부지불식간에 주어지고 당연시되는 것들인데, 도움을 받음으로써 우리는 문학을 정상적으로 읽고 정상적으로 판단하게 된다."
〔Graham Hough: An Essay on Criticism(N.Y.: Norton and company Inc., 1966), p.62〕.

1) 율격을 흔히 '일상어에 조직적 폭력을 가한 것'이라 하지만, 이말은 律格 規則의 엄정한 준수를 의미하는 말은 아니다. 율격규칙을 엄정하게 준수하다 보면 좋은 시가 탄생하기 어렵고, 또 여태 시가 걸어온 역사를 통해 볼 때도 율격규칙의 엄정한 준수는 잘 이루어지지 않았었다. 그러므로 律格은 강제성을 띠기는 하지만 절대적인 구속력을 행사하는 것은 아닌 일종의 規範性(normality)이라 보아야 옳을 듯하다.

로 "소리의 조직에 따라 구성된 話法"이다. 그렇기 때문에 같은 작품이라 할지라도 표기를 달리하면 다른 리듬을 가진 시가 되고 심지어는 시의 의미까지도 다르게 되는 것이다. 그러나 표기가 어찌 되었건 애초부터 작품이 갖고 있는 원초적 리듬[2]이라는 것이 있으며, 표기는 이 원초적 리듬을 작가가 임의로 변용한 것 뿐이다.[3]

고시조들은 대개 처음부터 산문처럼 표기되어 있으므로 표기를 통한 작가의 의도는 보류되어 있는 시가이다. 다시 말해 원초적 리듬과 의도적 리듬과의 차이는 없다.[4]

여기서는 음보율에 의한 리듬을 알아보고자 하는 것이므로 우선 학자들이 정격시조라고 일러왔던 작품들을 음보율로서 읽어보기로 한다. 작품을 음보율로 읽을 때에는 다음의 몇 가지를 고려하게 된다.

첫째로, 어절과 어절사이의 띄어쓰기는 음보율을 파악하는 데 기초가 된다.

　ㄱ) 아바님 날 나흐시고 어머님 날 기르시니 두분 곳 아니시면 이 몸이
　　　사라실가 하늘ᄀᄐ ᄀ업슨 恩德을 어듸 다혀 갑스오리

정　철(松星)

---

2) 작가가 표기한 바를 무시하고 작품 자체가 가지는 리듬을 편의상 원초적 리듬이라 하고, 작가의 표기한 바에 따른 리듬을 의도적 리듬이라고 해본다.

3) 작가가 임의로 변용했다는 것은 그렇게 표기하는 것이 가장 효과적이라고 하는 작가의 주관적 해석의 결과이다.

　가령, 박목월의 '윤사월, 구강산, 청노루' 등의 시에는 4음보격 4행시라는 원초적 리듬을 가지고 있다. 그러나 목월은 각각 표기방법을 달리하였다. 곧 의도적 리듬은 각각 다르다. 이 경우는 김소월의 경우도 마찬가지이다.

4) 고시조집에서의 시조 작품은 산문처럼 줄글 형식으로 표기되어 있는 경우가 대부분이다. 이것은 律讀(scansion)을 고려하지 않은 표기라 하겠다.

　이것은 띄어쓰기만을 해놓은 상태이다. 띄어쓰기가 음보율을 파악하는 데 기초가 된다는 것은 띄어쓰기하는 곳마다 크든 작든 휴지가 있기 때문이다.

　연결어미 다음에 오는 휴지는 주어나 목적어, 보어, 관형어, 부사어 등의 성분 다음에 오는 휴지보다 더 큰 휴지가 온다. 연결어미는 종결어미로 끝맺을 문장을 다른 문장과 연결하여 하나로 만드는 역할을 하기 때문에 연결어미 다음에는 보통 쉼표를 찍기도 한다. 종결어미 다음에 오는 휴지는 물론 연결어미 다음에 오는 휴지보다 큰 휴지가 온다.

　이런 점을 감안해서 ㄱ)을 다시 읽어 보면 다음과 같이 된다.

　　1) 아바님 날 나흐시고
　　2) 어머님 날 기르시니
　　3) 두분 곳 아니시면
　　4) 이 몸이 사라실가
　　5) 하늘ᄀᄐ　ᄀ업슨 恩德을 어듸 다혀 갑소오리

　그러나 이렇게 해봐도 음보율이 명확해지지 않는다. 왜냐하면 띄어쓰기의 기준만으로는 음보율을 파악하는 데 절대적인 것이 못되기 때문이다.

　둘째로, 각 음보는 시간적으로 균등하게 배분되어야 한다. 시간적으로 균등하게 배분되기 위해서는 한 음보 안에 들어가는 음절수가 서로 비슷해져야 될 것이다. 그래서 문법적 성질로 보아 서로 결속하는 힘이 큰 것(이를테면 관형어와 주어, 부사어와 서술어, 목적어와 서술어 같은 경우를 말한다.)은 서로 결속하여 한 덩어리가 되어야 한다. 이렇게 결속하는 힘이 큰 것끼리 한 묶음이 된 것을 마디(segment)라 한다. 이 마디가 그대로 음보가 되기도 하고, 또 경우에 따라서는 마디끼리 결합하여 음보가 되기도 한다. 이렇게 보면 ㄱ)은 다시 다음과 같아진다.

1) 아바님 날나흐시고
2) 어머님 날기르시니
3) 두분 곳아니시면
4) 이몸이 사리실가
5) 하놀マ튼 マ업슨 恩德을 어듸다혀 갑소오리

　여기서 '아바님', '어머님', '두분' 다음에는 주격조사가 생략된 상태다. 이때, '아바님', '어머님', '두분'에 보상적 장음화(補償的 長音化)[5]가 일어나서 2음절이나 3음절의 크기를 능가하게 된다.

　세째로, 음보는 앞뒤 흐름에 보조를 같이하는 성질이 있다. 그래서 3)의 '곳'은 1), 2)와 다음의 4)에 보조를 같이하여 결속력(結束力)이 큰 '아니시면'에 붙지 않고 '두분'에 붙어서, '두분곳'이 되어 평형을 유지하게 된다. 이때 '두분곳'으로 읽히기 보다는 '두분-곳'으로 읽히게 된다. 여기에 보상적 장음이 오기 때문이다. 그리고)는 1), 2), 3), 4)를 읽던 버릇으로 읽게 되어 다음과 같이 되어 틀이 잡히게 된다.(편의상 이런 현상을 잠재적 형식감(潛在的 形式感)이라 부르기로 한다)

　　하놀マ튼 マ업슨 恩德을
　　어듸다혀 갑소오리

　네째, 음보는 장르의 간섭을 받게 된다.

　　ㄴ) 흐려 흐려흐듸 이 뜯 못흐여라
　　　이 뜯 흐면 至樂이 잇ᄂ니라.
　　　우읍다 엇그제 아니턴 일을 뉘 올타 흐던고

權好文(松岩續集)

---

5) 이병근 : 국어의 장모음화와 보상성(국어학 6호, 1978), pp.1~28.

이 작품의 중장을 떼어서 이것이 시조 중장이라는 선입관을 버리고 읽는다면

이튼ᄒ면 ｜ 至樂이 ｜ 잇ᄂ니라

로 읽힐 것이다. 그런데 이것이 다름아닌 시조의 중장이라고 생각하면서 읽는다고 한다면 아래와 같이 두 가지로 읽을 수 있다.

① 이 　｜튼ᄒ면 ｜ 至樂이 ｜ 잇ᄂ니라
② 이튼 ｜ ᄒ면 　｜ 至樂이 ｜ 잇ᄂ니라

①로 읽으면 '이'가 3이나 4음절에 소용되는 시간적 길이를 가져야 하므로 '이' 다음에는 긴 휴지가 오거나 아니면 긴 장음이 와야 한다. 그러나 이같이 읽으면 한 행 안의 각 음보의 음절수가 1음절에서 1음절의 4배인 4음절까지가 되므로 음절수의 편차가 커버린다. 곧 무리한 율독이 되고 만다. 우리 시가에 1음절이 1음보가 되는 경우가 없는 것도 다른 음보와의 자연스러운 조화를 고려한 때문이다.

그러므로 이때는 최소한 2음절을 1음보로 하여 ②와 같이 정상적인 시조 율격이 되도록 읽어야 할 것이다.

그런데 ㄱ)에서 보면 1), 2)는 부모의 역할, 3), 4)는 부모 역할의 강조, 5)는 끝없는 부모 은덕을 나타낸다고 하겠는데, 결국 작품 ㄱ)은 의미의 매듭(semantic phrasing)이 세 개인 셈이다. 다만 ㄱ)에만 그런 것이 아니라 앞에서 예로 든 작품 ㄴ)에서도 또 시조 문학 전체에서도 의미의 매듭은 세 개로 되어 있는 것이다.

시조가 3장이라고 하는 것은 의미의 매듭이 세 개라는 의미와 상통한다. 이 세 개의 의미 매듭이 서로 유기적으로 결합하여 한 작품을 이룬다. 어떤 땐 두 개의 의미매듭이 어울려서 큰 하나가 되고 다시 이것은

나머지 하나와 유기적으로 결합하기도 하고, 어떤 땐 세 개의 의미매듭이 다른 의미매듭과 어울려 큰 덩어리를 이루지 않고 독자적으로 존재하기도 한다.

　그렇기 때문에 장이 끝나는 자리에는 보통 연결어미나 종결어미가 오게 된다.[6] 이런 문제를 감안해서 단시조는 한 수를 3행으로 표기하게 된다.[7] 그리고 단시조를 읽을 때에는 보통 그 중앙에 휴지(caesura)를 넣어 읽는다.

```
ㄱ) 아바님    | 날나흐시고      || 어머님   | 날기르시니
    두분곳    | 아니시면        || 이몸이   | 사라실가
    하눌ㄱ튼  | ㄱ업순 恩德을   || 어딘다혀 | 갑소오리
ㄴ) 흐려      | 흐려흐딘        ||이튿     | 못흐여라
    이튿      | 흐면            || 至樂이   | 잇ᄂ니라
    우옵다    | 엇그제아니턴일을|| 뉘올타   | 흐던고
```

||은 휴지(caesura)를 의미한다.　　　　　　　　　①②③④⑤

　운문(verse)에서 연음(延音, pause)은 리듬을 원만하게 진행시켜 주는 역할을 한다. 가령 약강(×/)형식의 서양시에서 ×/×/×/으로 흘러갈 자리에 ×//×/이 되었다고 한다면 ②와 ③사이에 연음(pause)이 들어가 약음부(×)를 대신해서 연접된 강음부의 율격을 원만하게 진행시켜 준다. 그러므로 연음(pause)도 작품을 일정한 틀 안에

---

6) 시조를 3장 6구의 시가라 할 때, 각 장의 끝은 연결어미나 종결어미가 오는 것이 거의 정확하고, 각 구의 끝에도 비교적 이 규칙이 지켜지고 있다. 그러므로 여기서는 번거로움을 피하기 위하여 ㄱ), ㄴ)만 예로 든다.

7) 최남선은 처음으로 시조를 3행으로 표기하였다. 그는 또한 6행으로도 표기하였는데, 그는 시조의 문맥상의 의미에 대하여 제일 먼저 자각한 사람이라고 할 수 있다.

가두려는 잠재적 형식감에서 비롯된 것이다. 그러나 휴지(caesura)는 약강 또는 강약 등의 기계적인 율격 흐름을 권태롭지 않게 하기 위해서 동원되는, 일종의 장단(cadence)을 맞추는 휴지이다.

단시조에서는 한 행(장)이 4음보격이다. 음보가 한 행 안에 4번 반복되는 권태로움을 다소 막자는 의미에서 위에서 보듯이 가운데에 휴지(caesura)가 오는 것이다.

이렇게 시조를 읽다가 보면 우리의 머리 속에는 좀 전에 말한 잠재적 형식감이 생기게 되어 다른 시조 작품까지도 ㄱ)과 같이 읽어버리려 한다.

단시조가 이렇게 읽힐 수 있다고 한다면 다음과 같이 소위 엇시조라고 일러온 작품들은 어떻게 읽힐 수 있을까.

> ㄷ) 樂山東臺 여즈러진 바회틈에 倭躑躅것튼 져 늬 님이
> 늬눈에 덜 밉거든 남인들 지늬보랴
> 싀 만코 쥐 꾀인 東山에 오됴 간듯 ㅎ여라
>
> (源河 440)

이 시조는 초장의 '여즈러진'이란 말 때문에 엇시조로 불리우는 시조이다. 우리 시가에 있어서의 음보는 보통 3음절이나 4음절이 기준치이고 거기서 5음절, 6음절, 7음절로 나아갈수록 점점 회소해진다. 6음절, 7음절, 8음절 등이 한 음보를 이루는 경우는 특수한 환경 아래서 이루어지는 것이다. 그러나 이것들이 음보격으로 나타나지는 않는다.

이 기준치를 중심으로 해서 생각해 보면 '여즈러진'은 한 음보가 되어야 마땅하므로 결국 초장은 5음보가 되어 이른바 엇시조가 되고 있다. 이 작품을 엇시조라 이른 사람들은 바로 이런 논리에서였다.

그러나 독자들은 리듬의 균형을 깨뜨리려는 요소가 등장하였다 하더라도 가능한한 그것을 전체 속에다 용해시켜 정상적인 리듬이 되도록

해버린다.

여기서 다음과 같은 영시의 경우를 예로 들어 보겠다.

My king, my country I seek, for whom I live

—와이어트(Wyatt) '173'의 일부—

이 시에 강약의 부호를 붙이면

A) My king, my country I seek, for whom I live

이렇게 되지만, 그러나 이 시가 약강 형식(Iambus)이고, 거기다가 다른 행이 5음보격(Pentametre)이라는 점에서 생각해 본다면 A)와 같이 읽어서는 안된다. 밑줄을 그어 놓은 부분은 전체적인 조화 속에 용해되어 다음과 같이 정상적인 리듬으로 변해 버리는 것이다.

B) My king, my country I seek, for whom I live

이런 현상은 영시에 국한하는 것은 아니다. 동서고금을 통해서 볼 때 정형 규칙에서 다소 어긋나 있다 하더라도 정형의 리듬으로 만들려고 하는 경향이 꾸준히 있어온 셈이다.

시의 이러한 경향을 상기하면서 ㄴ)의 시조를 읽는다면 '여즈러진'은 한 음보가 되지 않고 '여즈러진바희틈에'까지가 한 음보로 처리되어 정격의 리듬으로 읽게 되는 것이다.[8]

---

8) 다음의 민요에서는 한 음보를 이루고 있는 음절수가 2음절에서 6음절까지 나타나 있다.

    님은가고 봄은오니 꽃만피어도 님의생각
    강초한수 생각하니 강물만푸러도 님의생각
    구시월시 단풍에 낙엽만날려도 님의생각

이것을 이렇게 한 음보로 보려는 데에 대하여 다른 의견을 더 붙인다면 종장의 둘째 음보를 두고 설명할 수 있을 것이다.

종장 둘째 음보는 보통 5음절 이상으로 되어 있다. 5음절 이상이 되고 보면, 어절 중심의 문법적 근거에서 음보를 나눌 때엔 2음보(경우에 따라서는 3음보)가 되는 것이다. 구체적으로 말하자면 종장 둘째 음보에서는 '쓸쓸하여서' 또는 '고독하므로'와 같은 한 품사만으로 된 경우는 고시조엔 보이지 않고, '가노라 희젓는 봄을' 또는 '아무리 피나게 운들'에서처럼 몇개의 어절로 되어 있음을 본다. 그런데 이러한 성질을 띤 이 곳을 여태 한 음보로 보아 시조를 정격으로 인정하여 온 것이다. 이곳을 한 음보로 처리하여 온 것은 전체적인 흐름에 보조를 같이 하려고 하는 율격적인 성질 때문이다. 그렇다고 한다면 ㄷ)에서의 "쥐묘인 東山에"를 한 음보로 보는 이치처럼 "여즈러진 바희틈에"도 한 음보로 볼 수 있을 것 같다. 이렇게 읽는다고 한다면 이 작품은 정격의 단시조가 된다.

그러나 여기서 문제가 생긴다.

"어즈러진 바희틈에"와 같은 음수가 많은 음보가 한 작품 안에서 자주 등장할 경우가 있을 수 있다. 그렇더라도 이것도 역시 정격으로 봐야 할 것인가 하는 문제다.

부분적인 이탈은 대체로 전체적인 흐름 속에 묻히고 마는 것이다. 그러므로 시조 12음보 중에 기준치보다 음절이 많은 음보가 어느 정도

동지선달 설한풍에 백설만날려도 님의생각
앉어생각 누어생각하니 님의생각만 난다
　　(임동권편 : 한국민요집 I. 서울 : 집문당, 1974), p.300.
다음의 민요에서는 8음절도 한 음보로 처리되고 있음을 본다.
도라지평풍 양도라지안에 잠든처녀야 문열어라.
바람불고 비오시길래 <u>아니오실줄알고서</u> 문닫았소.
　　　　　　　　　　　　　　(앞의 책), p.301.

로 나타나 있는가를 따져야 한다.

이같은 음보가 전부 다라고 한다면 음보 분석을 잘못했거나 단시조 작품이 아닌 경우일 것이다. 일부라고 한다면 3장 안에 용해될 성질인가 아닌가를 따져야 한다. 기준 음절수보다 많은 음보가 몇 개 이하이면 단시조라 할 수 있고 몇 개 이상이면 단시조라 할 수 없다는 규정은 내리기 곤란하다. 그러나 지배적인 음보는 기준 음절수로 된 것이어야 하고 3행(장)을 넘어서지 않는 범위여야 하기 때문에 이 문제는 심각한 문제가 될 수 없다.

또 엇시조란 장르를 설정한다 해도 음절 몇 자의 넘침에서 장르분화 의 근거를 잡으려고 해서는 안된다. 장르 분화는 형식·내용의 양면에 서 근거를 잡아야 한다고 볼 때 적어도 1행 이상이 추가되어야 내용상 의 변이를 수용할 수 있을 것이기 때문이다.

이런 점에서 보더라도 ㄷ)은 엇시조가 될 수 없는 것이다.

<pre>
樂山東臺 │여즈러진바희틈에 ││倭蹰躅것튼 │져닉님이
닉눈에   │덜뮙거든   ││남인들   │지닉보라
싀만코   │줘쬬인東山에   ││오됴간듯   │ᄒ여라
</pre>

ㄷ)을 이렇게 읽어보니 정격의 단시조가 되었다.

물론, 초장 둘째 음보나 종장 둘째 음보는 다른 음보에서 보다도 그 템포(tempo)가 빠르게 흘러가야 할 것이다. 어떤 음보가 다른 음보보다 음절이 많이 들어 있어서 급하게 읽어진다고 해도, 또는 음절이 적게 들어 있어서 천천히 읽어진다고 해도 이것은 템포(tempo)의 변경을 의미하는 것이지 리듬의 변경을 의미하지는 않는 것이다.

ㄷ)을 정격으로 보려는 위와 같은 태도로 소위 엇시조라고 일러 왔던 작품 두 수를 더 예로 들어본다.

<pre>
ㄹ) 압못세든   │고기들아   ││뉘라셔너를│모라다가넛커늘든다
</pre>

北海淸沼를 | 어듸두고　　|| 이못세　　| 와든다
들고도　　 | 못노는情은 || 네오니오 | 다르랴

宮女(源六 159)

ㅁ) 白雲이 | 이러나니　　　　|| 나무숏치　　　| 흔덕인다
　밀물에 | 東湖가고　　　　|| 혈물에눈　　　| 西湖가쟈
　아희야 | 넌그물거더셔리담고 || 닷츨들고돗츨놉피 | 다라라

尹善道(靑六 434)

　여태 엇시조 운운하는 분들은 기준 음절수인 3이나 4음절보다 많아진 경우만을 가지고 엇시조라는 개념을 설명하려 하였다. 그렇다면 기준음절수 보다 줄어진 경우는 어떻게 될까.

ㅂ) 노뤼　 | 삼긴사룸　 || 시름도 | 흐도홀샤
　일너　 | 다못일너　 || 불너나 | 프돗던가
　眞實노 | 플닐거시면 || 나도불너 | 보리라

申欽(甁歌 242)

　여기서는 '노뤼', '일너'가 2음절로 되어 있어 기준 음절수의 절반에 해당되고 있다.

　이것을 2음절로(즉 2mora로) 읽는다고 한다면 ㅂ)은 정격 시조가 되지 못한다. 그러나 사람들은 이 경우를 정격으로 읽는다.

　ㅂ)에서 '노뤼'의 '뤼'나 '일너'의 '너'는 한 음절이기는 하지만 1 모라(mora)는 아니다. '노뤼눈 ' 또는 '일너라' 할 때의 '뤼' 또는 '너'는 1 모라이라 할 수 있겠으나, ㅂ)에서의 경우는 2음절 이상으로 읽히게 되므로 ㅂ)의 '노뤼' 또는 '일너'는 2음절에 해당하는 시간적 단위가 아니라 3음절, 4음절에 해당하는 시간적 단위를 가진다는 것이다. 이렇게 읽어서 ㅂ)은 정격 시조가 된다.

　한 작품의 전체 흐름을 따라 읽다가 보면 이같이 다소 어긋나 있는

부분까지도 어떤 땐 늘어뜨려 읽어서 또 어떤 땐 급하게 당겨 읽어서 정격의 리듬을 만들어 내는 것이다. 곧 시간적 단위를 같이 만들어 내는 것이다.

야곱슨(Jacobson)은 '시어에 있어서의 시간은 기대의 시간'이라고 하였다.[9]

이것은 시를 읽을 때 앞서 부분에 소요되었던 시간의 길이만큼, 다음에 오는 시의 부분에까지 같은 시간의 길이로 읽으려고 하는 관습적 경향, 즉 잠재적 형식감을 함축성 있게 나타낸 말이다.

여태 엇시조를 주장한 학자들의 견해는 일본 시가에서처럼 우리 시가를 음수율로 파악하려는 데서 비롯된 결과이다.

그러나 우리 시가는 음수율이 정확하게 지켜지지 않는다.[10] 그래서 음수율의 결함을 덜어보자는 데서 음보율이 등장하였는데, 음보율은 앞에서 보았듯이 시간적 단위를 같이 하는 음보의 흐름이다. 그래서 기준 음절보다 2배가 되는 곳이 한두 군데 등장한 ㄷ), ㄹ), ㅁ)의 경우는 음보율에서 보면 엇시조가 아니라 단시조가 되는 것이다.

---

9) Victor Erlich : Russian Formalism(N.Y. : Mouton Pulishers, The hague. 1980), p.213.

10) 특별한 경우도 있다. 가령 "長上串 마루에 북소리 나더니| 今日도 上峰에 님맞나 보겠네‖ 갈길은 멀구요 行船은 더디니| 늦바람 불나고 城隍님 졸른다" ‖—'夢金浦打令' 일부—

　여기서 보듯이 우리 시가에는 음수율이 정확하게 지켜지고 있는 시가도 있지만, 이것은 특별한 예다.

　음수율의 정확성을 강요하게 되며 시가의 구성에 장애가 된다. 우리 시가는 음수율의 정확성이 지켜지지 않는 데에 묘미가 있으며, 지켜지지 않았기 때문에 훌륭한 많은 작품이 있게 된 것이라 할 수 있다. 일제 식민지 시대의 시가 중에는 소위 7·5조의 음수를 정확하게 지킨 시가가 많다. 이것은 우리 시가를 잘못 이해한 결과이며 그 성과 역시 회의적이다.

2. 長時調의 律格

　단시조나 장시조나 시조 문학인 바에는 시조 문학의 공통된 어떤 요소가 있어야 하는 것은 당연하다. 여기에 가장 두드러진 공통적 요소는 의미 구조라 하겠는데, 이것을 표로 보이면 다음과 같다.[11]

형식 1

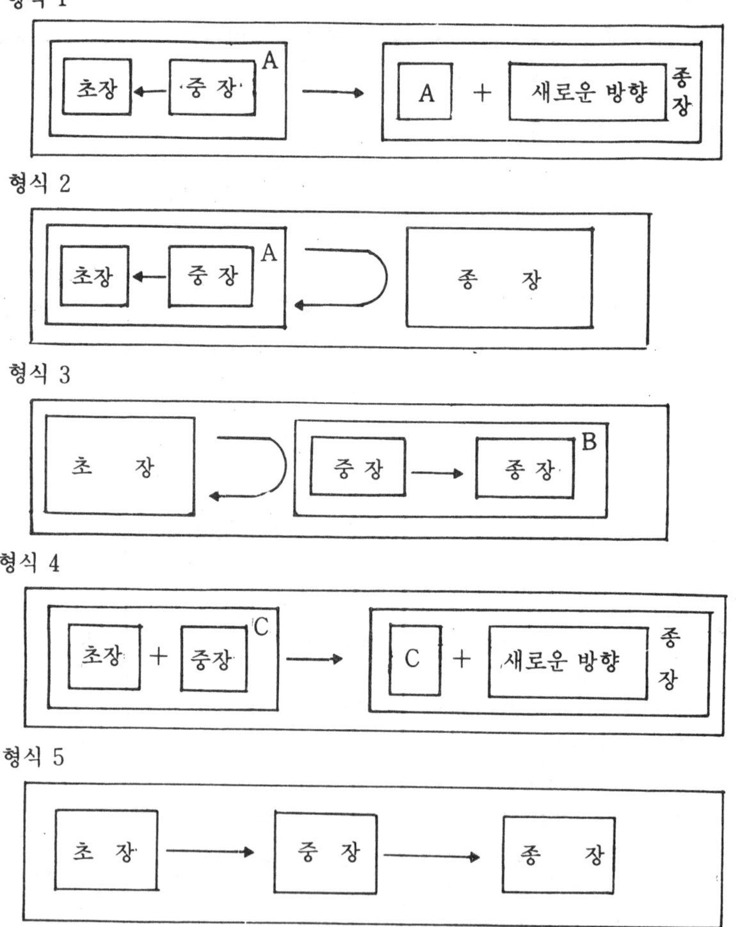

형식 2

형식 3

형식 4

형식 5

---

11) 임종찬 : 본 책 제1부 1. 시조 문학의 의미 구조 참조.

앞서 단시조의 율격을 알아보는 데서 시조에는 의미의 매듭(semantic phrasing)이 3개 있는데 이것이 곧 초장, 중장, 종장의 3장이라 불리운다고 하였다. 이 3장이 어떤 땐 두개의 의미 매듭이 어울려서 큰 하나가 되고 다시 이것이 나머지 하나와 유기적으로 결합하기도 하고(형식 1, 2, 3, 4), 또 어떤 땐 3장이 각각 독립적으로 존재하면서 한 작품을 이루고 있는 경우도 있다(형식 5).

겉으로 보기에는 장시조는 단시조에 비해 그야말로 사설이 길기 때문에 단시조와 다른 내적 형태를 가졌다고 생각할 수 있겠지만, 그러나 장시조도 위 표에서 보이는 의미 구조를 갖고 있으므로 단시조나 장시조나 의미 구조상으로는 동일한 것이다.[12]

시조창의 면에서도 향제(鄕制)인 경우엔 단시조와 장시조는 장단과 박자가 같아 있다.

장시조를 읽어가다가 보면 어디서 초장이 끊어지고 어디서 중장이 끊어지는가가 애매한 경우가 더러 있다. 이럴 경우에는 위 표가 참고될 수 있는 것이다. 초장, 중장, 종장의 구별이 확실해야만이 장시조의 율격을 수월하게 파악할 수 있게 되기 때문에 여기서 의미구조를 설명한 것이다.

> ㅅ) 번름도 쉬여넘는 고기 구름이라도 쉬여넘는 고기
> 山진이 水진이 海東青 보린미 쉬여넘는 高峰 長城岺고기

---

12) 어떤 작품을 두고 그것이 詩歌냐 아니냐를 따질 때에 여기서 말하는 음보율의 유무만으로는 부족하다(산문시에는 음보율을 따지기가 곤란하다.).

신비평가들은 작품 내부에 있는 詩的 意味 要素를 중시하여, 이것에서 리듬을 찾으려고 하였다.

이러한 각도에서 시조 문학의 리듬을 헤아린다고 하더라도 앞서의 표는 유용하다.

13) 장사훈 : 시조음악론(서울 : 한국국악협회, 1976), p.140.

　　그 너머 님이 왓다 ᄒ면 나ᄂ 아니 ᄒᆞᆫ번도 쉬여넘어 가리라

(瓶歌 993)

　ㅅ)은 형식 2에 해당하는 작품이다. 그런데 학자에 따라서는 이 작품을 다음과 같이 읽어 단시조로 인정하려는 분도 있다.[14]

```
(ㅅ) ᄇᆞ롬도      | 쉬여넘ᄂ 고기 || 구름이라도      | 쉬여넘ᄂ 고기
    山진이水진이 | 海東靑보  민 || 쉬여넘ᄂ        | 高峰長城岑고기
    그너머        | 님이왓다ᄒ면 || 나ᄂ아니ᄒᆞᆫ번도 | 쉬여넘어가리라
```

　이것은 우리 시가의 기준 음절수를 무시하고 읽는 경우가 된다. 전체 12음보 중에서 8음보가 기준 음절수의 2배에 해당되기 때문이다.

　또 이 작품을 이렇게 읽는다고 한다면 이 작품과 비슷한 다음과 같은 작품 또한 정격으로 읽어야 마땅하게 된다.

　ㅇ) 思郞 思郞 고고이 미친 思郞 왼 바다를 두로 덥ᄂ 그물ᄀᆞᆺ치 미친 思郞
　　　往十里 踏十里라 춤외너출 슈박너출 얼거지고 트러져서 골골이 버더가ᄂ 思郞
　　　아마도 이 님의 思郞은 ᄭᅩᆺ간듸를 몰라 ᄒ 노라

(瓶歌 948)

　ㅇ)을 정격으로 읽는다고 한다면 다음과 같이 읽을 경우라 하겠다.

```
(ㅇ) 思郞思郞        | 고고이미친思郞     || 왼바다를두로덥ᄂ | 그물ᄀᆞᆺ치
     미친思郞
     往十里踏十里라 | 춤외너출슈박너출 || 얼거지고트러져서 | 골골이버
     더가ᄂ 思郞
     아마도          | 이님의思郞은       || ᄭᅩᆺ간듸를몰라     | ᄒ노라
```

---

14) 이상섭 : 언어와 상상(서울 : 문학과 지성사, 1980), p.122.

(ㅅ), (ㅇ)과 같이 읽는다고 한다면 어떻게 될까. 우선(ㅅ), (ㅇ)은 거의다가 기준 음절수의 2배로 되어 있는데, 이때 기준 음절수로 된 음보와 기준 음절수의 2배로 된 음보가 서로 같은 시간 길이를 가지므로 결국 (ㅅ), (ㅇ)엔 기준음절수의 2배로 된 음보만 있는 셈이 된다.

우리나라 시가에 있어서 기준 음절수가 3이나 4라고 하는 것은 우리 말의 논리와 밀접한 관계가 있다. 주로 3음절이나 4음절에서 하나의 어절이 성립된다는 의미를 내포하기도 한다. 그렇기 때문에 처음 음보율을 파악할 때, 음보를 나누는 데에는 띄어쓰기가 기초가 되어야 한다고 하였던 것이다.

그러므로 첫째, (ㅅ), (ㅇ)처럼 읽는다면 띄어쓰기를 아주 무시한 경우가 되고 휴지 들어갈 자리가 너무 자주 막혀서 의미의 연결에 억지스러움이 생기게 되는 것이다.[15]

둘째, 기준 음절수의 2배로 된 음보로 한 작품을 이룬 경우가 다른 장르의 시가에는 없다. 그런데 유독 시조 문학 중 극히 일부에서 이런 일이 일어났다고 한다면 이는 음보를 잘못 파악한 일이 아닐 수 없다. 다시 말해 어떤 시조는 기준 음절수가 음보 단위의 중심이 되어 있는데, 어떤 시조는 기준 음절수의 2배가 중심 음보단위로 되어 있다면 음보 그 자체에 혼란이 생기고 만다.

여기서 한국 시가의 음보는 기준 음절수를 중심으로 한다는 점을 다시 확인할 필요가 있게 된다.

개화기 시가에서는 기준 음절수를 무시한 음보가 보인다.

---

15) 최남선은 그의 시가에서 5·5조, 6·4조, 6·6조, 7·5조, 8·3조, 8·5 조 등을 시도하였다. 이것은 휴지가 들어갈 자리를 막아버린 경우에 해당 된다. 곧 자연스러운 리듬이 아니라 부자연스러운 리듬이 되고 말았다. 이같이 음절수를 억지로 맞춘다고 해서 리듬이 형성되는 것은 아니고, 統語的인 배려에 의하여야만 이같은 律調는 가능하게 된다.
여기서도(ㅅ), (ㅇ)과 같이 읽는다면 부자연스러운 리듬이 되고 만다.

물과불의큰힘을　　눈이잇서보거던
아난것과분수가　　업다하디마러라
캄캄하다우리들　　모르거늘평등을
물과불은아라서　　아난대로행하네

—최남선 '생각한 대로'의 일부—

　이것은 7 · 7조의 정형율을 의도한 작품이다. 그러나 이 작품은 최남선의 의도에 따라 만들어진 의도된 리듬이고 원초적 리듬은 다음과 같다.

물과불이　큰힘을　눈이잇서　보거든
아난것과　분수가　업다하디　마러라
캄캄하다　우리들　모르거늘　평등을
물과불은　아라서　아난대로　행하네

　이렇게 되어 4 · 3조인 것을 최남선은 7 · 7조로 재편성하였던 것이다. 그러므로 이것은 원초적으로 4 · 3조의 기준 음절수에 의한 시가라 할 수 있다.

　여기서 보듯이 음보는 우리말의 통사 구조와 관계가 있으므로 우리 시가에 있어서의 음보는 기준 음절수인 3이나 4음절이 중심이 되는 것은 당연하다. 그렇기 때문에 (ㅅ), (ㅇ)으로 읽어서는 어색하게 되는 것이다.

　세째, ㅅ), ㅇ)과 같이 창작한 그 창작 의도에 문제가 있었다고 본다. 정작, ㅅ), ㅇ)이 정격으로 탈없이 되려면 다음과 같았어야 했던 것이다.

바람도 쉬어넘고 구름도 쉬어넘는 고개
날쌘 온갖 매도 쉬어넘는 장성령고개
그 너머 넘이 왔다 하면 나는 단번에 넘으리

　사랑 사랑 고고이 맺힌 사랑
　얼거지고 틀어져서 골골이 뻗은 사랑
　아마도 이 님의 사랑은 끝을 몰라 하노라

　그런데 이들 작가들이 위와 같은 시조를 지을 줄 몰라서 ㅅ)과 ㅇ)으로 지었다고 해석할 수는 없다. 이름이 알려진 장시조 작가들은 장시조보다도 단시조를 더 많이 지었던 사람들이다. 사랑을 소재로 한 장시조에는 보통 작가 미상이지만 이들도 단시조 창작에 능했을 것은 미루어 짐작이 가는 일이다.

　장시조의 특징 중의 하나는 반복, 나열을 통한 흥겨움이라 할 수 있다. ㅅ), ㅇ)도 반복, 나열을 통한 흥겨움을 위하여 위와 같이 압축, 간명하게 하지 않고 오히려 늘어뜨려 놓은 것 같다. 그러므로 장시조 작가들은 단시조로 압축해도 될 것을 장시조로 늘어뜨려서 단시조에서 누리지 못했던 새로운 분위기를 맛보고자 하였던 것으로 생각된다.

　이렇게 생각해 본다고 한다면 ㅅ), ㅇ)은 다음의 [ㅅ], [ㅇ]으로 읽혀져야 할 것은 당연한 일이다.

　ㅅ) 보름도 쉬여넘는고기 구름이라도 쉬여넘는고기

　　山진이 水진이 海東淸 보리미
　　쉬여 넘는 高峰 長城岑고기

　　그너머 님이왓다호면 나는아니 호번도
　　쉬여넘어 가리라

　[ㅇ] 思郞 思郞 고고이 미친思郞

　　왼바다를 두로덥는 그물ㅈ치 미친思郞
　　往十里라 踏十里라 춤외너츨 슈박너츨
　　얼거지고 트러져서 골골이 버더가는思郞

　　아마도 이님의思郞은 乂간듸를몰나 ㅎ노라

　다음의 작품도 음보로 나누기엔 어려워 보이지만 정작 나누고 보면
간단하다.

　　ス) 바둑바둑 뒤얼거진 놈아 제발 비자 네게 늬가의란 서지 마라
　　　　눈 큰 쥰치 허리 긴 갈치 두루쳐 메오기 츤츤 가물치 부리 긴 공치
　　　　넙젹흔 가잠이 등곱은 쉬오 결네만흔 곤쟝이 그물만 너겨 풀풀 쒸여
　　　　다 다라나는듸 열업시 삼긴 오증어 둥긔는고나
　　　　眞實노 너 곳 와셔 시량이면 고기 못 잡아 大事ㅣ러라

(瓶歌 1008)

바둑	바둑	뒤얼거진	놈아
졔발비자	네게	늬가의란	서지마라
눈큰	쥰치	허리긴	갈치
두루쳐	메오기	츤츤	가물치
부리긴	공치	넙셕흔	가잠이
등곱은	쉬오	결네만흔	곤쟝이
그물만	너겨	풀풀	쒸여
다다라	나는듸		
열업시	삼긴	오증어	둥긔는고나
眞實노 너곳와셔시량이면 고기못잡아 大事ㅣ러라			

　좀 지루한 감이 있지만 하나만 더 예를 들어서 보다 확실하게 하고자
한다. 이번에는 아주 음보율로 나눈 형태를 보이겠다.

　　ᄎ) 달바조는 씽씽울고 잔듸잔듸 속닙난다
　　　　三年묵은 말가족은 오용지용 우짓는듸
　　　　老處女의 擧動보쇼
　　　　함박족박 드더지며 역정늬여 ㅎ는 말이
　　　　바다의도 셤이잇고 콩팟헤도 눈이잇지

봄쑴자리 수오나와 同牢宴을 보기를
밤마다 ᄒ여뵈닝
두어라 月老繩因緣인지 일락빌락 ᄒ여라

(詩歌 704)

이렇게 읽는다고 해도 문제가 남아 있다.

민요에서는 한 행을 이룰 수 있는 음보는 1음보에서 6음보까지이다.
[16] 그렇다고 한다면 장시조도 한 행이 4음보가 아니고 5음보, 6음보로,
아니면 3음보나 2음보가 될 수도 있는데 여기서 하나같이 4음보로 나타
내는 이유에 대해서는 설명이 필요해지는 것이다.

우리는 시적 발화(poetic speech)의 유기적 단위에 대하여 강조하였던
러시아 형식주의자(Russian Formalist)들의 견해를 참고할 필요가 있겠
다. 그들의 견해에 의하면 시에는 리듬을 주도하는 '리듬 주도자의 조직
화한 힘'이 있어서 리듬주도자의 주도하는 바에 종속자는 따르게 된다
고 하였다.[17]

ㅂ), ㅅ), ㅇ), ㅈ)에 있어서의 리듬 주도자는 4음보이다. 그러므로
3음보나 5음보로 될 것이 4음보로 화하고 만다. 4음보 안에 용해되지
못하는 6음보에 해당하는 것은 6음보 그 자체가 4음보와 2음보의 둘로
나누어져서는 4음보에 해당하는 부분은 전체 속에 적합하게 되고 나머
지 2음보만 불완전한 하나의 행이 되어 그대로 남게 된다.[18] 그러나 1

---

16) 조동일(공저) : 구비문학 개설(서울 : 일조각, 1976), p.93.

17) Victor Erlich : 앞의 책, p.215.

18) 이런 현상은 비단 장시조에만 등장하는 것이 아니고 민요와 가사 문학
   같은 데서도 자주 보이는 현상이다. 여기에 해당하는 민요와 가사를 하나
   씩만 예를든다.

시집살이요

저건너저건너 연단안에 절로피는 봉선화도
매디매디   숭있는데

음보로서의 1행으로는 남지 않는다.   1음보 정도는 전체 속에 용해
될 수 있음을 앞에서 보아왔다.

그리고 4음보가 계속되다가 예기하지 않는 곳에서 2음보가 등장한
것도 이것이 시가의 한 행이라는 측면에서 볼 때, 우연한 것은 아니다.
야콥슨(Jacobson)은 일상어와 시어와의 차이를 설명하는 자리에서 일상
어가 "우연한 것(accidental)"이라면 시어는 "설계된 것(contrived)"이
라고 하였다.[19]

이것이 고안된 장치라고 한다면 이것은 리듬의 단조로움을 피하려는
의욕적인 시도이고,[20] 그 자체는 개성적인 리듬이 되어 전체 작품의
리듬을 역동화(dynamic)시키는 역할을 한다.

다시 말하면 이것은 율격적 규칙의 자동화로부터 탈피된 상태다. 율격
적 규칙의 준수에서 오는 단순한 율격적 효과보다는 예기하지 않은
불규칙의 이같은 리듬에서 활력적이면서도 개성적인 리듬감을 느끼게

<pre>
        항차물로생긴 사람이야 한숨조차 없을소냐
               (이하 약)   (임동권 : 한국민요집Ⅲ, p.374)
                 태평사   박인로
     이제야 하올일이   충효일사 뿐이로다
     영중에 일이업서   긴잠드러 누어시니
     뭇노라 이날이어내적고
     희황   성시를   다시본가 너기로다
               (이하 약)
</pre>

19) Boris Eichenbaum : The Theory of the Formal Method(「Russian Form-
    alist Criticism : Four Essays」 Tr. Lemon & Reis. Univ. of Nebraska
    Press. 1965.), p.128.
20) 똑 같은 형식이 계속 반복될 경우에는 우리는 지루함을 느끼게 될 것이
    다. 엄격한 정형율을 고수하던 시절의 서양시에서도 이 같은 단조로움을
    피하려는 의욕적인 시도가 있어 온 것이다. 그러므로 장시조의 이같은 리듬
    은 단조로움을 피하고자 하는 의욕적인 시도라고도 할 수 있겠다.

되고 다시 이같은 불규칙 다음에 오는 규칙의 엄수는 그것대로 새로운 생명감을 가진 리듬으로 재출발하게 된다.

　이상에서 볼 때, 장시조는 단시조보다 1행 이상이 길어진 형태이면서 작품 개개의 독자적 음보율을 가지고 있는 시가 형태임이 확인된 셈이다. 또 장시조에는 4음보 1행의 규칙 속에 2음보 1행의 불규칙이 섞이기도 하는데, 이것은 개성적 리듬이라 이해할 수 있겠다. 나아가서 장시조의 이같은 형식은 우리 시가 속에서 이미 자유시가 탄생될, 아니면 자유시가 수용될 여건의 일부가 된다고도 하겠다.

Ⅲ. 詩語의 擴散과 詩的 想像力

1. 詩語의 擴散

단시조에서는 유교적 이념에 따른 관념어가 자주 등장하고 있음을 본다.

> ㄱ) 仁心은 터이 되고 孝悌忠信 기동 되여
> 　　禮義廉恥로 ㅁ즉이 녀여시니
> 　　千萬年 風雨를 만난들 기울 줄이 이시랴
>
> 朱義植(瓶歌 5)

> ㄴ) 사름이 百行中에 第一 誠孝로다
> 　　誠孝을 심쓸진딘 百行에 미뤄는니
> 　　그밧케 餘事文章은 일너 무슴 흐리오
>
> 白景炫(東歌 168)

여기서도 보듯이 孝悌忠信이니 誠孝니 하여 유교적 이념에 따른 관념어가 자주 등장하고 있는 것이다. 그뿐 아니라 어떤 땐 유교적 이념을 구체적으로 드러내기 위해 中國故事까지 끌어오기도 한다.

> ㄷ) 首陽山 누린 물이 夷齊의 冤淚ㅣ되야
> 　　晝夜不息ㅎ고 여흘여흘 우는 뜻은

至今에 爲國忠誠을 못닉 슬허 ᄒ노라

洪翼漢(瓶歌 265)

ㄹ) 王祥의 鯉魚잡고 孟宗의 竹筍 꺼거
　　검던 멀리 희도록 老萊子의 오슬 입고
　　一生에 養志誠孝를 曾子又치 ᄒ리이다

朴仁老(蘆溪集 2)

　이러한 작품들이 단시조에 자주 등장하고 있는 것은 단시조의 주된
작가층이 양반 사대부라는 데에 가까운 원인이 있었다고 본다. 그들은
스스로 '선민으로서 문필을 잡고 있다는 영광과 더불어 평화적인 시인으
로서의 자부심[1]을 강하게 가지고 있었던 사람들이었다. 그래서 그들이
추구하던 유교적 이념의 전달을 위하여 시조 형식을 차용하는 경우가
많았던 것이니, 이때의 시조는 이념을 담기 위한 수단에 불과한 것이었
다.

테이트(Allen Tate)가 19세기시를 대체로 전달의 시라고 평하면서 전달
의 오류(fallacy of communication)를 범했다고 비난하였듯이, 조선조
시대의 단시조 작가들은 관념의 노출이 심했기 때문에 문학 작품으로서
의 가치를 손상시키는 경우가 흔했던 것이다.

　다시 말해서, 단시조는 주로 고정화된 의식의 흐름과 고정화된 상투어
로 점철되어 좁은 시적 공간을 점령하고 있는 것이다. 따라서 장시조가
등장하게 된 것은 단시조와 대비해 볼 때, 여러 면에서 의미있는 일이었
다.

　장시조는 단시조의 틀(정형성)을 깨뜨린 파형의 시조 형태라고들
한다.[2] 형식상의 파형은 결국 내용상에까지 변화를 가져오게 된 것이

---

1) 김동욱 : 한국가요의 연구(속)(서울 : 이우출판사, 1978), p.23.
2) 이같은 사실은 이 태극의 시조개론(서울 : 새글사, 1959), pp.75~78. 조윤제
　의 국문학개설(서울 : 동국출판사, 1962), p.112, 장덕순의 국문학통론(서울

다. 주지하다시피, 장시조와 단시조는 내용상 차이가 많다. 주제면에서 볼 때, 단시조는 강호한정류(江湖閑情類)의 작품이 제일 많고,[3] 장시조는 남녀 애정을 다룬 작품이 제일 많다.[4] 또 남녀의 애정도 적나라할 뿐만 아니라, 육욕(肉慾)의 기탄없는 영발(咏發)[5]을 나타내고 있다.

확실히 단시조만을 읽다가 장시조를 읽으면 유교적 이념 세계와는 거리가 먼 욕설이라든가 재담이 자주 등장하고 있음을 본다. 거기다가 단시조에는 널리 쓰이는 말이 장시조에는 쓰이지 않거나 아주 드물게 쓰이는가 하면, 단시조에는 안 쓰이는 말이 장시조에는 예사로 쓰이고 있기도 하는 것이다.

종장 첫머리를 두고 보더라도 평시조에서는 걸핏하면 아희야, 두어라 어즈버 등의 상투어가 자주 등장하는데 어즈버란 말은 조선조 시대 일반 대중이 두루 쓰던 口語는 아니다. 이 말은 시조 문학에 주로 나타나는 말이며, 그것도 장시조에는 거의 보이지 않는 말이다. 그리고 이 말이 시조에 쓰일 때에는 과거의 영화를 회고할 때나 역사적인 사실을 돌이켜 생각할 때에 쓰이는 경우가 대부분이다. 두어라, 아희야 등의 말은 사뭇 위압적인 분위기를 가진 말인데, 단시조에만 두루 쓰이었고 장시조에는 거의 쓰이지 않고 있다.

이렇게 볼 때, 장시조는 단시조의 아희야, 두어라, 어즈버 같이 '직정적(直情的)인 자기 표출(自己表出)'[6]로 이끌어 가는 말들을 극히 제한

: 신구문화사, 1972), p.176, 김동욱의 개정 국문학개설(서울 : 보성문화사, 1978), p.94 등에 밝혀져 있다.

3) 이 문제에 대해서는 최남선의 시조류취(서울 : 한성도서주식회사, 1928)와 서원섭님의 시조문학연구(대구 : 형설출판사, 1977)에 나타나 있다.

4) 장시조의 주제에 관한 연구로서는 이능우님의 고시가논고(서울 : 선명문화사 1966), p.293와 서원섭님의 앞의 책(pp.245~293)이 있다. 두분 모두 남녀문제를 다룬 작품이 제일 많다고 하였다.

5) 고정옥 : 고장시조선주(서울 : 정음사 1949), p.10.

6) 김대행 : 한국시가구조연구(서울 : 삼영사, 1976), pp.133~134.

하고 있음을 알 수 있게 된다.

이런 말들은 어쩌면 자기 신분을 나타내려는 의도적인 말이라 할 수도 있겠다. 다시 말해서, 작가 자신의 품위를 나타내려는 말인 것도 같으며, 나아가서는 자신의 현 위치를 도덕적으로 계급적으로 고수하려는 소위 '자세의 도덕(haltungsethik)'을 나타내는 행위의 일부로도 이해할 수 있는 것이다.

장시조에도 물론 단시조에서와 같은 '자세의 도덕'을 보이려는 의도의 작품이 아주 없는 것은 아니다. 다만 장시조에는 단시조에서 안 보이는 것, 다시 말해서 양반 사대부연하는 태도와는 거리가 먼 다음과 같은 작품들이 있다는 것이다.

> ㅁ) 閣氏닉 외밤이 오려논이 두던 놉고 물 만코 디지고 거지다 혼디
>   並作을 부딕 쥬려 ㅎ거던 연장 됴혼 날이나 주소
>   眞實노 날을 닉여 줄쟉시면 가릭 들고 씨 지어 볼가 ㅎ노라
>
> (瓶歌 1058)

경작(耕作)은 원형상징에서 보민 성행위와 통한다.

여기서는 여자의 생식기를 논, 남자의 생식기를 가래, 성행위를 병작 그리고 자손을 씨로 은유하고 있다.

위렌(Warren)은 설령 그것이 외설적인 농담이라도 기지(witty)에 차 있고 지적인 복합성이 있는 경우엔 훌륭한 시로서 가치를 가질 수 있다고 말한 적이 있다.[7]

여기서는 시로서의 가치를 운위하기는 어려운 면도 있지만 외설을 은유의 수단으로 교묘하게 나타냄으로써 기지에 차 있는 작품이라 할 수 있다.

---

7) Danziger Johnson : An introduction to literary criticism(Boston : Heath and Co. 1968), p.322.

ㅂ) 두터비 푸리를 물고 두험 우희 치ᄃ라 안자 것넌 山 바라보니 白松骨
　　이 쩌잇거놀
　　가슴이 금즉ᄒ여 풀덕 쮜여 내ᄃ다가 두험 아래 잣바지거고
　　모쳐라 놀낸 낼싀만졍 애혈질 번 ᄒ괘라

(靑珍 520)

　수탈의 대상자로서의 일반 서민층(푸리)과 일반 서민층을 괴롭히는
수탈자로서의 중간벼슬아치(두터비), 그리고 이 벼슬아치들을 감독하는
상층(백송골), 이 세 계층의 상호 관계를 풍자하고 있는 작품이라 하겠
다. 동물의 생태계와 인간 계층 간의 관계를 묘하게 연결시킨 작품인
셈이다.

　이들 작품들은 물론 주자학을 신봉하던 도학자들의 시관(詩觀)에서
보면 저속한 말장난이라고 할는지 모르지만, 그러나 이것이 단순한 말장
난을 넘어선, 풍자를 통한 암시가 있다는 점에서 볼 때 문학적인 가치를
가질 수 있게 된다.

　ㅁ), ㅂ)은 상징을 통해서 또는 풍자를 통해서 암시의 수단을 쓰고
있다고 한다면, 앞의 ㄱ), ㄴ), ㄷ), ㄹ)은 풍자도 아니고 상징도 아닌
직설로 끝나 있다고 할 수 있다.

　시의 발언이 직설로 끝나버리면 독자는 상상의 즐거움에 빠질 수가
없게 된다.

　예술은 늘 독자나 관객에게 상상할 수 있는 공간을 제공하고 있어야
하는 것이다. 비단 예술뿐 아니라 그리스도가 비유를 통해서 이야기를
하고, 신탁이 수수께끼로 가득 차 있으며, 오르페우스(Orpheus)가 악기
로 말하는 이유는 메시지를 애매하게 하기 위한 것은 아니다. 수용인으
로 하여금 그 자신의 노력으로 내재하고 있는 의미를 알아내게 하고
그것을 재창조하게 해서 그것을 더욱 빛나게 하려는 데서 직설을 피하
고 있는 것이다.

　곧 리드의 말처럼 예술은 양피지 로울처럼 겹겹으로 말려 있어야

하는 것인데,[8] 단시조에서는 남을 설득하려는 직설의 언어가 너무 흔하게 나타나고 있다.

단시조 중에서도 기녀 시조와 같이 함축적 메시지를 잘 드러냄으로 해서 우수성을 증명하는 작품들도 있지만, 그러나 기녀들 시조에서도 장시조처럼 외설적 또는 풍자적이면서 기지에 찬 언어는 볼 수 없는 것이다. 또 그 언어도 장시조처럼 서민적 발상의 구어체가 아닌 것이다.

장시조에는 앞의 ㅁ), ㅂ)에서와 같이 구어체로 된 작품들이 자주 보인다.

ㅅ) 밋남편 그놈 廣州 廣德山 쏘리뷔장ᄉ 소딕남진 그놈 朔寧이라 잇뷔장
ᄉ
　눈졍의 거른 님은 쑥닥 두드려 방망치장ᄉ 드를로 마라 홍둑기장
ᄉ 뷩뷩도라 물네장ᄉ 우물젼의 치다라 간당간당ᄒ다가 워랑충쳥 풍덩
쩌져 물　담북 쩌닉ᄂ 드레쏙지장ᄉ
　어듸가 이 얼골 가지고 됴릭박장ᄉ 못 어드리

(瓶歌 933)

ㅇ) 얽고 검고 킈크고 구레나롯 제것조ᄎ 길고도 넙쥭덥지 아닌 놈이
　밤마다 긔여올나 됴고만궁게다가 큰 연장 여허두고 홀근홀근 홀나드
릴지 愛情은 커니와 泰山이 누로ᄂ듯 즌 放氣 조차 날 지 졋 먹든
힘이 다 쓰이ᄂ고나
　아모나 이님 다려다가 百年同住ᄒ고 永永 아니 준들 언이 급살마즈
죽을년이 싀앗시음 ᄒ리오

(瓶歌 1101)

ㅈ) 開城府 쟝ᄉ 北京갈 졔 걸고 간 통爐口자리
　올 졔 보니 盟誓ㅣ치 痛憤이도 반가웨라 져 통爐口자리가 져리 반갑거
든 돌쇠어뮈 말이야 닐너 무슴ᄒ리

---

8) H. Read(외) : 예술을 찾아서(정현종역, 세대문고사, 1978), p.26.

　　드러가 돌쇠어미 보옵거든 퉁爐口자리 보고 반기온 말슴하시소

(青六 757)

　여기서 보듯이 장시조에는 단시조에서 볼 수 없었던 기탄없는 육욕적 표현을 하고 있으며, 또 구어체로 되어 있음을 알 수 있다. 그리고 단시조에서 안 보이던 이색적인 인물이나 사물이 장시조에 등장하고 있으니, 그 두드러진 예를 열거하면 다음과 같다.

　　　1) 등장인물…쓰리뷔장人, 방망치장人, 홍둑기장人, 물네장人, 드레쏙지장
　　　　　　　人, 기장人, 밋남편, 소딕남진, 愛夫, 틱들 老都令, 沙工놈, 선머
　　　　　　　슴, 水鐵匠, 瓦冶人놈, 風流郎, 水賊, 광딕, 나근에, 갓나희,
　　　　　　　處女, 개쏠년, 알간나희, 환양노눈년, 암居士, 홀居士, 小僧,
　　　　　　　각시님, 軍牢, 匠事, 大牧官, 女妓, 小各官 등
　　　2) 동 물 류…두터비, 포리, 白松骨, 갈랑니, 존벼룩, 쇤박회, 사향쥐, 준
　　　　　　　치, 갈치, 메오기, 가물치, 불약금이, 게올이, 리, 돍
　　　3) 식 물 류…춤외너출, 슈박너출, 흙너출, 삼딕, 모시, 못모종, 피나모굽격
　　　　　　　지, 쓰리나무, 검쥬나무, 삭싸리 등
　　　4) 기　　　타…오려논, 가릭, 두험, 삿벙거지, 방귀, 갈골아쟝쟐이, 퉁爐口,
　　　　　　　灯罄, 丹箸, 丹술, 즈을이, 수箸, 국이, 동희, 동난지, 궤젓,
　　　　　　　青醬, 黑醬, 膿脂, 粉, 登梅 등

　이것들은 서민 사회에서 두루 쓰이는 말이거나 또 서민들이 가까이 대하는 것들이다.

　이와같이 장시조에는 단시조에 없었던, 일상 서민들이 두루 쓰고 있는 구어체와 서민들이 상대하는 사물의 명칭이 거리낌없이 등장하고 있는데 이것은 어떤 의미를 가질 수 있는가.

　워렌은 시 속에 불협화음, 불완전한 리듬, 추잡한 단어, 추한 생각 그리고 구어체의 용어, 자기 모순, 재주 부림, 아이러니 등이 나타난 경우를 보고 독자들은 못마땅해 하기도 하지만, 그러나 이것들은 시적

결과를 풍부하게 하고 좋은 시를 만드는 데에 기여하기도 한다고 밝힌 적이 있다.[9]

일반 서민층은 양반 사대부들의 현학적이면서도 교훈적인 내용, 나아가서 서민들의 생활과는 동떨어진 세계를 그린 단시조를 읽는 경우보다 그들이 활용하고 있는 언어와 그들의 시적 발상이 표현된 장시조를 읽는 경우에 더 한층 현실감을 느꼈을 것이다.

엘리어트(T.S. Eliot)는 시어가 민중의 언어로 돌아가야 한다고 주장한 사람중의 한 사람이다. 그는 17세기의 시에서 시도되었던 구어체를 과감하게 활용하여 20세기의 영시를 새롭게 변모시키는데 일익을 했던 것이다.

영시에서도 권위에 찬 한정된 시어의 영역을 고수하였던 시절이 있었던 터이지만, 17세기 존 단 등의 소위 형이상학파 시인들(Metaphisical poets)은 이러한 한정된 시어의 영역을 부수고 구어체로서 시를 썼던 것이며, 이것을 20세기에 들어와서 다시 부활시킨 사람이 바로 엘리어트였던 것이다.

물론 구어체는 오늘날 현대시에서 어느 나라를 막론하고 두루 쓰이고 있는 것이며, 구어체 뿐만 아니라 어떤 말이라도 시어로서 쓰일 수 있는 것이다.

이렇게 볼 때, 장시조의 동물류를 동원한 현실 풍자와 육정적 일상어의 수용은 단시조의 권위에 찬 한정된 시어공간을 뛰어넘어 새로운 시어의 공간을 마련한 셈이라 하겠다.

다시 말해, 문학 작품이 한 가지 정서에만 충실해야 격조가 높아진다는 양반의 미의식을 부수고 서민의 미의식을 나타내기 위해서 장시조는 단시조의 제약을 파괴했던 것이다.[10] 이것은 나아가서 현대시조, 현대시

---

9) Daniziger Johnson : 앞의 책, p.321.

10) 조동일 : 창노래와 벽노래〔박철희, 조규설 공편 : 시조론(서울 : 일조각, 1978), p.339〕.

에 앞서서 시어의 확산이 다름아닌 장시조에서 이루어졌다는 점을 확인
하는 셈이기도 하고, 또 현대 시조, 현대시에 앞서 독자층을 폭넓게
수용하려는 하나의 의도였다고도 볼 수 있겠다.

2. 詩的 想像力

　시적 상상력은 대상에 따라 여러가지 양상으로 나타나지만 여기서는
시조 문학에 자주 보이는, 사랑의 의미, 사랑하는 사람, 사랑으로 인한
고통 등이 작품 속에 어떻게 나타나고 있는가에 대하여 알아보기로
한다.
　먼저 사랑의 의미하는 바에 대하여 살피기로 하겠다.

　　ㄱ) 思郞 思郞 긴긴 思郞 긔쳔ᄀᆞ치 닌닌思郞
　　　　九萬里 長空의 넌지러지고 남는 思郞
　　　　아마도 이 님의 思郞은 가업슨가 ᄒ노라

(瓶歌 1016)

　　ㄴ) 思郞이 엇쩌터니 둥고더냐 모지더냐
　　　　길더냐 져리더냐 발일넌냐 주힐너냐
　　　　各別이 긴 줄은 모로듸 ᄯᆞᆺ간의를 몰닌라

李明漢(瓶歌 191)

　ㄱ)에서는 변함없는 사랑을 개천에 비유하고 있다. 그리고 사랑을
구만리 장공에 넌지러지고 남는, 무한하면서 절대한 것으로 비유하고
있다.
　변함없는 항존적인 사랑이기를 원했던 우리네 선조들의 심상이 사랑
을 개천에 비유하기에 이르렀고[11] 또 사랑의 장공을 넌지러지고 남는

---

11) 개천의 흐름을 끝없음에 견주는 것은 물질적인 속성을 보이는 형태적 상상
　　력이 되고 만다. Bachelard는 상상력의 초보단계로서 형태적 상상력을 설명

무한한 것으로 비유하기에 이르렀다고 생각된다.

ㄴ)에서도 변함없는 것, 다함없는 것으로서의 사랑을 노래하였다. 이같이 사랑이 항존적(恒存的) 존재이기를 바라는 것은 비단 단시조에서 뿐만 아니라 장시조에서도 마찬가지로 나타나고 있다.

> ㄷ)　ᄉ룽 ᄉ룽 고고이 미친 ᄉ랑 왼 바다홀 두루 덥는
> 　　그물ᄌ치 미친 ᄉ랑
> 　　往十里라 踏十里라 춤외너출 수박너출 얽어지고
> 　　틀어져서 골골이 버더가는 ᄉ랑
> 　　아마도 이 님의 ᄉ랑은 쯧간틔 몰ㄴ하노라

(靑六 636)

사랑의 다함없고 끝없음을 나타내고 있다는 점에서 보면 앞의 ㄱ), ㄴ)과 여기 ㄷ)은 같다. 그러나 여기 ㄷ)에서는 ㄱ), ㄴ)보다 다소 다른 데가 있음을 발견하게 된다.

ㄱ)에서는 구만리 장공을 넌지러지고 남는 것이 사랑이라 했는데 과연 그러한 것이 있을 수 있는가. 이것은 현실에 없는 것을 있는 양으로 꾸며낸 허구다.

비유되는 대상이 추상으로 끝나거나 막연한 것이었을 때에는 독자는 작품이 부여하는 의미를 수용하기 어렵게 된다. 즉 작가가 나타내고자 하는 상상력의 세계와 그것을 용해하여 자기화하는 독자의 상상력이 만나지 못하고 마는 것이다.

처음, 사랑을 개천에 비유했다는 것은 적절한 비유라고 할 수 있다. 그런데, 이렇게 이미지를 구체화시켰던 시적 발상이 다음 장에서는 구체화를 이루지 못하고 장공이라는 추상된 사물에 견줌으로써 막연한 이미지로 끝나버리고 말았다. 애써 모아놓은 시상이 여기 와서 흩어져 버리

하고 있다〔곽광수(공저) : 바슐라르 연구(서울 : 민음사, 1976), p.30〕.

고 말았다고 할 수 있다.

ㄴ)에서도 마찬가지다.

형체도, 넓이도, 폭도, 길이도 없는 그 어떤 것으로 사랑의 이미지를 나타내려 하였다. 곧 예술이 가져야 할 독자의 이해를 위한 사실성(reality) 을 상실하고 말았다. 그러나 ㄷ)에서는 문제가 다르게 나타난다.

ㄷ)에서는 사랑을 올과 씨가 촘촘히 맺혀서 풀 수가 없는 그물에 비유하였다(그물이라도 온 바다를 두루 덮는 그물이라고 한 것은 과장이 심한 표현이었다.).

그물같이 풀 수 없는 단순한 사랑이라고 한다면 그 사랑의 확실함은 의심할 바가 없는 것이다. 그리고 또 그물은 고기를 대량으로 잡는 도구이므로 고고한 사랑으로 인한 그 결과가 풍부할 것이라는 예측도 쉽게 할 수 있는 터이다. 이 경우 사랑의 비유로서는 적절하다 하겠다.

그 다음, 사랑을 넝쿨에 비유하였다.

넝쿨도 얽어지고 거기다가 또 틀어져 있다. 풀 수 없도록 몇 번이나 매듭이 져 있는 상태라는 것이다. 또, 얽어지고 틀어지는 행위가 일회로 끝나지 않고 골골이 뻗어가면서 계속되므로 사랑은 끝없이 신장되어감과 동시에 결속은 더욱 단단해짐을 의미한다.

여기서도 참외같이 수박같이 완결된 형태의 사랑을 의미하면서 그 사랑의 결과가 달고 값진 것임을 미리 예측할 수 있도록 해놓았다.

시에서는 길게 서술되어야 할 논의(論意)가 시적인 제한을 받아 간략하게 함축되어 나타난다. 그리고 시인은 정서를 감각화한다. 마치 농아자의 수화(手話) 알파벨, 또는 맹인의 점자처럼 청각을 시각으로, 시각을 촉각으로 나타내기도 하고, 마음 속에 감지된 관념적인 정서(이를테면 미움, 사랑, 분노 등)까지도 감각화한다.

이 정서의 감각화가 바로 이미지다. 시에서의 이미지는 다의성을 함축하면서도 구체적이어야 한다.

ㄷ)에서와 같이 한 작품 안에서 한 사물의 이미지가 타당성을 가진 복합체로서 나타난 시조 작품은 흔하지 않다.

이렇게 자연을 끌어와서 자연에다 인간의 사상과 감정을 침투시키면 자연은 비로소 인간화가 되고, 그와 동시에 예술로서의 의미획득을 하게 된다.

독자들은 작품 속에 나타난 암시적 정서들을 자기 것으로 소유하는 데에 시를 읽는 목적을 둔다.[12] 그렇기 때문에 작품은 늘 많은 설명을 보류시켜 놓고 독자의 해석을 기다리는 것이다. 그러나 시인의 말은 백일몽처럼 되어서는 안 된다. 시인은 사상적 주체적 존재(imaginable subjective existence)를 함축성 있게 보여줘야 한다.[13] 그런 의미에서 볼 때 ㄷ)은 ㄱ), ㄴ)보다 더 구체화된 사실성을 가지고 있는 것이다.

> ㄹ) 스랑을 찬찬 얽동혀 뒤질머지고 틱산준령을 허위허위 너머가니
>   모르는 벗닉는 그만 ㅎ여 바리고 가라 ㅎ것마는
>   가다가 즈즐녀 죽을만졍 나는 안이 바리고 갈가 ㅎ노라
>
> (詩歌 686)

여기서 태산준령은 시련의 암시체이다.

미온적인 또는 불확실한 사랑이 열정적인 또는 확실한 사랑으로 나아가기 위한, 거쳐야 할 통과절차로서 태산준령의 등정이 준비된 것이라고 해석할 수 있다. 그러므로 이것은 일종의 입사적 요소(initiational element) 를 보여주는 작품이라 하겠다.

사랑이라는 추상적 개념을 찬찬 얽동이고 또 짊어질 수 있는 짐꾸러

---

12) Susanne K. Langer: Feeling and Form(London: Routledge & Kegan Paul Ltd., 1967), p.245.

13) Susanne K. Langer: Problems of Art(N.Y.; Charles Scribner's sons., 1957), p.113.

미로 비유한 것도 기발한 착상이 아닐 수 없다.

사랑은 아름답고 달콤한 것만은 아니라 그 이면에는 무거운 짐꾸러미와 같은 부담이 있을 수 있기 때문에 자칫하다간 사랑의 무거운 부담에 눌려 죽을 수도 있다는, 바로 이런 사랑의 속성을 잘 드러내 주고 있는 작품이다.[14]

그리고 ㄹ)에서와 같이 사랑을 무거운 짐꾸러미로 나타낸 것은 코울리지(Coleridge)가 말한 개념적 지식을 감각적 이미지로 바꾼 제2상상력에 해당되기도 하고, 바슐라르(Bachelard)의 "대상은 제 스스로 변화함으로써 우리의 상상력으로 하여금 그 변화를 따라 오게 하는 것이 아니라 오히려 우리의 상상력이 대상을 제멋대로 변화시키는"[15] 역동적 상상력에 해당되기도 한다.

ㄱ), ㄴ)에서는 끝없고 변함없는 사랑을 나타내려고 부단한 노력을 하였으나 그 개념을 객관화시키는 등가물을 등장시키지 못함으로 해서 이미지가 구체화되지 못하고 말았다면, 장시조 ㄷ), ㄹ)에서는 사랑의 등가물을 이용한 구체적 이미지가 나타나 있다는 점에서 시적 상상력은 ㄱ), ㄴ)보다 우세하다고 하겠다.

다음으로 등장 인물을 어떻게 나타내고 있는가에 대해서 살펴보기로 한다.

> ㅁ) 어화 네여이고 반갑쬬도 놀라왜라
>   雲雨 陽臺예 巫山仙女 다시 본듯
>   암아도 相思一念이 病이 될까 ㅎ노라
>
> 李鼎輔(海一 285)

---

14) Robert Burns도 사랑을 6월에 갓 핀 붉은 장미꽃에 비유한 적이 있다. 장미꽃은 화려하지만 가시를 가지고 있다. 사랑을 장미꽃에 비유한 것은 사랑의 속성을 잘 드러낸 것이다. 사랑은 생명을 위협하는 무거운 부담이기도 하기 때문이다.

15) 곽광수(공저) : 앞의 책, p.33.

　여기서는 중국설화상의 巫山仙女에다가 등장 인물을 비유하고 있음을 본다. 고대 소설 속에서는 이같이 미인을 선녀로 또는 선녀가 하강된 것으로 나타나는 경우가 많은데, 시조 작품에서 미인을 선녀에 비유한 경우는 아마 이 작품뿐인가 한다.

　미인을 그냥 가인으로 나타낸 경우는 더러 보인다.

> ㅂ) 먹은아 못 먹은아 酒尊으란 뷔우지 말고
> 旅거나 못 쓰거나 絶代佳人 겻틔 두어
> 어즙어 逆旅光陰을 慰勞코져 ㅎ노라
>
> 　　　　　　　　　　　　　　　　金壽長(海周 488)

> ㅅ) 밤은 三更되고 오만 님은 아니 온다
> 이 일를 알량이면 제 丁寧 오련마는
> 엇지타 死情佳人은 사정 몰나
>
> 　　　　　　　　　　　　　　　　李仁應(源一 697)

> ㅇ) 桃花　훗날니고 綠陰은 퍼져온다
> 쇠꾀리 시노뤼는 烟雨에 구을거다
> 마초아 蓋 드러 勸허낼 제 濃粧佳人 오디라
>
> 　　　　　　　　　　　　　　　　安玟英(金玉 26)

　이런 작품에서는 독자가 미인의 모습을 구체적으로 그려낼 수가 없다. 어느 정도 미인인지도 알 수가 없어서 막연히 추상하게 된다. 그러나 장시조에 오면 미인을 가인이라 한 경우는 아주 드물게 보인다. 또 선녀로 나타낸 작품은 없는 것 같다.

> ㅈ) 눈섭은 슈나뷔 안진덧 니ㅅ샌듸는 박씨 짜 세운듯ㅎ다
> 　 눌 보고 당싯 웃는 양은 삼식도화 미기封이 하룻밤 빗氣運에 반만
> 쳘노 띈 形狀이로다
> 　 츈풍의 蝴蝶이 되야셔 간 곳마다 좃니리라
>
> 　　　　　　　　　　　　　　　　(源朴 80)

이 작품에서는 앞의 시조들에서처럼 막연한 것에 미인을 비유하고 있는 것이 아니라 구체적인 사물을 들어 미인의 모습을 그려내고 있는 것이다. 미인의 모습 뿐 아니라 등장 인물을 도화에 비김으로 해서 도화 꽃 같이 열정적인 사랑을 향유할 수 있는, 다시 말해 인물의 심성까지가 간접적으로 드러나 있다. 그러므로 장시조 ㅈ)은 앞의 단시조 ㅁ), ㅂ), ㅅ), ㅇ)보다도 더 구체화된 시적 표현을 하고 있는 것이다.

> ㅊ) 無情허고 野宿헌 任아 哀魂離別後에 消息이 어이 頓絶허냐
>   夜月空山杜鵑之聲과 春風桃李蝴蝶之夢에 다만 生覺는니 娘子로다
>   梧桐에 걸닌 달 두렷헌 네 얼골 宛然이 겻헤 와 슷치는듯 이슬에 져진
>   꽃 研研헌 너의 틱도 눈압헤 버렷는듯 碧紗窓前 시벽비에 沐浴허고
>   안젼는 졔비 네 말소릭 곱다마는 늬 귀에 하숩는듯
>   밤中만 靑天에 울고가는 기러기소릭에 잠든 나를 씨우는냐
>
> (樂高 914)

이 노래에서는 비유적 사물이 많이 등장하였는데, 이것을 분류하면 A) 낭자 생각을 유발하게 한 사물, B) 낭자 모습으로 나타난 사물, C) 낭자 말소리로 지각된 사물, 이 세 부분으로 나누어진다. 그러므로 A)는 추상적 단계이고, B)는 구체적 단계이고, C)는 실체적 단계가 되어 한 작품 안에서 세 번의 점진적 과정을 밟고 있는 작품이라는 점에서 독특한 작품이라 할 수 있다.

이 관계를 표로 보이면 다음과 같아진다.

A) 낭자의 생각을 유발하게 하는 사물(추상적 단계)

대 상	상 황	장 소	대상의 행위
두견이	달밤	공산	소리
호접	봄바람	도리	꿈

B) 낭자의 모습으로 나타난 사물(구체적 단계)

대　　　상	대상에 동원된 소재	대상의 행위
달	오동	걸림
꽃	이슬	젖음

C) 낭자 말소리로 지각된 사물(실체적 단계)

대　　　상	시　　　간	대상의 행위
제　비	새　벽	고운 말소리
기러기	밤　중	슬픈 울음소리

蝴蝶之夢은 '莊子'에 나오는 말로서 '꿈'을 나타내는 말이 되기도 하지만 여기서는 杜鵑之聲과의 짝을 이루기 위해 쓰여진 말로 보아 글 뜻 그대로 '나비의 꿈'으로 해석하여 위 표를 만든 것이다.

A)의 추상적 단계에서는 두견이와 호접을 등장시켰다.

두견이는 공산에서 짝을 애써 찾고 있다. 호접 또한 짝을 찾았을 때를 상상하여 꽃 속에서 단꿈을 꾼다. 공산은 두견의 울음을 되받아 울어줌으로 해서 두견이가 짝을 찾는 그 사실을 드러내주는 데에 잘 어울려 있다. 도리는 호접이 짝을 찾았을 때의 황홀감을 미리 맛보도록 하는 사물이다.

그런데 작중 화자는 이러한 두견이 소리, 호접의 꿈으로부터 자신의 세계로 돌아와 낭자를 그리는 소리와 꿈을 준비하려는 것이다. 곧 낭자를 생각하게 하는 계기는 두견이의 소리와 호접의 꿈인 것이다.

B)의 구체적 단계에서는 달과 꽃을 등장시켰다.

엘레아데(Eliade)에 의하면 달은 살아 있는 생명체이고, 재생(resurrection) 의 존재로 파악된다.[16] 달은 여기서도 오동나무에 걸려든 존

---

16) M. Eliade: Cosmos and History, The Myth of Eternal Return〔정진홍역
　　: 우주와 역사(서울 : 현대사상사, 1976), pp.124~125〕.

재, 다른 말로 하면 오동나무를 찾아온 존재이다. 달의 운동과 오동나무의 정지가 만나서 화합을 이루는 순간적 상황의 시적 처리라고도 할 수 있다.

그리하여 이제 달은 천상의 것이 아니라 지상의 것으로, 신성화가 아니라 속성화로 나아온 것이다. 즉 달은 얼굴, 오동나무는 몸이 되어 낭자의 모습으로 완결을 이룬 것이다. 거기다가 달은 재생의 존재이므로 임과의 재회라는 묵시적 이미지(apocalyptic imagery)[17]를 띠기도 한다.

꽃이 열기라고 한다면, 이슬은 냉기를 가진 이미지다. 그런데 여기서는 꽃의 열기와 이슬의 냉기가 어우러진 상태이므로 한쪽으로 치우치지 않는 조화의 상태다. 이것은 다시 낭자의 잘 어울린 모습으로 암시되기도 한다.

또, 달의 오동나무에 걸림과 꽃의 이슬에 젖음에서 볼 때, 달과 꽃은 모두 피동적인 사물로 나타나 있는데, 이것도 달과 꽃이 여성 이미지를 떤다는 사실과 들어맞아 있다.

C)의 실체적 단계에서는 제비와 기러기의 소리를 등장시켰다.

제비의 새벽은 고운 말소리로, 기러기의 밤중은 슬픈 울음소리로 나타내었다. 낮은 이성적 시간이라면 밤은 이성(異性)을 그리워 하는 본능적 시간이다. 그렇기 때문에 민요에서도 "아침에 우는 새는 배가 고파 울고요, 저녁에 우는 새는 임이 그리워 운다" 한 것이다.

청산별곡의 "우러라 우러라 새여…"라는 아침에 우는 새로 해석하여 청산별곡이 당시의 피지배층의 생활고를 여실히 드러낸 작품이라고 파악한 것도 이런 이유에서이다.[18]

여기서도 제비의 새벽(아직 아침이 아니다.)은 밤을 잘 겪고 난 뒤,

---

17) N. Frye: 앞의 책, p.141.

18) 김승찬 : 한국문학사상론(부산 : 제일문화사, 1983), p.248.

그리고 목욕까지 하고 난 뒤의 즐거움의 시간이라면, 기러기의 밤은 밤을 잘 보내지 못하는 데서 비롯되는 괴로움의 시간이다. 그래서 제비는 앉아있는 시간을 가지는 대신 기러기는 하늘을 헤매는 시간을 가지는 것이다.

그런데 작중 화자는 제비의 소리도 낭자의 하소연으로, 또 기러기의 울음 소리도 낭자의 하소연으로 알아 듣는 것이다.

이렇게 이 노래를 해석해 볼 때, 이 노래는 내면적인 작가의 생각을 외면화시키는 데에 일단 성공을 거두고 있는 셈이다(그것이 시적으로 탄력성이 있느냐 없느냐 하는 문제는 별개의 문제이다.).

여기서 보듯이 추상을 구상화시킬 때에는 반드시 인간의 사상과 감정을 상징화할 수 있는 그 어떤 이질적인 소재가 필요해진다. 이렇게 함으로써 작가가 전달하고 싶은 내면적 생각은 독자에게 구성적인 실체로서 의미를 획득하게 되고 작품은 생기를 띠게 된다.

콜링우드(Collingwood)는 예술적 언어는 그 표현의 대상이 인간의 감동에 초점이 모여져야 한다고 말하였다.[19] 랑거(Langer)도 예술에 있어서의 모든 소재는 예술적 효과를 위해 소용되고 그것은 가상적 경험이 되지 않으면 안된다고 말하였다.[20] 그러나 시에 소용되는 상상력이란 코울리지의 말처럼 비합리적인 능력이 아니라야 한다. 그것은 이질적인 여러 요소들을 받아들여 그것들을 해체하고 통제하고 거기에 질서를 부여하여 새로 통합된 창조물을 만드는 데에 있다.[21]

이런 점에서 본다면, 장시조 ㅈ), ㅊ)은 여태 단시조에서 볼 수 없었던 새로운 상상세계이다.

---

19) Dickie: Aesthetics, An Introduction(Indianapolis, 1971), pp.84~95.

20) Susanne K. Langer: Feeing and Form(N.Y.: Routledge & Kegan Paul. Ltd., 1967), p.256.

21) Coleridge: Biographia Literaria(ed. Shawcross. London: Oxford Univ. press, 1967), p.12.

다음엔 사랑으로 인한 고통의 세계를 어떻게 나타내고 있는가 하는
문제에 대하여 논하려 한다.

> ㅋ) 思郞 모여 불이 되여 ᄀ슴에 푸여나고
>   肝腸 셕어 물이 되여 두눈으로 소사난다
>   一身이 水火相侵ᄒ니 술동말동 ᄒ여라
>
> (瓶歌 780)

> ㅌ) 내 ᄀ슴 쓰리만져 보소 술 혼 점이 바히 업닉
>   굼든 아니되 自然이 그러ᄒ데
>   얼마나 긴장홀 님이 술든 이를 굿ᄂ니
>
> (瓶歌 814)

원형적 이미지에서 보면 불은 가동력(加動力)과 신속한 재생력(再生
力)을 가지고 있기 때문에 고대로부터 상승의 개념으로 암시되고, 상징
적 함의(含意)는 선(善)을 의미하며,[22] 물은 정화 기능과 생명을 지속시
키는 속성 때문에 고대로부터 순결과 새 생명을 상징하였다.[23] 그리고
물의 속성이 낮은 데로 흐르므로 하강을 상징하기도 한다.

원형적 이미지로 해석해 보면 ㅋ)은 물의 새 생명과 불의 재생력,
그리고 물의 하강과 불의 상승이 동시에 결합되어 있어서 상반되는
이미지의 화합에서 오는 놀라운 시적 긴장이 따를 수도 있다. 그러나
사랑이 모여 불이 되고 걱정이 모여 물이 된다는 것은 단순한 비유에
해당된다. 물의 하강과 생명력 그리고 불의 상승과 재생력을 암시하는
어떤 비유물이 등장했어야 옳았다.

ㅌ)에서도 마찬가지다.

---

22) Philip Wheelwright: Metaphor and Realty(Indiana Univ. press, 1968),
    pp.118~119.
23) Ibid., p.125.

　사랑의 고통으로 인한 결과는 응당 야위기 마련인 것이므로 사랑의
애태움 때문에 살 한 점이 없다든가 애를 끊을 정도라는 과장법으로는
독자에게 신선미를 주지 않는다.

　주어진 상황을 주어진 그대로 복사하는 데에는 긴장이 생기지 않는법
이다. 다시 말해서 워즈워드의 말처럼 "일상 생활 중에서 장면을 선택해
서 그들 위에 어떤 색채를 던져주고, 그렇게 해서 평범한 사실이 비범한
모습으로 독자의 마음 속에 나타나도록 하는"[24] 경우에 시적 긴장이
발생하게 되는 것이다.

　ㅍ)　가슴에 궁글 둥시리케 뚫고 왼삿기를 눈 길게 너슷너슷 꼬와
　　　　그 궁게 그 삿 너코 두놈이 두굿 마조잡아 이리로 훌근 져리로 훌
　　　져 훌근훌젹훌 저긔는 나 남즉 놉내되 그는 아모쏘로나 견듸려니와
　　　　아마도 님 외오살나면 그는 그리 못ᄒ리라

(靑珍 549)

　이 장시조에서는 예상 밖의 경이로운 고통의 세계를 보여주고 있다.
다른 말로 하자면 예상되는 고통을 아주 다른 고통인 양 꾸며놓은 것이
다. 육체적 고통이 아무리 가혹하다 해도 임과 헤어져 있음으로 인한
정신적 고통이 훨씬 더 참기 어려운 고통임을 말하는 것이다.

　ㅎ)　나무도 돌도 바히 업슨 믜에 미게 쫏친 불가토리 안과
　　　　大川바다 흔가온듸 一千石 시른 大中舡이 노도 일코 돗듸도 것고 농층
　　　도 쯘코 키도 빠지고 ᄇᆞ름 부러 물결치고 안기 뒤셧거 즈츠진 놀의
　　　　갈길은 千里萬里 남고 四面이 거머어둑 天地寂寞 가치노을 쪄는듸
　　　水賊 만난 都沙工의 안과
　　　　엇그제 님 여흰 안이야 엇다가 ᄀᆞ을 ᄒ리오

(甁歌 1067)

---

24) Wordsworth: Lyrical Ballads(London, 1953) preface.

ㅎ)에서는 세 개의 사건이 보인다.

이것을 간단히 도식화해 보면 다음과 같아진다.

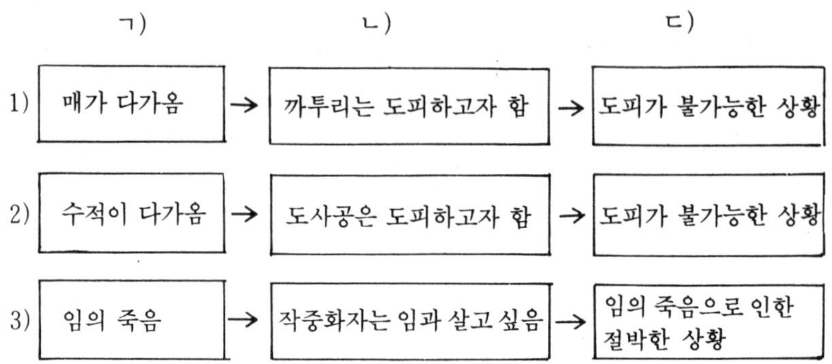

ㄱ)은 원인, ㄴ)은 화자의 바라는 상태, ㄷ)은 현실 상황이라 할 때, 1),2),3)은 모두 타로 인하여 죽음에 직면하거나 삶의 절박한 상황에 놓여 있는 등장 인물들에 대한 이야기이지만, 1),2)는 3)의 경우에 대한 보조 설명을 위해 동원된 이야기에 지나지 않는다. 즉 애정의 파탄을 당한 여성의 절박감을 강조하기 위하여 1)의 산에서 일어난 카투리의 상황과, 2)의 바다에서 일어난 도사공의 상황을 끌어온 것이다.

1), 2)에서는 죽음으로 공포나 고통이 끝날 수도 있지만, 3)에서는 죽음보다도 더 큰 고통을 맛보면서 살아야만 하는 여인의 처지를 말하고 있는 것 같다.

ㅋ), ㅌ), ㅍ), ㅎ)들은 모두 밖으로부터 가해지는 외적 상황으로 인한 자기 희생이라는 의미에서 악마적 이미저리(demonic imagery)[25]에 해당된다. 그런 의미에서는 모두 같아 있지만, 그러나 그 이미지의 심도는 각각 다르다 하겠다.

단시조 ㅋ), ㅌ)은 평범한 이미지, 예측이 가능한 이미지였다고 한다

---

25) N. Frye: 앞의 책, p.147.

면 장시조 ㅍ), ㅎ)에서는 예상 밖의 경이로운 고통의 세계를 보여줌으로 해서 새로운 고통의 이미지를 보여준 것이다.

ㅍ)에서는 사랑을 잃어버림으로 해서 일어날 수 있는 고통을 미리 상상한 경우라고 한다면, ㅎ)에서는 이제는 다시 이룰 수 없는 사랑에 대한 쓰라린 고통을 토로하고 있는 것이다.

시가 인상적인 사물에다 신기성의 매력을 부여해주는 데 있다고 할 때,[26] ㅍ), ㅎ)은 모두 예측 밖의 경이로운 고통의 세계를 보여줌으로 해서 신기성의 매력을 제공하고 있고, 또 단시조의 ㅋ), ㅌ)보다도 한걸음 더 시에 가깝게 접근한 시적 상상력을 발휘하고 있다.

이상으로 시적 상상력이라는 측면에서 단시조와 장시조를 살펴본 결과 단시조에서는 사랑의 의미 또는 사랑하는 인물 그리고 사랑의 고통을 막연한 추상으로 또는 누구나 예상할 수 있는 이미지로 나타내고 있는 데 비하여, 장시조에서는 객관적 등가물을 통한 이미지의 구체화를 보여주는가 하면, 색다른 비유의 세계를 동원함으로써 단시조보다도 더 우위에 찬 시적 상상력을 보여주고 있음을 알게 된다.

---

26) Coleridge: 앞의 책, ch. XIV.

IV. 詩的 態度와 構造의 單純性

1. 詩的 態度(tone)

작가가 작품 속에서 독자에게 어떤 태도를 보여주고 있는가 하는
문제는 작품 내용을 파악하는 데에 중요하다.

첫째로, 장시조의 작가는 자연을 어떤 태도로 보고 있는가 하는 점을
먼저 살펴 보기로 한다.

> 1) 菊花야 너는 어니 三月東風 다 보늬고
>   落木寒天에 네 홀노 픠엿ᄂ다.
>   아마도 傲霜孤節은 너 ᄲᅺ인가 ᄒ노라
>
> 李鼎輔(瓶歌 420)

이 단시조의 작가는 국화를 오상고절(傲霜孤節)을 가진 관념물로
보고 있음을 알 수 있다. 즉, 군자의 지절을 가진 관념물이 국화라는
것이다.[1] 이 경우는 다음의 안민영의 작품에서도 나타나고 있다.

---

1) 국화가 節을 대변하는 이같은 문학적 관습(conventional theme)은 현대시
   에서까지 지속되어 오고 있다. 가령, 서정주의 '국화옆에서', 정완영의 '黃
   菊' 구자운의 '국화에게' 등, 대부분의 현대시에서는 국화가 節을 대변하고
   있다. 그러나 김춘수의 '冬菊'에서는 앞서의 例와는 달리 국화를 娼女에
   비유하고 있다. 곧 節과는 정반대의 국화가 등장한 것이다.

2) 菊花야 너는 어이 三月東風 슬여헌다
   셩긔 울 찬빈 뒤에 찰아리 얼지연졍
   반드시 群花로 더부려 한봄 말녀 하노라

安玟英(金玉 132)

   이와 같이 단시조에서는 국화를 군자의 지절을 가진 관념물로 바라보
고 있다. 비단 국화뿐 아니라 눈에 보이는 자연을 지절의 대치물로 보려
는 태도가 단시조에는 매우 흔하게 보인다.

3) 눈 마즈 휘여진 딕를 뉘라셔 굽다턴고
   구블 節이면 눈 속의 프를소냐
   아마도 歲寒孤節은 너뿐인가 ᄒ노라

元天錫(瓶歌 625)

4) 蒼松은 엇지ᄒ여 白雪을 웃는고야
   桃李는 엇더ᄒ여 淸霧를 둘이는고
   암아도 四時不變ᄒ이 君子節을 가졌다

金壽長(海周 491)

5) 秋月이 滿庭ᄒ딕 菊花는 有意로다
   香梅花 一枝心은 날 못 이겨 뤼는고ᄂ
   아마도 傲霜孤節은 너뿐인가 ᄒ노라

(樂서 429)

美 八軍 後門
鐵條網은 大文字로 OFF LIMIT
아이들이 五六人 둘러앉아
모닥불을 피우고 있다.
아이들의 枸杞子 빛 男根이
오들오들 떨고 있다.
冬菊 한 송이가 삼백 오십원에
一流 禮式場으로 팔려 간다.

—김춘수 ‘冬菊’—

3)은 대, 4)는 솔, 5)는 매화를 소재로 한 작품들이다. 그런데 이것들은 물론 소재상으로는 이렇게 각각이지만 주제상으로는 하나로 묶여있는 작품들인 것이다. 곧 사물 그 자체를 보여주는 것이 아니라, 지절이라는 유교적 이념물로서의 사물인 셈이다.

이것은 훗설(Husserl)의 말대로 사물 그 자체가 아니라 인격화된 사물, 다시 말해서 관념에 오염된 사물이 되고 있는 것이다.

이같이 단시조에서는 자연의 참모습을 보려고 하기 보다는 관념을 앞세워 그 관념의 틀에다 억지로 자연을 맞추려는 태도를 보이고 있는 것이다.

다음의 작품들도 이러한 경향을 보여주는 예에 해당한다.

6) 구룸빗치 조타 하나 검기물 ᄌ로 한다
   ᄇ람소릭 묽다 하나 그칠 적이 하노매라
   조코도 그츨 뉘 업기는 믈뿐인가 하노라

尹善道(孤遺 14)

7) 靑山은 萬古靑이오 流水난 晝夜流라
   山靑靑 水流流 그지도 읍슬시고
   우리도 긋치지 마라 山水갓치 하오리라

申犀(伴鷗翁遺事)

여기서도 지절을 나타내기 위하여 자연을 빌려온 느낌이다. 고시조(나아가서 고시가 전체)에서는 이와 같이 고정화된 자연에 대한 태도를 보이고 있다.[2]

---

2) 르네상스와 전기 낭만주의시대 사이의 유럽 문화에서는 시 속에 카멜레온이나 월계수가 자주 등장하였다. 이때의 카멜레온은 아첨꾼을, 월계수는 貞節을 상징하는 말이었다.
   이같이 고정화된 표현의 유형을 topos라 한다. 여기서처럼 자연에 대한

로렌스(D.H. Lawrence)는 예술적 대상과의 직접 대화의 회로를 통한 생명력 있는 표현이 되지 못하고 관념을 앞세워 예술적 대상을 바라보는 것은 자기에게는 "마치 육체가 두뇌 속의 법칙에 반응하도록 시도하는 水涇의 형태와 비슷하게 들린다"[3]고 하여, 관념을 앞세워 사물을 보는 경우를 비판한 적이 있다.

단시조 속에는 이같은 관념을 앞세운 경향이 자주 보인다.

이들 작가들은 왜 이런 인습적인 태도를 고수하고 있는 것일까.

조선조 사대부들은 불변하는 것에서 가치와 덕을 찾으려 했던 것 같다. 그리하여 그들은 지절을 높이 평가하기에 이르렀고 지절을 나타내기 위하여 국화, 대, 솔, 매화 등을 노래하게 된 것이다.

마리땡(Jacques Maritain)은 일반적으로 동양 예술은 서양의 개인주의와는 정반대로 나타나고 있다고 말하면서 동양 예술가는 자기를 생각하는 것을 수치로 여기고, 자기의 주관성을 그의 작품 속에 표현하려는 의도를 부끄러운 일로 생각한다고 지적하였다.[4]

이러한 사실은 동양 예술에 두루 나타나는 것 같다.

가령, 회화에서 대나무는 연약히고 휘어질 듯이 유연한 식물인데도 하나같이 꼿꼿하게 그려지고, 난초들은 하나같이 청초하게 그려지고, 국화는 은자의 기백을 가졌기에 하나같이 고아하게 그려지고 있는 것이다.

그러나 예술가는 사물을 자기것으로 만들기 위해 자기나름의 도식

고정화된 표현은 topos이며, 예술미학에서는 창조적 표현이 아니라는 점에서 이를 꺼린다.

3) D.H. Lawrence: Selected Essays(Harmondsworth: Penguin books Ltd., 1972), p.326.

4) Jacques Martain: Creative intuition in art and poetry〔김태관역 : 시와 미와 창조적 직관(서울 : 성바오로출판사, 1982), p.19〕.

에, 즉 자기 나름의 재현의 방식에 복종시켜야 한다고 할 때,[5] 앞의 작품
들은 주체적 사고에 의한 사물의 변용이 아니라는 점에서 비판을 받게
된다.

여기서 쿨리코브스키(Kulikovsky)의 다음과 같은 말을 참고할 필요가
있겠다.

> 공대신 작은 수박, 또는 머리 대신 작은 수박이라 하는 것은 그것이 둥글
> 다고 하는 객관적 성격 외에 아무 다른 의미가 없다.
> 이것은 의미되어진 것이지만 시로서 해야할 것을 아무것도 하지 않은
> 것이다.[6]

이와 비슷한 말로 쉬클로브스키(Shklovsky)는 예술이 목적하는 바는
잘 알려진 대로가 아니라 비쳐진 대로의 사물에 대한 감각을 부여하는
데에 있다고 하였으며[7] 휠라이트(Wheelwright)는 예술은 소위 '투시적
개성(perspective individuality)'을 가져야 한다고 주장하였다.[8]

이러한 관점에서 볼 때 이들 단시조들은 예술의 진정한 의미와는
거리를 가진다. 곧, 이들 단시조 작가들은 본 것을 그리고 있는 것이
아니라 알고 있는 것을 그리고 있는 실정이라는 표현이 적당하다 하겠
다.[9]

---

5) R. Richards(백기수 · 최경 공역) : 미술비평사(서울 : 열화당, 1979), p.11
   1.
6) Russian Formalist Criticism, Four Essays(Tr. and Introduction by Lee
   T. Lemon & M.J. Reis., Univ. of Nebraska Press, 1965), p.25.
7) Ibid., p.13.
8) Philip Wheelwright : 앞의 책, pp.51~52.
9) E.H. Gombrich: Meditations on a hobby horse or the roots of artistic form
   〔Aesthetics Today(Ed. Morris Philipson, N.Y., Meridian book, 1974, p.
   122〕.

사물을 본다고 할 때, 그 '본다'는 의미는 뽕티(M. Ponty)가 밝힌 바와 같이 '사물 안에 자아의 몰입(inherence of the self in thing)'[10]을 의미하고, 하이데거(M. Heidegger)의 말을 빌리면 '세계 속에 존재(being in the world)'[11]하려는 행위로 설명된다.

그러나 사람들은 '본다'의 입장보다는 '안다'의 입장을 고수하려고 든다.

안다는 뜻은 기정화된 사실의 확인을 의미한다. 그러므로 이것은 '사물 안에 자아의 몰입'이라는 '본다'와는 거리가 있는 것이다.

이렇게 볼 때, 앞에서 예로 들은 단시조에서는 사물 속에다 보는 사람을 끌어넣어 이 두 개가 혼합되는(incorportion of the seer into the visible) [12] 것으로서의 인식이 아니고 객관화된 유교이념을 사물에다 부여하여 사물을 유교 이념물로 만들어버린 셈이다.[13]

그러므로 이것은 관념을 설명하기 위하여 사물을 동원한 개념적 이미지(conceptual image)의 작품이 되고 말았다.

그러나 다음의 장시조는 어떤가.

---

10) M. Ponty: Phenomenology of perception(Tr., Colin Smith., Routlege & Kegan Paul 1966), p.329.
11) M. Heidegger: Being and Time(Tr., John Mcquarrie & E. Robinson., Harper and Row) Passim.
12) M. Ponty: The Visible and Invisible(Tr.,Alphonso Lingis., North Western Univ. Press), p.131.
13) 정약용은 그의 시문에서 수선화가 특별한 풍미가 있지만 생산적 의미에서는 목화만 못하다고 밝히고 있다(與猶堂全集, 第一集 詩文集, 書). 조선조시대의 다른 여타의 문인들은 자연을 정신적 교감을 주는 교훈물로서의 자연, 위안물로서의 자연, 아니면 형이상학적 자연으로 보았는데, 다산은 자연을 인간의 삶에 실제로 보탬을 주는 실용물로서의 자연 형이하학적 자연인 물질 세계로 이해하였던 것이다. 두 경우 다 자연을 자연 그대로 보려는 문학적 태도(직관적 세계)는 아니다.

8) 萬疊山中에 閑暇한 저 隱士는 가는비 무릅쓰고 꽃모종 닐 삼는다.
　　富貴牧丹 風流郞 三色桃 月四季 丁香 豆蔲 凌霄 合歡 다 아니 시무고
　　杜鵑　躑躅 西甘 映山紅 西府 海棠 天盌 葵花 鳳仙花 鬪鷄花 朝顔 雁來
　　紅 모다 그만두고
　　陶淵明 조아하야 九月九日 東籬下에 캐고 캐야 忘憂物애 둥둥싀는 菊花
　　만 모종(種菊花)

(樂高 977)

망우물은 물론 술을 이름이다.

은사가 국화를 모종하는 것은 국화주를 담기 위한 것이다. 여기서는
술의 독함과 국화 향기의 매움을 더하여 이것으로 근심 걱정을 덜겠다
는 뜻으로도 볼 수 있겠고, 또 술의 더움과 국화의 차움이라는 대조적
이미지로 해석하여 더움과 차움이 더해져서 중화된 국화주와 같이, 자신
의 마음도 평정하겠다는 뜻으로도 볼 수 있겠다.

어떻든 여기서의 국화는 도연명적 사색으로서의 국화인 것이지 지절
을 나타내기 위한 국화는 아닌 것이라 본다.

비단 국화에서뿐 아니라, 장시조에서는 솔, 대, 바위, 매화 등의 자연
물을 동원하여 지절을 노래하고 있지 않다는 점에서 보더라도 장시조는
단시조적인 발상과는 달라 있는 것이다.

둘째로, 장시조에는 생활을 경영하는 태도가 어떻게 나타나고 있는가
하는 점에 대해서 알아보기로 하겠다.

단시조에서는 백성을 가르치는 내용, 교화하는 내용이 자주 등장한
다.

9) 天地間 萬物中에 사ᄅᆞᆷ이 最貴ᄒᆞ니
　　最貴ᄒᆞᆫ 바ᄂᆞᆫ 五倫이 아니온가
　　사ᄅᆞᆷ이 五倫을 모ᄅᆞ면 不遠禽獸 ᄒᆞ리라

朴仁老(蘆溪集 27)

10) 江原道 百姓들아 兄弟숑소 ᄒ디 마라
　　 죵쒸 밧쒸ᄂ 엇기에 쉽거니와
　　 어듸가 ᄯ 어들 거시라 흘귓흘귓 ᄒ ᄂ다

鄭澈(松星 17)

11) 벗을 사괴오듸 처음의 삼가ᄒ야
　　 날도곤 나으니로 굴ᄒ여 사괴여라
　　 終始히 信義를 딕희여 久而敬之 ᄒ여라

金尙容(仙源續稿)

　이 작품들에서는 윗사람이 아랫사람에게 타이르는 것 같은 태도로 일관되어 있다.

　조선조 성리학자들의 공통된 생각은 유자(儒者)가 곧 관리이고, 유자는 곧 선비로 통하여, 일반 백성을 가르치는 책임이 바로 선비에게 있다는 것이었다. 그러므로 위의 작품에서 보듯이 윗사람이 아랫사람에게 가르치고 지시하는 것 같은 태도가 작품에까지 자주 나타나게 된 것이라고 본다.

　그들이 가르치는 내용은 물론 오륜을 바탕으로 한 유교 이념의 정신 세계였다.

　그들은 주로 실천수행하는 입장보다는 생활을 누리는 입장, 다시 말해서 서있는 사람, 일하는 사람이 아니라 앉아있는 사람, 이르는 사람이었으므로 애초부터 일반 백성들의 생산적인 실제적 삶과는 거리를 가지고 생활하였던 것이다.

12) 東窓이 볼갓ᄂ냐 노고지리 우지진다
　　 쇼칠 아ᄒᄂ 여태 아니 니러ᄂ냐
　　 재너머 ᄉ래 긴 밧츨 언제 갈려 ᄒᄂ니

南九萬(靑珍 203)

13) 봄날이 졈졈 기니 殘雪이 다 녹거다

梅花는 볼셔 디고 버들가지 누르럿다.
아희야 올 잘 고티고 菜田 갈게 ᄒ야라

辛啓榮(仙石遺稿)

12)에서는 늦잠 자는 아이를 나무라면서 사래 긴 밭을 갈도록 명령하고 있음을 본다. 13)에서도 일하는 아이에게 울타리를 손질하고 그 다음 채소밭을 갈도록 명령하고 있는 것이다.

또 한호(韓濩)의 "아희야 薄酒山菜ㄹ망졍 업다 말고 내여라"나, 주의식(朱義植)의 "아희야 거문고 淸쳐라 醉코 놀려 ᄒ노라"에서처럼 시중드는 아이가 등장하기도 한다.

이와 같이 단시조에서는 일하는 아이 또는 시중드는 아이가 자주 등장하는데 이럴 경우 작중 화자는 앉아 있는 사람, 이르는 사람의 입장이다.

그러나 장시조에는 이같이 시중드는 아이, 일하는 아이가 거의 보이지 않는다.[14] 그뿐 아니라 아래와 같이 서 있는 사람, 일하는 사람이 보인다는 데에 장시조의 특색이 있다.

14) 살구꼿 봉실봉실 핀 밧머리에 이라이라 하는 저 농부야 그 무슨 곡실을 시무랴고 봄밧을 가오
  예주리 천자강이 홀아비콩 눈씀적이 팟 녹두 기장 청경 차조 새코 씨르기 참깨 들깨 동부 쥐눈이 찰수수를 갈랴함나 그 무엇슬 스무랴 하노
  그것도 저것도 다 아니오 구곡장진 신곡미등할 때에 제일 농량인 긴한 봄보러 가오.

(樂高 907)

15) 져 건너 明堂을 엇어 明堂 안에 집을 짓고

---

14) 이런 예는 이 정보의 "大丈夫 功成 身退後에 林泉에 집을 짓고 萬卷書를 ᄡᆞ아두고 종ᄒ여 밧 갈니며 보릭미 깃드리고 千金駿馬 셔여두고 絶代佳人 겻희 두고……"하는 작품에서 보이는 정도이다.

　　　밧 갈고 논닝그러 五穀을 갓초 심은 後에 뭇 밋혜 우물 파고 딥웅희 朴올
　　리고 醬ㄱ독에 더덕넉코 九月秋收 다흔 後에 술 빗고 떡 밍그러 어우리
　　송리 줍고 압닉에 물지거든 南隣北村 다 請흐야 熙皞同樂 흐오리라
　　　眞實로 이리곳 지닉오면 부를 거시 이시랴

(源國 647)

　　14)에서는 살구꽃 피는 봄날의 놀기 좋은 철에 열심히 일하는 농부의
모습을 드러내 놓았다.

　　봄보리가 긴요한 곡식이므로 봄에는 다른 잡곡보다도 봄보리를 심는
것이 중요하다고 하여 봄보리 심기를 은근히 권장한 내용이다. 그것도
봄보리를 심으라고 명령하는 것이 아니라 스스로 행동을 통하여 보여주
고 있는 것이다.

　　15)에서는 밭 갈고, 논을 만들고 심지어는 밑반찬의 준비까지 몸소
행함으로해서 얻어질 행복한 삶을 말하고 있다.

　　그러니까 14),15)에서는 몸소 실천하는 작중 화자가 등장하고 있는데
이 점이 바로 단시조에 없었던 작가적 태도가 되고 있다고 하겠다.[15]

　　장시조에는 이같이 서 있는 사람, 일하는 사람이 보인다는 것, 그리고
이르는 입장이 아니고 보여주는 입장이 보인다는 것에서 장시조의 작가
적 태도는 단시조와 달라 있음을 알게 되는 것이다.

　　세째로, 장시조 작가는 사대부층에 대하여, 또는 당시의 사회 전체에
대하여 어떤 태도를 작품 속에서 보여주고 있는가 하는 점을 살펴보기
로 한다.

　　장시조는 중인 계층 위주의 문학이라고 할 수 있겠는데, 그 이유는

---

15) 필자는 다른 논문에서, 장시조에는 단시조에서와는 달리 실학적 분위기를
　　보여주는 작품들이 있다고 밝힌 적이 있다.
　　〔임종찬 : 시조문학에 나타난 작가가 현실을 보는 태도(부산대, 人文論叢
　　第21輯)참조〕

① 이름이 알려진 장시조 작가들의 신분이 주로 중인 계층이었으며 그 중에서도 서리 출신의 가객이 많은 점,[16] ② 3대 가집이라는 『청구영언』, 『해동가요』, 『가곡원류』의 편찬자가 중인 계층이라는 점,[17] ③ 장시조는 창을 하기 위한 창사였기 때문에 장시조 작가는 작품을 짓고 창할 수 있는 지적 수준과 생활상의 여유가 있어야 된다는 점 등을 들 수 있다.

먼저 사대부층에 대하여 중인계층의 장시조 작가들은 어떤 태도를 보여주고 있는가를 알아보기로 하겠다.

16)   노릭갓치 죠코죠흔 줄을 벗님네 아돗든가
　　　春花柳 夏淸風과 秋月明 冬雪景에 弼雲昭格蕩春臺와 漢北絶勝處에 酒肴爛慢흐딕 죠흔 벗 가즌 稽笛 아듬다온 아모가히 第一名唱들이 次例로 벌어안ㅈ 엇걸어 불을 젹에 中 한님 數大葉은 堯舜禹湯文武갓고 後庭花樂時調는 漢唐宋이 되엿는듸 搔聳이 編樂은 戰國이 되야이셔 刀槍劍術이 各自騰揚흐야 管絃聲에 어릐엿다.
　　　功名도 富貴도 나몰릭라 男兒의 이 豪氣를 나는 죠화 흐노라
金壽長(海周 598)

17)   玉樓紗窓 花柳中의 白馬金鞭 少年들아
　　　긴 노릭 七絃琴과 長鼓秫琴 알고 져리 즑기나냐 모르고 즑기나냐
　　　調音體法을 날다려 뭇게 되면 玄紗흔 문리롤 낫낫치 니르리라
　　　우리는 百年 三萬六千月日의 이갓치 밤낫 즑기리라
金兌錫(海樂 643)

---

16) 최동원 : 고시조론(서울 : 삼영사, 1980), pp.70~76.

17) 장시조는 작자 미상의 작품들이 대다수이고, 내용이 외설적일수록 더욱 작자 이름이 밝혀지지 않는다.

이 현상은 여러 가지로 해석할 수 있겠지만, 편찬자가 책을 편찬할 때 자신의 작품 또는 그 이웃들의 작품들을 무기명으로 하여 책에 실었을 가능성을 배제할 수가 없다.

김수장과 김태석은 모두 당대의 유명한 가객이었다.

이 작품들에서 보듯이 그들은 공명과 부귀도 모르는 채 가악에만 열중하였던 듯하다. 그들은 사대부들의 생활상을 동경하고 있는 것이 아니라 가객으로서의 자부심과 가악을 통한 생활의 즐거움이 전부였다고 보여진다. 특히 김수장은 가악을 즐기는 그 자체가 생활의 전부였던 것이며,[18] 김태석 역시 가객으로서의 자부심을 뚜렷이 가졌던 사람으로 보인다.

이들은 사대부층을 동경하여 거기에 가깝게 접근하려는 게 아니라 그들 나름대로의 삶에 자부심을 가졌던 사람들이므로 사대부층을 부정적 준거집단(negative reference group)[19]으로 보고 있다 하겠다.

그러나 다음의 작품에 나타난 작가적 태도는 이와 다름을 알 수 있다.

18)　三月東風 好時節에　一僕三友 건을이고
　　　六角登臨ᄒ야 四宇를 돌아본이 天朗氣淸ᄒ고 惠風和暢ᄒ듸　花間蝶舞는 弄春色이오 柳上鶯歌는 蕩人情이라 鶴徘徊於長松ᄒ고 老龍潛於碧潭이라
　　　암아도 暮年花似霧中看을 못내 슬ᄒ ᄒ노라
朴文郁(靑謠 76)

18) 최동원 : 앞의 책, p.311.

19) New Comb에 의하면 사람들은 준거로 삼는 집단을 가지는 경우가 있다고 했다. 자기가 이상적으로 생각하는 준거집단을 긍정적 준거 집단(positive reference group)이라 하고 그 반대를 부정적 준거집단(negative reference group)이라 하였다.

따라서 긍정적 준거 집단을 가진 경우에는 거기에 가깝게 접근하려는 노력을 보이지만 부정적 준거집단을 가진 경우에는 거기에 반발하거나 독자적인 태도를 보인다고 하였다.

〔New Comb: Social Psychology(N.Y., Holt, Rine hart & Winston, 1950), p.225.〕

박문욱은 서리요 가객의 신분이었다. 그가 종을 부리면서 벗을 거느리고 육각등임(六角登臨)하여 풍류를 즐긴다는 것은 가객의 신분으로서는 지나친 듯한 감을 준다. 그리고 사대부들이 그의 시가 속에다 걸핏하면 한문투를 보이듯이 그도 한문투를 심하게 보이는 것은 그의 신분과는 달리 사대부를 닮으려고 하는 태도 때문에서인 것 같다.

이 점은 다음과 같은 사대부의 작품을 실제로 예로 들어봄으로 해서 분명해진다.

19) 大丈夫 功成身退後에 林泉에 집을 짓고
　　萬卷書를 싸아두고 종ᄒ여 밧갈니며 보릐민 깃드리고 千金駿馬 셔여
　　두고 絶代佳人 겻히 두고 金樽에 술을 노코 碧梧桐 거문고에 南風詩
　　노릐ᄒ며 太平烟月에 醉ᄒ여 누어시니
　　아마도 男兒의 ᄒ올 일은 이ᄲᆞᆫ인가 ᄒ노라
李鼎輔(甁歌 880)

이정보는 대제학을 지낸 사대부이다. 그는 사대부답게 종을 부리면서 그야말로 생활을 누리는 태도를 보였다. 천금준마(千金駿馬)며 절대가인을 옆에다 둔 채, 강호지락(江湖之樂)을 즐긴다는 것은 일반 서민의 생활과는 거리가 먼 양반사대부의 그것이다.

이정보의 작품에서는 박문욱의 작품에서 보다 오히려 한문투가 심하지가 않다.

그런데, 18)에서 보듯이, 가객의 신분이 종을 부리면서 벗을 거느리고 거기다가 육각등임하여 풍류를 즐긴다는 것은 아무래도 시적 자아는 가객이 아니라 사대부가 되어 있는 상태라고 아니할 수 없다. 다시말해 18)에서는 사대부층을 긍정적 준거집단(positive reference group)으로 보아 거기에 가깝게 닮으려고 하는 태도로 이해되는 것이다.

이같은 경향은 다음의 작품에서도 마찬가지다.

20) 洛陽 三月時에 宮柳는 黃金技로다
　　春服이 旣成커늘 小車에 술을 싯고 桃李園 차쟈 드러 東風을 洒掃ㅎ고
　　芳草로 자리 숨아鸕鳥鸃酌 鸚鵡盃로 一杯一杯 醉케 먹고 吹笙鼓篁ㅎ며
　　詠歌舞蹈헐 제 日已西ㅎ고 月復東이로다
　　　兒嬉야 春風이 몃날이리 林間에 宿不歸를 ㅎ리라

任義直(源國 504)

임의식은 고종때 동국선금(東國善琴)이란 말을 듣던 가야금의 명인이
었다.

궁궐의 버들을 말하고 있는 것이나, 노자작 앵무배(鸕鳥鸃酌 鸚鵡盃)
를 말하고 있는 것이나 또 취생고황(吹笙鼓篁) 등의 말을 통해서 볼
때, 어떤 귀한 연회석상에서 이 노래가 불리웠던 게 아닌가 생각된다.[20]
그러나 이 노래가 어디서 불리웠던 간에 이 작품에 나타난 시적 태도
는 서민의 것이 아님은 분명하다. '아희야'하는 사대부들이 즐겨 쓰던
말투에서도 사대부연하고자 하는 태도를 읽을 수 있다.

결국, 중인 계층의 장시조 작가 중에는 사대부층을 동경하여 거기에
가깝게 접근하려느 태도를 보여주느 한 경향이 있는가 하면, ㄱ와 반대
로 스스로의 삶에 긍지를 가진 태도를 보여주는 경향이 있음을 알 수
있다.

다음은 사회에 대하여 장시조 작가들이 어떤 태도를 보여주고 있는가
를 알아보기로 하겠다.

21)　一身이 사쟈 흔이 물엇 계워 못견딜쇠

---

20) 가객이 지은 작품 중에는 놀이판에 어울리도록, 또는 청중의 신분을 고려해
　　서 꾸며내는 수식들이 보인다. 또한 장시조에는 외설적인 내용을 가진 작품
　　이 많은데, 이것도 놀이판과 결부시켜 생각해 볼 만한 일이다.

皮ㅅ겨 ㄓ튼 갈랑니, 보리알 ㄓ튼 슈퉁니, 줄인니, ㄓ썬니, 준벼룩,
굴근벼룩, 강벼룩, 倭벼룩, 긔는 놈, 쮜는 놈에 琵琶 ㄓ튼 빈대삭기,
使令 ㄓ튼 등에아비, 갈짜귀, 샴의약이, 쎈박회, 눌은박회, 바금이, 거절
이, 불이, 쏘족흔 목의, 다리 기다흔 목의, 야왼 목의, 슬진 목의, 글임
애, 쏘룩이, 晝夜로 뷘 찌 업시 물건이 쏘건이 쏠건이 뜻건이 甚
흔 唐빌리 예셔 얼여왜라
　　그 中에 참아 못견될손 六月 伏더위예 쉬쬐린가 흐노라

(海周 394)

22)　흔 눈 멀고 흔 다리 져는 두터비 셔리 마즈 ᄑ리 물고 두엄우희 치
다라안자
　　건넌山 ᄇ라보니 白松骨리 쩌 잇거놀 가슴에 금죽흐여 플썩 쮜다가
그　아릭 도로 잣바지거고나
　　못쳐로 날닌 젤싀만졍 힝혀 鈍者ㅣ런둘 어혈질번 흐괘라

(瓶歌 964)

　　21),22)에서는 관리의 비행에 대한 풍자적인 야유가 보인다. 이처럼
동물 세계를 차용하여 현실을 비꼬는 작품은 단시조에서도 자주 보인
다. 가령, 구지정(具志禎)의 "쥐 춘 소로기들아　빈부로라 ㅈ랑마라"라
든가, 김진태(金振泰)의 "長空에 쩟는 소록이 눈 술 피문 무스 일고"등에
서도 오리(汚吏)를 쥐로, 쇼로기를 역신(逆臣)으로 비유하고 있음을
본다. 그러나 이것들은 풍자만 보이고 있을 뿐, 여기에서처럼 오리 때문
에 살기 어렵다는 서민의 아픔을 보여주지도 못하고 오리를 웃음거리로
만드는 야유도 없는 것이다.

　23) 가마귀 가마귀를 ᄯ라 들거고나 뒷東山에
　　　늘어진 괴향남게 휘듯ᄂ니 가마귀로다
　　　잇튿날 뭇가마귀 흔듸 나려 뒤덤범 뒤덤범 뒤로 덥쪄여
　　　ᄯ오니 아모 어지 그 가마귄 줄 몰닉라

(瓶歌 876)

　　까마귀는 흉조이므로 바람직하지 않는 인물을 야유하기 위하여 까마

귀를 등장시킨 것은 물론이다. 장시조에는 이같이 까마귀가 서로 뒤범벅
이되어 다투는 장면을 그린 작품이 더러 보인다.

단시조에서도 까마귀는 부패한 문신을 은유할 때에 자주 보인다.

24) 가마귀 츤 가마귀 빗치나 긔잣턴가
    昭陽殿 日影을 제 혼자 씌여온다
    뉘라셔 江湖에 즙든 鶴을 上林苑에 놀닐고

李元翼(瓶歌 182)

25) 가마귀 눈비 마자 희눈돗 검노민라
    夜光明月이 밤인들 어두오랴
    님 向혼 一片丹心이야 고칠 줄이 이시랴

(青珍 295)

24)에서 까마귀는 역시 부패한 문신, 일영(日影)은 임금은혜, 학은
옳은 선비, 상림원(上林苑)은 대궐을 암시하는 것 같다.

단시조에서는 24)에서와 같이 학(또는 백로)과 대비하여 까마귀를
등장시키는 경우가 많다. 또 25)에서와 같이 까마귀는 작중 화자의 심정
과 대립되어 나타나기도 한다.

이렇게 단시조에서는 옳은 선비와 부패한 문신과의 대비를 통한 현실
비판이 자주 보인다. 그런데 장시조 23)에서는 옳은 선비와 부패한 문신
과의 대비가 아니라, 옳고 그른 것은 가리기 어려운 상태라고 말하고
있는 것으로 보아 공리공론을 일삼는 유신(儒臣) 또는 유자(儒者)들을
총체적으로 비꼰 것이라 생각된다.

이러한 경향은 다시 다음과 같은 꼴불견의 사회이면을 고발하는 데에
까지 이른다.

26) 위딕 밍공이 다섯 아례딕 밍공이 다섯 景慕宮 압 연못세 잇는 밍공이
    연닙 하나 쏙 따 물 쩌 두루처 이구 수은장수 허는 밍공이 다섯 三清

洞 밍공이 六月 소낙이의 죽은 어린이 나막신짝 하나 으더 타고 가진
풍유하고 서뉴허는 밍공이 다섯 四五二十 시무 밍공이 慕華館 芳松里
李周明 네집 마당가의 포굼포굼 모이더니 밋테 밍공이 아구 무겁다
밍공허니 웟 밍공이는 뭣시 무거유냐 장간 차마라 작갑시럽다 군말된
다 허구 밍공 그 中의 어느 놈이 상시럽구 밍낭시러운 수밍공이냐

　　綠水 靑山 집횬 물의 白首風塵 홋날니구 孫子 밍공이 무롭혜 안치구
저리 가거라 뒤 틔를 보자 이리 오느라 압틔를 보자짝짝궁 도리도리
질나릭비 훨훨 지룽부리는 밍공이 슈밍공루 아러더니

　　崇禮門 박 썩 늬다러 七픠八픠 靑픠 비다리 쪽제굴네거리 開門洞
四거리 靑픠 비다리 첫 둘 셋 넷 다섯 여섯 일굽 여덜 아홉 널지 미나
리 논의 방구 통 쉬구 눈물 쐬죄죄 흘니구 오쥼 잘금 싸구 노랑머리
복쥐여 틋구 엄지 장가락의 된 가릭침 빗터 들구 두 다리 꾜고 깁혹헌
방츅밋테 남 알가 용 을니는 밍공이 슈밍공인가

(調詞 62)

　26)에서의 맹꽁이는 노는 계집들(三碑와 같은 무리들)을 이름인 것
같고, 숫맹꽁이는 나이 어린 손자같은 계집들과 어울려 희희닥거리는
백수풍진(白首風塵)의 주착없는 늙은이, 또는 두 다리 꼬고 앉아 위엄부
리는 사내들의 어지러운 생활상과 볼품없는 몰골을 신랄하게 야유하고
있는 작품이라고 생각된다.

　루카치(Lukács)의 견해처럼 문학은 본질적인 어떤 내용을 표현할
필요에 의해 생긴다고 할 때,[21] 21), 22), 23), 26)은 낡은 구조의 몰락을
요구하는 작품이라고도 해석할 수 있을 것 같다.

　다시 말해, 장시조의 이같은 태도는 현실을 도외시하거나 묵시적으로
동조하는 입장인 소위 '의식의 타락(corruption of consciousness)'[22]을

---

21) Lucien Goldmann: Pour une Sociologie du roman 〔조경숙역 : 소설사회학을
　　위하여(서울 : 청하, 1982), p.240.〕
22) R.G. Collingwood: Principles of Art (Oxford: Clarendon Press, 1938),
　　p.216.

보여준 것이 아니라, 현실을 직시하여 비판을 가함으로써 사회를 보다 나은 방향으로 전환하려는 태도를 보여준 것이라 할 수 있으니, 이는 단시조에서 느껴보지 못한 장시조에서만의 고조된 분위기라 할 수 있게 된다.

　이렇게 장시조 속에 나타난 작가가 독자에게 보여주는 태도에 대하여 알아보니, 첫째, 자연을 보는 태도가 관념위주로 되어 있지 않았다는 점과, 둘째, 생활을 경영하는 태도가 앉아서 이르는 사람의 단시조적 입장에서 나아가, 서서 일하는 사람의 실천수행이 보인다는 점, 세째, 사대부층을 긍정적 준거집단으로 보아 거기에 가깝게 접근하려는 태도도 있었지만 그렇지 않고 스스로의 삶에 긍지를 보이는 태도가 있었다는 점 또한 사회에 대하여는 단시조에서 보다 더 신랄한 야유를 보이고 있는 점 등이 장시조에 나타난 시적 자아세계였던 것이다.

　장시조의 이같은 다양한 태도의 표명은 시조문학이 더 넓은 문학적 공간을 점령하는 데에 보탬이 되었다고 생각되어진다.

2. 構造의 單純性

　단시조나 장시조에 공통적으로 자주 등장하는 모티프(motif)는 이별과 가난이라 할 수 있다. 모티프에 대해서는 여러 견해가 있지만 여기서는 문학 작품 속에 자주 되풀이되는 요소로서 사건이나 장치 또는 관습어를 모티프라고 정의한 에이브람즈(M.H. Abrams)의 의견에 따른다.[23]
　먼저 이별에 대한 모티프에 대하여 알아보기로 한다.

　　ㄱ) 님 보신 둘 보고 님 뵈온듯 반기로다
　　　　님도 너을 보고 날 본듯 반기는가

---

23) M.H. Abrams: A Glossary of Literary Terms(Holt, Rinehart & Winston Inc., N.Y., 1971), p.101.

     출하리 저 둘 이 되여셔 비최여나 보리라

李元翼(甁歌 180)

    ㄴ) 남은 다 즈는 밤의 닉 어이 홀노 안자
       輾轉不寐ᄒ고 님 둔 님을 生覺ᄂ고
       그 님도 님 둔 님이니 生覺홀 줄이 이시랴

李鼎輔(甁歌 425)

    ㄷ) 닉게논 病이 업셔 줌 못드러 病이로다
       殘燈이 다 盡ᄒ고 둙이 우러 시오도록
       寤寐에 님 싱각노라 줌든 젹이 업세라

金敏淳(靑六 258)

  이 작품들은 임과 이별하고 난 뒤의 작중 화자가 그의 심중을 드러낸 것들이다. 그런데 여기서는 어느것이나 다 작품의 시간적 배경이 밤으로 나타나고 있다.

  왜 밤을 배경으로 하고 있을까?

  밤은 낮을 지향하는 시간적 단계에 위치하고 있다. 낮은 해가 떠오르는 밝음의 상승된 시간이라고 한다면 밤은 해가 떨어지는 어두움의 하강된 시간이다.

  우리들은 나쁜 버릇에 물드는 경우나 파산지경을 당하는 경우에 나쁜 버릇에 빠진다고 하고 파산지경에 빠진다고 한다. 영어권 사람의 경우에도 이럴 경우에는 떨어진다(fall)란 단어를 쓰지 오른다(climb)란 단어를 쓰지는 않는다. 즉 하강은 몰락의 개념이고 공허감과 혼미의 개념이다.[24]

  여기서 밤을 배경으로 한 것은 과거에는 그렇지 않았는데 지금은 밤처럼 암울하고 공허한 상황에 싸여 있음을 암시하려는 의도이다. 다시 말해, 임에게 버림받은 현재의 자기 신세와 밤이 주는 이미지와를 교묘하게 일치시켜 놓은 작품이라 하겠다.

---

24) Philip Wheelwright: 앞의 책, p.112.

　그리하여 작중 화자는 밤의 공허감과 혼미 뒤에 찾아올 낮의 성취감을 속히 맛보려고 어서 이 지루한 밤이 끝났으면 하고 있는 것이다.

　이와 같은 감정의 극단은 자학적인 행위에까지 이르게 된다. 이렇게 작중화자가 몸을 상해가면서까지 임과의 재회를 갈구하는 작품으로서는 다음과 같은 예가 또 있다.

> ㄹ) 이 몸 허러내여 냇물의 띄오고져
> 　　이 물이 우러녜여 한강여흘 되다 ᄒ면
> 　　그제야 님 그린 내 병이 헐홀 법도 잇ᄂ니

鄭澈(松李 30)

> ㅁ) 내 ᄆ슴 헷친 피로 님의 양ᄌ 그려ᄂᆡ여
> 　　高堂素壁에 거러두고 보고지고
> 　　뉘라셔 離別을 삼겨 ᄉ름 죽게 ᄒᄂ고

申欽(瓶歌 237)

　앞서 ㄱ)에서는 달이 되어서까지 임과 만나려 했다. 달이 되어 임과 만난다는 것은 현실적인 만남이라고 할 수는 없다. 임에게 사랑을 비추어 주는 존재 그러나 임의 사랑을 받을 수 없는 존재가 여기서 말하는 달인 셈이다. 그러므로 임에 대한 일방적인 사랑의 표시자이거나 임에 대한 일방적인 사랑의 희생자로서 자처하기 위하여 달이 되고자 하였던 것이다.

　ㄴ)에서는 임은 벌써 자기를 포기하고 다른 사람을 임으로 정해놓고 있다는 것이므로 임은 변심한 것이다. 아니면 애초부터 임둔 임을 임으로 삼은 것이다. 그러나 자기는 임에 대한 연정을 변함없이 가지고 있다는 것을 나타내었을 뿐 아니라, 연정의 깊이를 불면의 밤으로 암시하고 있는 것이다. ㄷ)에서도 연정의 깊이를 불면의 밤으로 나타내었다.

　그런데 ㄹ), ㅁ)에서는 임을 만나려는 노력을 더 한층 강렬하게 나타내고 있음을 본다.

ㄹ)에서는 몸을 헐어서 냇물에 띄워 그 물이 임 계시는 서울 장안의 한강 여울물이 되기를 원했다. 흘러가면 돌이킬 수 없는 일회적인 물의 흐름에 자신을 맡긴다는 것은 무모한 일이다. ㅁ)에서는 가슴의 피까지 내어 임의 얼굴을 그려서 벽에 걸어두고 보겠다는 것이다. 그러므로 ㄹ), ㅁ) 어느 것이든 임과의 재회를 위해선 무슨 일이든지 하겠다는 의지를 보이고 있는 셈이라 하겠다.

ㄱ), ㄴ), ㄷ), ㄹ)에서는 피에 대한 말은 없었지만 의미하는 바는 생명을 위협할 정도로서의 간절한 만남을 나타냈으므로 ㅁ)의 피를 보이는 가학적 행위와 큰 차이가 없다고 할 수 있다.

피는 긍정적인 면에서는 삶을 뜻하기도 하고 상속된 힘과 권위를 포함하는 여러 형태의 권력을 의미하지만, 부정적인 면에서는 죽음을 뜻하기도 하고 또 금기성을 띠는 것이므로[25] 피는 의례적으로나 다루는 것이지 함부로 내보이는 것은 아니다. 그런데 피를 보이는 가학적 행위는 무슨 의미인가.

이것은 자기 자신을 스스로 학대함으로써 상대방의 동정심을 불러 일으키려는 일종의 개자추적(介子推的) 콤플렉스라고 할 수 있다. 이별이 어서 끝나고 재회가 빨리 왔으면 하는 소망 때문에 저질러지는 자기학대요, 몸부림인 것이다.

물론 이들 시조에 나타난 작중 화자는 여성으로 해석하는 것이 옳다. 조선조는 남성 중심의 사회였고 남편의 행위에 대하여 아내는 질투조차 할 수 없었던, 오로지 남성 중심의 사회였다. 따라서 남편이 아내에게 사랑의 버림을 받아 멀리 쫓겨나서는 아내가 그리워 가슴의 피로 아내의 초상화를 그리겠다든가, 몸을 헐어 냇물에 띄우겠다든가 하는 것은 조선조사회라는 상황에 견주어 너무나 동떨어져 있기 때문이다.

이들 작품에서 뿐 아니라, 조선조 시대의 남성이 쓴 작품 중에서 이별 뒤의 쓰라림을 나타내는 작품일 경우에 거의다가 작중 화자는 여성으로

---

25) Philip Wheelwright: 앞의 책, pp.113~114.

나타나고 있다. 또 이러한 관습은 현대시에서도 마찬가지로 나타나고 있다. 가령 현대시 속에서 본다면, 한용운, 김억, 김소월의 시에서도 그러할 뿐 아니라 더 나아가서 세계 문학 속에서도 이같은 현상은 자주 보이는 것이다.[26)]

위의 작품에서 볼 때, 잠 못 이루고 괴로와하는 여성의 애처로움은 독자에게 비극적 연민을 불러 일으키기에 충분하고, 또 상대방이 일방적으로 이별을 선언한 행위가 너무 가혹하다는 것을 독자에게 내보이는 데에도 탈(persona)로서의 여성 설정은 적당하다고 보겠다.

그러나 이들 작가들이 이런 풍의 작품을 쓴 데에는 다른 이유가 또 있었던 것 같다.

사대부들은 관직에 있을 때에는 "江原道 百姓들아 兄弟송ᄉᆞ디마라"하는 투의 근엄한 목소리를 내다가도 관직에 물러나 있을 무렵에는 대개 이런 투의 생이별하고 잠 못 들어하는 아내의 심정으로 돌아가는 변신을 보일 때가 많았던 것이다.

앞의 예로 들은 작품들은 모두 관직과 결별된 상황에서 지어진 노래들이다. 그렇다고 한다면 여기서의 작중 화자는 비록 여성으로 탈을 썼지만 작가 자신인 것이고 임은 임금인 것이며 다시 재회하고 싶어하는 것은 관직에 다시 등용되었으면 하는 바램이라고 할 수 있게 된다.

남편의 가장 가까이에 있으면서 남편을 뒷바라지 해주는 사람이 아내이듯이, 임금의 가장 가까운 곳에 있으면서 임금을 보좌해 주는 사람이 신하이므로, 군신 관계가 부부 관계로 비유된 것이다.

그리고 이언적(李彦迪)이 이른 바와 같이 "陽은 天道요 君道며 陰은

---

26) 작품 속에서의 시적 자아는 반성적(contra sexual)으로 나타나는 수가 많
　　다. Jung은 남성의 무의식 속에 있는 여성적 요소를 Anima, 여성의 무의식
　　속에 있는 남성적 요소를 Animus라 하였으며, 무의식은 항상 반성적으로
　　채색된다고 하였다(Jolande Jacobi: The Psychology of C.G. Jung. 李泰東
　　譯, 成文閣, pp.183〜194).

地道요 臣道"라고 하니[27] 음의 신도라는 이치에 따라서 신하를 여인에 그것도 아내에 비유하고 있는 것인지도 모른다.

이렇게 볼 때, 이 작품들은 부부간의 생이별을 하고 난 뒤의 여성의 입장을 표면에 내걸었지만 내면의 실질적인 뜻은 임금에게 버림받은 신하의 입장이 나타나 있는 셈이다. 그러므로 이들 작품은 표면의 의미와 이면의 의미를 가진 이중적 의미구조의 작품들인 셈이다.

이것을 알기 쉽게 표로 보이면 다음과 같아진다.

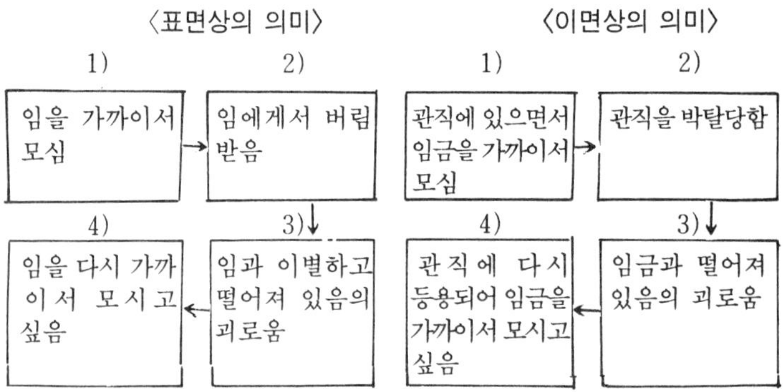

1)은 본래의 안정된 상태, 2)는 안정을 깨뜨린 계기, 3)은 2)의 결과로 인한 작중 화자의 심적 상태, 4)는 작중화자의 바라는 상태라고 할 때, 앞의 작품들은 모두 위의 표와 같아진다고 할 수 있다.

단시조에서의 이별의 동기는 이렇게 표면상과 이면상의 이중적 의미구조를 가진 것이었다. 그렇다면 장시조에는 이별에 대한 동기가 어떻게 나타나고 있는가를 알아보기로 한다.

ㅂ) 나무도 돌도 바히 업슨 뫼에 미게 쫏친 불가토리 안과

---

27) 한영우 : 조선전기 성리학파의 사회경제사상〔韓國思想大系Ⅱ(성균관대학교 대동문화연구원, 1976), p.101.〕

  大川바다 흔가온듸 一千石 시른 大中紅이 노도 일코 닷도 일코 돗
딘도 것고 농충도 쏜코 키도 쌘지고 브롬 부러 물결 치고 안기 뒤셧거
ᄌᄌ진 눌의 갈 길은 千里萬里 남고 四面이 거머어둑 天地寂莫 가치노
을 쩌눈듸 水賊 만난 都沙工의 안과
  엇그제 님 여흰 안이야 엇다가 ᄀ을 ᄒ리오

(瓶歌 107)

  ㅅ) 다려 가거라 쓸어 가거라 나를 두고선 못가느니라 女必은 從夫 틧스
  니거저 두고는 못 가느니라
    나를 버리고 가랴 ᄒ거든 靑龍刀 잘 드는 칼노 요춈이라도 ᄒ고서
  아릭토막이라도 가저가소 못 가느니라 못 가느니라 못 가느니라 나를
  바리고 못 가느니라 나를 바리고 가랴 ᄒ거든 紅爐火 모진 불에 살을
  터이면 살우고 가소 못 가느니라 못 가느니라 그저 두고는 못 가느니
  라 그저 두고서 가랴 ᄒ거든 廬山瀑布 흘으는 물에 풍덩 더지기라도
  ᄒ고서 가쏘 나를 바리고 가는 님은 五里를 못 가서 발病이 나고 十里
  를 못가서 안즌방이 되리라.
    춤으로 任싱각 그리워서 나 못살겟네

(樂高 920)

  앞의 단시조에서는 밤을 시간적 배경으로 하고 있었는데 여기서는
그렇지 않다.

  ㅂ)에서는 임과 사별함으로 해서 임과의 재회는 이미 차단된 상태이
다. 그렇기 때문에 작중 화자는 현재를 부정하고 과거였으면 한다. ㅅ)
에서는 현재는 임과 만나고 있지만 미래에는 임과 이별해야 할지도
모르는 상황을 나타내었다. 김소월의 '진달래꽃'에서처럼 이별을 상상한
시적 자아 세계이다. 그런데 이 작품에서는 이별이 실현될지도 모르는
미래를 부정하는 것이다. 그러니까 ㅂ), ㅅ)은 모두 이별에 대한 수용이
아니라 거부의 양상들이라 하겠다. 그리고 시간의 측면에서 보더라도
단시조들에서는 과거엔 임과 만남이었지만, 현재는 이별의 상태이다.
그러나 미래엔 다시 재회할지도 모른다는 과거·현재·미래가 모두

동원된 순차적 시간 진행을 보이는 작품들이 있었다.

그런데 ㅂ)에서는 과거는 임과 동거였지만, 현재는 임과 사별이라는 과거와 현재가, 그리고 ㅅ)에서는 현재는 임과 동거이지만 미래에는 이별일는지 모른다는 현재와 미래가 시간적 구성으로 나타나고 있다. 다시 말해 장시조는 단시조와 시간적 구성이 달라져 있다.

ㅂ), ㅅ)을 앞의 도식에서처럼 1),2),3),4)로 나누어 생각해보면 앞의 단시조에서와는 달리 표면상의 의미만 보일뿐, 이면상의 의미는 보이지 않는 단순한 일원적 의미구조임을 알 수 있게 된다.

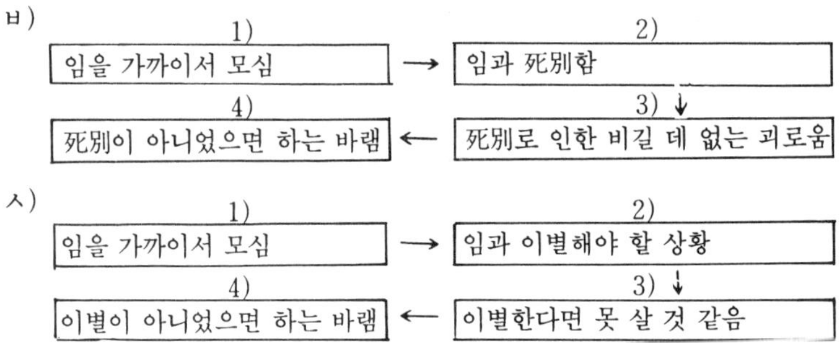

여기서 보듯이 장시조에서는 이별을 완강히 막으려고 하는 태도이다. ㅂ)에서는 사별한 경우이고 ㅅ)에서는 생이별을 할 경우이다. 어느 것이나 이별을 거부하는 양상이다.

단시조에서는 사별을 모티프로 한 이별의 노래는 보이지 않는다. 또 상대방이 생이별을 선언하는 순간을 노래한 작품도 없다. 모두 생이별을 수용하는, 어찌 보면 스스로 죄책감을 느끼는 태도의 표명이었는데, 나중에야 여기서처럼 재회하려는 몸부림을 보인다.

이것은 생이별의 선언자가 임금이라는 점을 암시하는 시적 발상이다. 그런데 장시조에서는 ㅂ)에서와 같이 사별을 동기로 한 작품이 보인다.

　　이렇게 이별을 모티프로 한 단시조와 장시조를 볼 때, 단시조에서는 이별을 수용하고 난 뒤 다시 재회하려는 몸부림을 보이는가 하면, 장시조에서는 생이별이란 있을 수 없다는 이별의 완강한 거부이거나[28] 아니면 아예 사별을 작품화하고 있음을 보았다.[29] 그리고 장시조에서는 표면의 의미로 이면의 자기 신원을 밝히려는 이중적 의미를 가지지 않은 단순 구조였음을 알 수 있었다.

　　다음은 가난의 모티프에 대하여 살피려 한다.

　　ㅇ) 산슈간 바히 아래 뛰집을 짓노라 ᄒ니
　　　그 몰론 ᄂᆞᆷ들은 웃는다 ᄒ다마ᄂᆞᆫ
　　　어리고 햐암의 뜻되ᄂᆞᆫ 내 분인가 ᄒ노라

尹善道(孤山歌帖 1)

---

28) 이같이 장시조에는 이별을 완강히 막으려고 하는 경향이 나타나고 있는데 이 예로서 다음과 같은 작품들이 또 있음이 주목된다.
　　　가ᄉᆞᆷ에 궁글 둥시러케 ᄯᅮᆯ고 왼ᄉᆞᆺ기를 눈 길게 너슷너슷 ᄭᅩ와
　　　그 궁게 그 ᄉᆞᆺ 너코 두놈이 두굿 마조잡아 이리로 훌근 져리로 훌젹
　　　훌근훌젹훌 저긔ᄂᆞᆫ 나 남즉 ᄂᆞᆷ대되 그는 아모ᄭᅭ로나 견듸려니와
　　　　아마도 님 외오살나면 그ᄂᆞᆫ 그리 못ᄒ리라

(靑珍 549)

　　　모시를 이리져리 ᄉᆞᆷ아 두루ᄉᆞᆷ 아 감ᄉᆞᆷ다가 그다가 한 가운데 쏙 ᄭᅩᆫ쳐지옵거든
　　　皓齒丹脣으로 홈ᄲᅡᆯ며 감ᄲᅡ라 纖纖玉手로 두 긋 마조 ᄌᆞᆸ 아 ᄇᆞ빗쳐니오리라 져 모시를
　　　우리도 ᄉᆞ랑 근쳐갈 제 뎌 모시것치 니오리라

(源國 841)

29) 이별을 모티프로 한 장시조는 시적 화자의 상대방이 임금이 아니다. 그렇기 때문에 단시조에는 없는 생이별의 완강한 거부, 또는 사별을 작품화할 수 있는 것이다.

이와 같이 고시조 작가들은 그의 작품 속에다 가난을 자주 등장시켰다.

윤선도는 이 노래에서처럼 띠집을 짓고 살 정도의 가난 속에서 생활한 사람일까. 그러나 다음과 같은 글에서 보면 실제 생활은 부유했음을 알 수가 있다.

> 芙蓉洞에 있어서 그는 항상 樂書齋에 起臥하고 있어서 아침은 鷄鳴과 같이 일어나 반드시 瓊玉酒一杯를 마시고 盥櫛한 後엔 子弟들의 배우는 바를 보면서 講을 하였다. 그리고 朝飯後에는 四輪車에 乘駕하여 絃竹類의 樂器를 隨行시켜 回水堂 或은 石室에 올라가 놀았다. 때로는 홀로 竹杖을 짚고 朗詠溪에 나와 노래하였으나 날씨가 좋으면 반드시 洗然亭에까지 갔다. 이 때는 奴婢들에게 酒饌을 充分히 準備시켜 사람들을 小車에 싣고 自己는 그 後方에 따르는 것이 慣例이었다. 洗然亭을 갈 때는 曲水臺의 後麓을 通過하여 途中 静成庵에서 한번 休息하고 洗然亭에 到着하면 곁에 子弟를 侍從하고 姬女들을 作列시켜 小舫을 池上에 띄우고 令童男女들의 燦爛한 綵服의 容姿가 水面에 비치는 것을 보면서 自己가 지은 漁父四時詞를 悠然히 노래부르게 하고 或은 배를 버리고 堂上에 올라고 絲竹管絃을 秦케 하였다. 或은 사람을 뽑아서 東臺西臺로 나누어 相應하여 춤추게 하였고 或은 善舞者를 擇하여 長柚로 玉簫岩上에 춤추게 하여 못에 떨어지는 그림자를 보고 즐기고 하였다. 或은 岩上에서 釣糸를 디루어 고기낚기도 하고 或은 東西의 섬에서 採蓮歡樂도 해 보았다. 이와 같이 하여 하루의 歡樂을 마음껏 하고 日暮에야 비로소 歸途에 올랐다. 病患으로 臥席하고 있지 않는 限 이와 같이 하는 것을 日課처럼 繼續하여 하루도 廢하지 않았다.[30]

尹善道 뿐 아니라 조선조 사대부들은 설혹 관직에서 물러나 있다 하더라도 생활의 어려움은 크게 없었던 것 같다.

관인과 공신은 국가로부터 토지를 지급받았고 수급자가 현직에서

---

30) 이재수 : 尹孤山研究(대구 : 학우사 1955), pp.20~21.

물러나거나 혹은 죽은 후에라도 그 자손에게 세습되었기 때문에[31] 사대
부층은 비교적 안정된 생활을 영위할 수 있었던 것으로 보여진다.

　그렇다 한다면 고산(孤山)이 이렇게 궁핍한 생활상을 작품에 보이는
것은 무슨 연유일까. 자연과 벗하면서 안분지족하는 도가풍에서 비롯된
것일까. 그러나 그의 생애를 더듬어 볼 때 그는 도가풍과는 거리가 먼
것이었다. 고산(孤山)뿐 아니라 조선조 사대부들은 임금이 버리면 낙향
하여 자연과 벗하면서 지내는 안분지족을 보이는 듯하다가도 임금이
부르면 환로(宦路)에 다시 나아갔던 것이다. 그야말로 강호에 병이 깊어
죽림에 누웠다고 자칭하다가도 임금이 다시 부르면 어와 성은이야 하고
달려갔던 것이므로 이때의 친자연(親自然)은 도가풍하고는 거리가 먼
것이었다.

　도가 사상이란 외계 사회를 처음부터 관심밖에 둔 채, 예악(禮樂)이나
경세(經世)에 뜻이 없어 공리(功利)와 현달(顯達)에 집착하지 않으면서
자연을 벗삼는 생활 철학이었다. 이를테면 비현실적인 은세(隱世)의
풍(風)을 나타내었던 철학이었다.

　이렇게 보면 조선조 사대부들의 강호의 노래는 정치적 현실에 패배한
자기 심정을 합리화하기 위한 자기방어 행위(defence mechanism)라
해석할 수 밖에 없다.[32]

　　ㅈ) 功名은 狼을 끼고 富者는 衆之怨을

---

31) 최진원 : 국문학과 자연(서울 : 성균관대 출판부, 1977), pp.25.
32) 여기에 등장하고 있는 작중화자를 작가의 身元과 거리가 먼, 작가 자신이
　　만들어낸 架空의 劇的 人物(dramatic speaker)이라고 해석할 수도 있다.
　　그러나 작품을 쓰게 된 동기, 작품의 시대적 환경 등을 참고해서 본다면
　　작가의 身元과 가까운 劇的 人物임을 파악하게 된다.
　　　다음에 연이어 나오는 장시조 ㅋ), ㅌ)에서의 작중 화자는 작가의 身元과
　　는 거리가 먼 그야말로 架空의 劇的 人物인 셈이다.

> 簞食瓢飮을 陋巷에 安分커니
> 世上에 雌黃奔競은 나은 몰나 ㅎ노라
>
> 金敏淳(靑六 256)

> ㅊ) 安貧喜分 ㅎ야 富貴功名 모로노라
> 江湖의 벗이 업셔 白鷗 갈미 쑨이로듸
> 白鷗야 헌슬을 마라 世上 알가 ㅎ노라
>
> 姜復中(淸溪歌詞 51)

김민순은 현감을 지냈고 강복중은 참봉을 지낸 정도다. 그런데도 이렇게 부귀공명을 모르면서 누항에 안분하는 양하고 있다. 고관을 지낸 사대부들의 시조에서도 안분지족은 얼마든지 찾아 볼 수 있다. 이처럼 신분의 고하를 막론하고 사대부들의 안분은 환로에서 제외된 지금의 처지를 합리화하려는 수단이었다.

이것은 또 실제 생활과는 다른 '버릇된 가난 행세'라 하겠다.

장시조에도 여기서처럼 버릇된 가난 행세가 보이지 않는 것은 아니다. 그러나 다음과 같은 실제의 가난이 보인다는 점에서 단시조와 구별된다.

> ㅋ) 山밋틱 집을 지어드고 벨 것 업셔 草시로 녜어시니
> 밤中만 ㅎ야서 비 오는 쇼릭는 우루룩쥬루룩 몸에 옷시 업셔 草衣를
> 입어시니 술이 다 드러나셔 울긋불긋 불긋울긋
> 다만지 칩든 아니ㅎ되 任이 볼가 ㅎ노라
>
> (靑六 719)

여기서는 안빈이란 말이 없다. 다만 작중 화자는 초의를 입은 빈궁한 사나이다. 그는 자기의 궁함을 부끄럽게 생각한다. 특히 초의를 입어 살이 보이는 꼴을 임이 혹시 볼까봐 걱정하고 있다. 이것은 추위보다도 더 견디기 어려운 고통으로 표시되었다. 그러므로 여기서의 가난은 사대

부들의 버릇된 가난 행세가 아니다. 극복하려고 하는 실제적 가난에
대한 이야기이다.

> ㅌ) 都련任 날 보려홀 제 百番 남아 달닉기를
>   高臺廣室 奴婢田畓 世間汁物을 쥬마 판쳐 盟誓ㅣ호며 大丈夫ㅣ 혈마
>   헷말호랴 이리져리 조츳쪄니 至今에 三年이 다 盡토록 百無一實호고
>   밤마다 불너늬야 단잠만 씨이오니
>   自今爲始호야 가기난커이와 눈 거러 달희고 님을 빗죽 호리라
>
> (青六 846)

여기서는 가난한 집 처녀와 부유한 사대부집 도련님과의 사이에 일어
난 이야기다.

이 작품에서는 정조보다 생활 안정을 우위에 두고 있음을 알 수 있
다. 그리고 가난으로 인하여 정조를 유린당하는 이같은 작품은 시조문학
에 선 처음 보이는 예가 되고 있다.

그런데, 정조를 유린당한 처녀가 고작 "눈거러 달희고 님을 빗죽"하는
정도에서 체념해 버리는 것은 어떻게 해석해야 할까.

사대부층에 대한 서민적인 발상은 이렇게 밖에 나타내지 못하고 마는
것인지 아니면 여자이니까 더 이상의 태도는 나타낼 수 없다고 해석해
야 할 것인지 좌우간 의문의 여지가 있는 곳이다. 조선 후기 가사에서는
서민들의 삶을 위협하는 이속들에 대한 노골적인 원망과 고발이 나타나
고 있지만[33] 여기에서처럼 처녀가 정조를 유린당하는 그런 노래는 보이
지 않는다. 다르게 보면 작중화자 자신이 정조유린이라고까지 생각하지
않는 듯한 태도라고도 할 수 있다.

단시조에 있어서의 가난은 현실세계의 가난을 나타내지 않았다. 자신
의 수신과 위안과 변명을 위한 방편으로서의 가난이었던 것이다. 그러나

---

33) 류탁일 : 조선후기가사에 나타난 서민의 意向〔淵民 李家源 博士 六秩頌紀念
　　論叢(서울 : 범학도서, 1977), pp.67~71.〕

장시조에서의 가난은 단시조에는 없는 현실적인 가난을 나타내었다. 또 이별의 동기에 있어서도 단시조가 남녀간의 이별을 가장한 자기 신원의 표출이었다면 장시조는 생이별과 사별의 실제적 이별을 보여주고 있었던 것이다. 그러므로 단시조는 이원적인 의미의 이별과 가난의 모티프를 나타낸 형태라고 한다면 장시조에서는 단순한 현실적인 이별과 가난을 모티프로 한 작품을 나타내고 있다 하겠다. 이런 의미에서도 장시조는 단시조와는 다르다는 사실을 알 수 있다. 곧 이별과 가난의 모티프에서 볼 때, 장시조는 단시조에 비해 실제적 현실적 바탕을 주로 한 시조였음을 알 수 있다.

V. 技法上의 特性

1. 낯선 탈과 뒤틀린 탈

관객이 그림을 대하고는 그 그림이 예술적으로 어떠하다고 평한다거나 그 그림에 대하여 설명을 할 수 있다는 것은 그 관객이 그림에 대한 훈련된 상상력을 가지고 있다는 의미이다. 이 훈련된 상상력을 가졌다는 말을 다른 말로 바꾸어 말하면 그림을 그림답게 볼 수 있는, 그림이 가진 관습적 언어 체계를 익혔다는 말이 된다. 관습적 언어 체계는 그와 같은 많은 그림 속에 공분모처럼 내재하고 있는 공통된 인식 세계이다.

그런데, 이같은 관습적 언어 체계를 계속적으로 답습하고 있는 작품은 타성에 빠지게 되고 이 타성화된 작품은 하나의 기호로서 추상화되어

버리는 것이다.

야콥슨(Roman Jakobson)은 이같이 추상화된 기호로서의 그림을 표의문자(ideogram)라 하였으며, 이 표의문자화된 그림은 하나의 공식이 되고 잇달린 연상작용에 따라 대상을 알아보는 일은 순간적으로 일어난다고 하였다.[34] 그러나 혁신적인 화가는 표의문자를 변형시킨다. 새로운 형식을 부과하여 사람들의 익숙한 관습을 흩어놓는다. 곧 예술을 향한 사람들의 습관적인 태도를 어지럽힌다.

문학의 행위에서도 이렇게 표의문자를 부수는 데에 그 생명이 있다고 주장한 사람들은 러시아 형식주의자들이었다. 그들은 지각의 자동화를 무척 싫어하였던 사람들이다. 심지어 그들은 표의문자화되어 있는 작품들은 예술과 거리가 멀다고까지 하였던 것이다.

이러한 주장의 대표적인 사람이 바로 쉬클로브스키(Shklovsky)인데 그는 다음과 같이 말하였다.

> 예술의 기법은 사물을 '낯설게'하고 형식을 어렵게 하고 지각을 힘들게 하고 지각하는 데 소요되는 시간을 연장하게 한다. 왜냐하면 지각의 과정은 그 자체로서 하나의 심미적 목적이고 따라서 되도록 연장시켜야 하기 때문이다. 예술은 한 대상이 예술적임을 경험하기 위한 수단이라 할 수 있으며, 그 대상 자체는 중요한 것이 아니다.[35]

예술은 사물을 표현 대상으로 한다. 그 사물은 누구에게나 잘 알려진 사물이다. 그런데 이 사물을 습관화된 태도로서 바라보지 않도록 낯설고 어렵게 느껴지도록, 곧 전에 본 일이 없는, 처음 지각되는 것 같이 주의

---

34) Roman Jakobson: On Realism in Art(「Readings in Russian poetics: Formalist and Structuralist」 Matejka and Pomorska, eds. Cambridge The MIT press, 1971, p.40).

35) Victor Shklovsky: Art as Technique(「Russian Formalist Criticism Four Essays」 Tr., Lemon & Reis., Univ. of Nebraska Press, 1965, p.12).

력이 집중되도록 표현해야 한다는 것이다. 처음 보는 사물은 낯설기 때문에 그것을 감상하는 데에는 낯익은 것을 보는 경우보다는 시간이 연장되는 것은 당연하다.

> 1) 鐵嶺 노픈 峰에 쉬여 넘는 져 구름아
>   孤臣 寃淚를 비 삼아 끠여다가
>   님 겨신 九重深處에 뿌려볼가 ᄒ노라
>
>   李恒福(瓶歌 185)

> 2) 님이 혀오시믹 나는 전혀 밋덧더니
>   날 사랑하든 정을 뉘손딕 옴기신고
>   처음에 뮈시던 거시면 이딕도록 셜울가
>
>   宋時烈(瓶歌 266)

단시조 작품 속에 보이는 눈물은 사랑하는 사람과의 이별을 통한 눈물인데, 이때 사랑하는 사람은 임금으로 나타나기가 일쑤이다.

1)의 작가는 자신을 고신(孤臣)이라 했으니 임금을 향한 솔직한 자기 심정의 토로라고 한다면, 2)는 임금을 님이라고 부르면서 자신을 마치 서러움 잘 타는 소녀나 색시로 나타내고 있다.

말하자면, 1)에서는 작가와 작중 화자와의 거리가 아주 가깝게 접근되어 있다. 2)에서도 작가와 작중 화자와의 거리는 가깝지만 1)보다는 멀다. 1)이 작가 자신의 신원을 표출하기 위한 직진적(直進的)인 상황이라고 한다면, 2)는 1)에 비해 우회적인 상황이다.

단시조에서 임을 그리는 사랑의 노래에서는 작가가 여성으로 탈을 쓰고 등장하는 경우가 흔하다. 그리고 이때의 여성은 거의 전부가 작가의 변신이고 상대는 임금을 암시한다. 이 작품도 마찬가지다(이 점에 대하여는 앞에서 논의되었다).

이렇게 작가 자신의 신원에 대한 표백이 두드러진 작품들을 감상할 때, 독자들은 자동화된 태도로서 일관하여 작품들을 감상하게 되고,

지각의 어려움을 느끼지 않게 된다.

이점에 대해서는 기녀시조에서도 마찬가지다.

> 3) 冬至ㅅ돌 기나긴 밤을 한 허리를 버혀내어
> 　春風 니불 아래 서리서리 너헛다가
> 　어른님 오신 날 밤이여드란 구뷔구뷔 펴리라
>
> 黃眞(靑珍 287)

> 4) 묏버들 갈히 것거 보내노라 님의 손디
> 　자시는 窓밧긔 심거두고 보쇼셔
> 　밤비에 새닙 곳 나거든 날인가도 너기쇼셔.
>
> 洪娘(吳氏藏傳寫本)

3),4)는 양반 사대부와의 사이에서 일어난 이성간의 사랑노래다. 그런 점에서 보면 앞의 1),2)와는 구별되는 점이 있다.

3)에서는 밤을 서리서리 넣을 수 있는 것, 그리고 필요에 따라서는 구비구비 펼 수도 있고, 벨 수도 있으며 이을 수도 있는 마치 비단 같은 것으로 보았다.

이것은 정든 임에 대한 열렬한 애정 때문에 저질러진 어처구니 없는 소원이다. 시에 있는 이렇게 현실을 무시한 어처구니 없는 소원이 독자에게 당연한 것처럼 느껴질 때가 있다.

그런데 정든 임은 늘 곁에 있는 존재가 아니라 어쩌다 손님처럼 왔다 가버리는 존재다. 그렇기 때문에 밤을 연장하여 긴 밤을 같이 지내고 싶어하는 작중 화자의 태도가 나타나게 된 것이다.

3)은 묏버들과 자신을 동일시하고 있는 작품이다. 버들도 묏버들이다. 야산의 거칠은 버들이 자신이라고 한 것은 의미있는 비유이다.[36]

---

36) 김열규 : 한국시가의 서정의 몇 국면(단국대, 동양학연구소 동양학2집 p. 81).

곧 자신의 신분이 기녀라는 데서 비롯된 자기 투사(自己投射)이다. 거기다가 뭿버들이 서 있는 곳은 어디까지나 뫼라야 한다는 것, 좀 더 나아간다 해도 창 안이 아니라 창 밖이어야 한다는 것이다. 자신을 창 밖에다 세우려는 것도 자기 신분과 적절한 내용이다.

이렇게 보면 3),4)는 모두 자신의 신분과 결부된 솔직한 애정의 표시물로 되어 있는 것이다. 곧 시적 화자와 작가와의 거리는 가깝다. 양반 사대부와 기녀와의 사이에 빚어진 사랑의 노래는 조선조 사회가 애초부터 마련해 놓은 귀결이었다. 기녀들은 주로 양반 사대부를 상대하여 살았던 인물이었기 때문에 이런 노래는 있음직한 노래들인 것이다.

그런데 그녀가 양반 사대부를 그리워하여 부른 노래는 더러 있는데 양반사대부가 기녀를 그리워하여 부른 사랑의 노래 또는 굳이 기녀가 아니라도 여성을 진정으로 그리워하여 부른 사랑의 노래가 쉽게 발견되지 않는 것도 조선조 시대라는 특수한 여건하에서만 이해할 수 있는 현상이라 하겠다.

앞서 1),2),3),4)의 노래에서의 작중화자는 바로 작가 자신과 밀접한 거리를 유지하는 탈이었는데, 이 탈도 탈 뒤의 실제인물이 작가임을 쉽게 알아낼 수 있는 탈들이었다. 달리 말하면 실제로 의미하는 인물이 바로 작가라는 사실이 탄로되기를 오히려 기다리는 탈들인 셈이다. 작자의 이름이 분명한 작품일수록 이런 경향이 짙다. 그러나 다음의 탈들은 탄로되기를 오히려 두려워하는 탈들이다.

> 5)   窓밧기 어른어른ᄒᄂ니 小僧이 올소이다.
>   어제 저녁의 動鈴ᄒ랴 왓든 듕이 올ᄂ니 閣氏님 ᄌᄂ 房톡두도리 버셔
>   거ᄂ 말그틔 이니 쇼리 숑낙을 걸고 가자 왓소
>   져 듕아 걸기ᄂ 걸고 갈지라도 後ㅅ말이나 업게 ᄒ여라
>
> (瓶歌 937)

> 6) 어홈 아 긔 뉘옵신고 건넌 佛堂 動鈴僧이 내 올너니

홀居士내 홀노 즈시는 방안에 무스것 ᄒ라 와 겨오신고
홀居士내 노감토 버셔거는 말 겻티 내 곡갈 버셔 걸너 왓노라
(甁歌 848)

승려와 속인간의 욕정을 노래한 것부터가 단시조에서는 없던 것이다.

5),6)에서는 작중화자가 승려와 속인으로 나타나 있지만 이것은 작가가 실지로 동녕승이거나 각시였다고 볼 수는 없다. 이런 세계를 상상해서 일부러 만들어낸, 그야말로 허구의 세계이다. 다음의 작품에서도 마찬가지다.

7)   각시님 물너 눕소 내 품의 안기리 이 아히놈 괘심ᄒ니
      네 날을 안을소냐 각시님 그 말 마소 됴고만 닷져고리 크나큰 고양감
   긔 씽씽 도라가며 제 혼자 다 안거든 내 자닉 못 안을가 이 아히놈 괘심
   ᄒ니 네 날을 휘울소냐 각시님 그 말 마소 됴고만 도샤공이 크나큰 대듕
   션을 제 혼자 다 휘우거든 내 자닉 못휘울가 이 아히놈 괘심ᄒ니 네
   날을 붓홀소냐 각시님 그 말 마소 됴고만 벼록블이 너러곳 나게 되면
   쳥계라 관악산을 제 혼자 다 붓거든 내 자닉 못 붓홀가 이 아히놈 괘심
   ᄒ니 네 날을 그늘을소냐 각시님 그 말 마소 됴고만 빅지댱이 관동달면을
   제 혼자 다 그늘오거든 내 자닉 못 그늘을가
      진실노 네말 ᄀ틀쟉시면 빅년 동쥬하리라
(古今 291)

어린이가 각시를 상대하여 육정을 나누겠다는 것은 어처구니 없는 발상이다. 여기서도 작중화자는 작가의 신분을 암시하지 않고 있다. 이외에도 아래와 같은 소위 '댁드레 노래'에서도 마찬가지가 된다.

8)   宅드레 동난지들 스오 더 匠事ㅣ야 네 황우 긔 무어시라 웨ᄂ니 수ᄌ
      外骨內肉에 兩目을 向天ᄒ고 大아리 二足으로 能捉能放ᄒ며 小아
   리 八足으로 前行後行ᄒ다가 靑醬黑醬 아스삭ᄒ난 동난지들 사오.

　　匠事야 하 거북이 웨지 말고 궤것 사쇼 ㅎ 야라

(靑六 71)

　이와같이 장시조에서는 작자 자신의 신원을 나타내려는 탈과는 전혀 다른 별개의 탈을 준비하고 있었으므로 단시조와는 다른 것이다. 다시 말해서 여기에 예로 보인 장시조들은 단시조에서처럼 작자의 신원을 밝히려는 의도와는 거리가 먼 작품들이라는 것이다. 이런 작품들에는 작자명이 불분명한데, 이것은 일부러 작자명을 감추었기 때문인 듯하다. 그리고 대체로 작자명이 잘 알려진 작품일수록 규범적인 내용을 담은 작품이고 작자명이 잘 알려지지 않은 작품일수록 탈규범적인 내용을 담은 작품이다.

　물론 5),6),7),8)은 조선조 시대의 규범에서는 멀리 떨어진 일탈의 시조들이다. 그리고 작중 화자는 작가의 신원을 나타내려는 탈이 아니라는 점에서 단시조의 관습적인 세계와 다른 것이고, 또 이런 낯선 탈의 등장은 새로운 예술미를 유발하게 하는 기법의 결과로 이해된다. 문학이 자기(작자) 신원의 표출을 위한 도구적 기능에 머문다고 한다면 그것은 자기 치지를 지지힐 지지자의 획득을 위한 설교로 전락할 위험성이 있다. 문학은 인간의 삶에 대한 진실성(truthfulness)을 나타냄으로해서 독자를 공감하게 해야 한다. 자기 신원의 표출이라도 그것의 정서적 처리가 훌륭하면 좋은 작품이 될 수도 있지만, 앞서의 단시조(특히 사대부시조)에서는 정서적 처리가 미약하다.

　장시조는 자기 신원과는 거리가 멀다는 것, 그것은 독자를 작품 자체에 직입(直入)하여 폭넓은 상상력으로 작품을 감상하도록 해준다. 그뿐 아니라 5),6)을 같이 읽어 볼 때 여기서는 또 다른 예술적 기법을 발견하게 된다.

　5)에서는 남자(소승)가 육정을 나누기 위해 여자(각시님)를 찾아갔다면 6)에서는 여자(동녕승)가 남자(홀거사)를 찾아간 것이다. 이것은

유교이념 사회였던 조선조사회에서는 현실적으로 있었을 것 같지 않는
놀라운 현상이라 할 수 있다. 가령, 다음과 같은 장시조의 표현이었다고
한다면 문제가 달라진다고 하겠다.

> 9) 중놈이 졈은 샤당년을 엇어 싀父母께 孝道를 긔 무엇슬 ᄒ야갈쇼
>   松杞쩍 갈松편과 더덕 片脯芋 娚佐飯 믜ᄒ로 치돌아 싀엄취라 삽쥬
>   고살이 글언 묏ᄂ믈과 들밧트로 놀이돌아 곰돌릐라물 쑥 게우목 꼿짜지
>   와 씀박위 쟌다귀라 고돌쌱이 둘오 키야 바랑쑥게 너허 가지 무엇슬
>   트고 갈쇼
>   어화 雜 말 혼다 암쇼등에 언치 노하 새 삿갓 모시長衫 곳갈에 念珠
>   밧쳐 어울 트고 갈이라
>
> 李鼎輔(海一 317)

여기서 보듯이 사당년이 중놈을 얻는 것이 아니라 중놈이 사당년을
얻었다는 것이다.

이와같이 남자가 능동적으로 행동하던 사회 속에서 6)과 같이 여자가
능동적으로 행동한 것은 하나의 관례를 부순 형태가 아닐 수 없다.

이런 관례를 부순 형태는 7)에서도 마찬가지다.

7)은 물론 어린애이지만 남자라는 점에서 보면 관례에 충실했다고
볼 수 있다. 그러나 어린애가 성인을 상대하여 육정을 나누겠다는 것은
사리에 어긋나는 일이다.

이와같이 6),7)의 노래는 확실히 뒤틀려 있다. 여기서의 뒤틀림이란
규칙적인 기하학적 조화 상태(regular geometrical harmony)에서 벗어
난 것을 뜻하기도 하고 또 더 일반적으로 자연계 속에 발견되는 비율을
무시하는 경향을 말하기도 한다.[37]

여기에 비하여 다른 노래들은 사회관습을 그냥 그대로 묘사한 사실재

---

37) H. Read: The meaning of Art(London: Faber & Faber 1977), p.18.

현적 직역법(representational literalness)에 해당되는 작품들이라 하겠다.

물론 뒤틀린 작품들은 사실재현적 직역법으로 된 작품보다는 비자동화(disautomatization)의 세계라 할 수 있다. 곧 예술의 新奇性(novelty)을 위한 낯선 장치(disfamiliarized device)가 이와 같은 장시조에서 나타나고 있고, 그로 인하여 장시조는 새로운 예술미를 획득하고 있다.

2. 劇化된 詩意

장시조가 갖고 있는, 단시조와 또 다른 기법으로서는 장시조 작품 중에는 대화체가 많다는 점이다.

앞서 5),6),7),8)은 모두 대화체를 활용한 작품들이다. 우선 6)을 대화 형식으로 바꾸어 보면 다음과 같아진다.

    홀거사 : 어흠 아 긔 뉘옵신고
    동녕승 : 건넌 佛堂 動鈴僧이 내 올너니
    홀거사 : 홀居士내 홀노 주시는 방안에 무스것 ᄒ랴 와 겨오신고
    동녕승 : 홀居士내 노감토 버셔 거는 말 겻틔 내 곡갈 버셔 걸너 왓노라

대화 형식은 그것이 평범한 소재이라고 하더라도 인상적인 상징체(striking symbols)로 화하게 한다. 그리고 대화 형식은 정보를 자세히 설명하는 논의(discourse)가 아니라 오히려 생략을 요구함으로써 서술체보다는 긴장감이 더해진다. 그러므로 위 작품은 아래와 같은 서술을 극화시켜 놓은 것이라 할 수 있다.

    홀거사가 혼자 자고 있는데 밖에서 인기척이 났다. 홀거사는 "어흠 아 그뉘옵신고"하고 물었다. 그랬더니, "건넌 불당에 동녕승이 내올너니"하고 답하는 소리가 들렸다.……

　이와 같은 긴 이야기가 대화체를 통해서 보면 위 작품과 같이 생략되어 나타나는 것이다.
　이럴 때, 독자나 청자는 작중 인물의 역을 대행하게 된다.
　6)에서는 물음과 답이 두번 반복된 형태다. 그러나 5)에서는 조금 달라져 있다. 5)의 歌意를 정리해 보면 다음과 같다.

　　각시님 : 窓밧기 어른어른ᄒᆞ느니
　　　소승 : 小僧이 올소이다.
　　각시님 : 어졔 져녁의 動鈴ᄒᆞ랴 왓든 듕이 올ᄂᆞ니
　　　소승 : 閣氏님 ᄌᆞ는 房 독도리 버셔 거는 말 그틔 이ᄂᆡ 쇼리 숑낙을 걸고
　　　　　　가쟈 왓소
　　각시님 : 져 듕아 걸기는 걸고 갈지라도 後ㅅ말이나 업게 ᄒᆞ여라

　6)에서는 문답이 두번이나 진행되었지만, 홀거사와 동녕승이 서로 뜻이 맞았는지 여부에 대하여는 분명하게 나타나 있지 않다. 시적 논의를 여기서 마감한 것은 그런 것까지를 구태여 밝힐 필요가 없다는 것으로 해석할 수도 있다. 즉 작자가 할 일은 끝이 나고 이제 독자의 자유로운 상상에서 미완의 공간을 채우라는 뜻일 수도 있다는 것이다.
　그러나 5)에서는 6)에서와는 달리 두 화자가 지기상합하여 뜻을 이루는 합의의 장면을 삽입하고 있는 것이다.
　이것은 7)에서도 마찬가지다. 처음엔 아이놈의 당돌한 언사에 쾌씸하게 생각했던 각씨가 드디어 백년동주의 결심을 하게 된다. 곧 합의가 이루어진 것이다.
　8)에서도 동난지 장수와 아낙네와의 두번에 걸친 대화가 등장하고 있는데 동난지 장수의 능청스럽고 외설스러운 이야기를 아낙네는 거북하다고 이른 것이다.
　8)에서는 앞의 6)에서와 같이 두 화자의 순조로운 상합이 보류되어 있는 상태, 다시 말해 독자의 판단을 기다리는 상태로 처리되어 있는

것 같기도 하고 또 상합과는 거리가 먼 것 같기도 하다.[38]

9)에서는 중놈과 사당년이 신행 걸음을 가는 장면을 대화체로 보여주고 있다. 중놈과 사당년의 결혼부터가 규범에 어긋난 결혼인데 거기다가 행색을 차리는 것도 가관이라는 것이다.

시는 전달하려는 시의를 실연(實演)한다는 의미에서 극적 방법을 쓰기도 하고 또 화술적(narrative) 요소를 포함하기도 한다.

시의(詩意)야말로 명확하든 암시적이든 간에, 시의 주된 관심거리이며 작가의 태 도나 신념을 전달하는 수단이 되고 있기 때문이다.[39]

이때, 전달하려는 시의를 구체화하는 한 수단으로서 또 효과적으로 전달하려는 의미에서 대화체를 생각할 수 있겠다.

사상이나 정서가 행동을 안아 일으켜 인간 정신에 효과를 강하게 던지는 구성이 바로 대화체인 것이니, 대화체가 서술보다도 더 긴장도가 높은 것은 당연한 일이라 하겠다.

대화체는 현재 진행법을 쓰기 때문에 더욱 그러하다.

독자(또는 청자)는 작품 속의 대화를 통해 지금 일어나고 있는 사건을 현실감 있게 상상하는 것이다. 장시조가 창을 하기 위한 창사였다는 사실에서 생각해 볼 때, 창자(직업적인 경우엔 가객이 되겠다)가 청자에

---

38) '댁드레 노래'에는 장사치가 외설적으로 물건의 용도를 선전하는 경우가
  많다. 그리고 장사치와 아낙네가 뜻이 상합되는 다음과 같은 노래도 있다.
    틱들에 丹箸丹술 사오 져 쟝ㅅ야 네 황호 몇가지나 웨는이 사쟈
      알에 灯簪 웃 灯簪 즈을이 수箸 국이 동희 銅爐口가 옵네 大牧官女
    妓 小各官 酒湯이 本是 쓸어져 물 조로로 흘으니 구머 막키여
      쟝ㅅ야 막킴은 막혀도 後ㅅ말 업씨 막혀라

                                                    (海一 583)
39) Lynn Altenbernd and Leslie L. Lewis: A hand book for the Study of
  Poetry(London: the Macmillan Co. 1977), p.4.

게 작품에 대한 정서적 연관을 깊게 하기 위해서 대화체를 장시조 속에 도입했다고 보는 것은 자연스러운 일일 것이다. 이와 같이 장시조에 대화체가 나타난 것은 시의를 효과적으로 전달하려는 기법상의 의도였다고 할 수 있다.

이제까지 장시조에서는 단시조에서와는 달리 낯선 탈, 나아가서 뒤틀린 탈을 보여주고 있으며, 극화된 시의로 작품을 구성하고 있음을 보아 왔다. 낯설고 뒤틀린 탈을 작품 속에다 등장시켰다든가 극화된 시의로서 작품을 구성하고 있다는 것은 장시조가 단시조와 다른 일면을 가지려고 노력을 해왔다는 의미가 되겠다.

곧 단시조의 자동화된 관습적 기법을 부순 낯선 장치들을 장시조는 보여주고 있는 것이다. 그리하여 장시조는 단시조에 비해 새로운 예술미를 독자에게 제공하고 있는 것이다. 곧 장시조는 단시조에 비해 예술미적으로 진일보하였다고도 볼 수 있을 뿐 아니라, 나아가서는 독자(또는 청자)가 보다 적극적으로 작품을 수용하도록 하는 데에 노력을 보였다고도 할 수 있겠다.

Ⅳ. 結 論

여태, 장시조를 문예학적 측면에서 살펴보았다. 이상에서 논해온 내용을 항목별로 정리하고, 거기에 집약된 의견을 더하여 이것을 결론으로 삼고자 한다.

1) 장시조를 울격면에서 살펴보니 다음과 같은 점을 알게 되었다.

첫째, 음보율에서 파악해 보니 속칭 중시조(엇시조)는 단시조에 포함될 수 있으므로 중시조의 장르 설정은 무의미함을 알았다.

둘째, 단시조는 4음보격의 3행이었는데, 장시조는 4음보격의 4행 이상 길어진 형태였음을 알았다. 어떤 작품에서는 2음보가 1행이 된 작품도 있었다. 이것은 4음보가 1행으로 된 많은 시행 중에 섞여서 리듬의 단조로움을 막아 주는 개성적인 리듬의 역할을 하는것으로 해석할수 있다.

세째, 장시조는 형식의 전형성이 없는 시가 형태다.

이상에서 볼 때, 장시조는 형식면에서 자유시가 탄생할, 아니면 자유시가 수용될 여건의 일부를 시사하고 있는 셈이다.

2) 장시조를 시어와 시적 상상력의 측면에서 살펴본 결과는 다음과 같다. 첫째 장시조에는 단시조의 유교적 이념 세계에 바탕을 둔 고답적이고 상투적인 시어를 배제하고 욕설, 구어체, 빈정거림 등 이제까지 단시조에서 안 쓰이던 요소들이 나타나고 있다. 이것은 장시조가 여러층의 사람들을 독자로 끌어들일 수 있는, 문학이 독자에게 접근된 형태라고 할 수 있다. 또 이것은 오늘날 현대시의 시어에 앞서서 시어를 확산시킨 것이라고도 할 수 있다.

둘째, 장시조에는 객관적 등가물을 통한 이미지의 구체화가 일어났다. 이것은 이미지의 심화란 측면에서 근대 예술이 지향하는 바와 닮아 있다.

이상에서 볼 때, 장시조는 현실감을 바탕으로 한 시적 표현을 하고 있음을 알 수 있고, 현대시와 어느 정도 닮아 있음을 알 수 있다.

3) 장시조에 나타난 시적 태도와 그 구조에 대하여 살펴 보았다.

첫째, 장시조에는 생활을 직접 경영하는 실천 수행의 태도가 보인다.

둘째, 중인 계층의 작가 중에는 그들 나름대로의 삶에 자부심을 가지고 생활하였던 태도가 보인다.

세째, 장시조에는 사회를 보다 나은 방향으로 유도하려는 태도가 보인다.

  네째, 단시조에는 환로(宦路)에서 쫓겨났음에 대한 자기합리화로서
안분지족을 말하고 있으므로 이때의 가난은 실제 생활과는 다른 것이었
다. 즉 하나의 방편으로서의 버릇된 가난 행세였다. 이별에 있어서도
지아비의 품으로 돌아가고 싶어하는 여인의 애처로움을 나타내었지만,
이것은 작가가 환로에게 쫓겨난 뒤 다시 임금곁으로 나아 가고 싶어하
는 태도라 하겠다. 그러므로 단시조는 작품의 표면과 이면의 구조적
이원성을 가졌음을 알 수 있다.

  그러나 장시조에서의 가난과 이별은 인간의 삶을 위협하는 실제의
가난 또 실제의 이별인 것이지, 단시조에서처럼 그것이 작가 자신의
신원을 위한 변호가 아니었다. 즉 장시조는 단시조에 비해 구조의 단일
성을 보여주고 있다.

  이상에서 볼 때, 장시조는 현실을 직시하여 보다 나은 방향으로 유도
하려는 제시적 측면을 보여주기도 하고, 또 있음직한 삶의 진실성을
보여주기도 하였으므로 단시조에 비해 사실성(진실성)을 가진 문학이었
음을 알 수 있다.

  4) 장시조를 기법면에서 살펴서 다음과 같은 점을 알게 되었다.

  첫째, 단시조의 작중 화자는 작가 자신이거나 자신을 여성화한 변신이
대부분이다. 이때의 탈은 낯익은 탈, 작중 화자가 곧 작가임이 드러나기
를 기다리는 탈인 셈이다. 그런데 장시조에서는 작중 화자가 작가 자신
으로 나타나지 않는 경우가 많다. 이때의 탈은 작중 화자가 곧 작가일수
없는 낯선 탈인 것이다. 거기다가 장시조에는 사회에서 일반적으로 통용
되고 있는 관례를 부순 뒤틀린 탈이 보인다.

  둘째, 장시조에는 단시조에 없는 대화체를 도입하여 시의를 효과적으
로 전달하고자 한다.

  이상에서 볼 때, 장시조는 단시조의 자동화된 관습적 기법을 넘어선

낯선 장치들을 동원하여 새로운 예술적 효과를 보여주려 하고 있음을 알 수 있게 된다. 이것은 다시 독자(또는 청자)로 하여금 작품을 보다 적극적으로 수용하도록 하는 장치이기도 하다.

결국, 장시조는 단시조의 한정된 시적 공간을 거부하면서 장시조만의 시적 공간을 보다 폭넓게 가지려고 했던 의욕적인 문학이었음을 알 수 있었다.

여기에는 오늘날 현대시와 상당히 닮아 있거나, 아주 가깝게 접근되어 있는 부분도 많아서 장시조는 한국근대시의 기점을 논할 때에 많은 시사점을 던져주는 시가라고도 할 수 있는 것이다.

참고문헌

〈자료〉

김성배외 3인 편 : 가사문학전집(서울 : 집문당, 1977).
심재완편 : 교본 역대시조전서(서울 : 세종문화사, 1972).
임동권편 : 한국민요집 Ⅰ,Ⅱ,Ⅲ(서울 : 집문당, 1974).

〈논문 및 저서〉
고정옥 : 고장시조선주(서울 : 정읍사, 1949).
곽광수(공저) : 바슐라르연구(서울 : 믿음사, 1976).
김대행 : 한국시가 구조 연구(서울 : 삼영사, 1976).
김동욱 : 한국가요의 연구(속)(서울 : 이우출판사, 1978).
김승찬 : 한국 상고문학 연구(부산 : 제일출판사, 1978).
김열규 : 한국 시가의 서정의 및 국면(서울 : 단국대 동양학연구 동양학, 2집,
       1978).
김용직 : 한국근대시사(서울 : 새문사, 1983).
김원경 : 시조에 나타난 두시고(「두시연구논총」서울 : 이우출판사, 1982).
김유식(공저) : 한국문학사(서울 : 민음사, 1974).
김준오 : 서론(서울 : 문장사, 1982).
김치수편저 : 구조주의와 문학비평(서울 : 홍성사, 1980).
김학동 : 한국 개화기 시가연구(서울 : 시문학사, 1981).
노재찬 : 한국 근대문학 논고(서울 : 삼영사, 1981).
류탁일 : 조선후기 가사에 나타난 서민의 의향(연민 이 가원 송수기념논총,
       1977).
박철희 : 한국시사연구(서울 : 일조각, 1980).
박철희, 조규설편 : 시조론(서울 : 일조각, 1978).
심재완 : 시조의 문헌적 연구(서울 : 세종문화사, 1972)
서원섭 : 시조문학 연구(대구 : 형설 출판사, 1977).
양왕용 : 한국 근대시 연구(서울 : 삼영사, 1982).
이병근 : 국어의 장모음화와 보상성(국어학 6호 : 1978).
이상섭 : 언어와 상상(서울 : 문학과 지성사, 1980).

234

이창배 : 이십세기 영미시의 형성(서울 : 민음사, 1979).

이태극 : 시조개론(서울 : 새글사, 1959).

임종찬 : 시어의 확산(한국문학회, 한국문학논총 1집).

______ : 승려와 속인 사이의 사랑노래 연구(부산대, 어문교육논집 1집).

______ : 시조문학의 인식론적 조명(한국문학회, 한국문학논총 3집).

______ : 시조문학의 의미구조(부산대, 인문논총 20집).

______ : 시조문학에 나타난 사랑에 대한 상상력(부산대, 인문논총 22집).

______ : 동기(motif)에서 본 평시조와 사설시조(한국문학회, 한국문학논총 3집).

장덕순 : 국문학통론(서울 : 신구문화사, 1972).

장사훈 : 시조음악론(서울 : 한국 국악협회, 1976).

정약용 : 與猶堂全集, 第1集 詩文集.

정병욱 : 한국 고전시가론(서울 : 신구문화사, 1977).

______ : 한국고전시가론(서울 : 신구문화사, 1988)

정한모 : 한국 현대시문학사(서울 : 일지사, 1974).

조동일(공저) : 구비문학개설(서울 : 일조각, 1976).

______ : 우리 문학과의 만남(서울 : 홍성사, 1978).

조윤제 : 국문학개설(서울 : 동국출판사, 1962).

최동원 : 고시조론(서울 : 삼영사, 1980).

최재서 : 문학원론(서울 : 신원도서, 1976).

한명우 : 조선전기 성리학파의 사회경제사상(한국사상대계 II, 성균관대, 1976).

Coleridge : Biographia Literaria(ed. Shawcross. London Oxford Univ. press. 1967).

Daniziger Johnson : An Introduction of Literary Criticism(Heath CO. 1968).

Dickie : Aesthetics, An Introduction(Indianapolis 1971).

E.H. Gombrich : Meditations on a Hobby Horse Horse or the Roots of Artistic Form(Aesthetics Today, NY Meridian Books 1961).

Graham Hough : An Essay on Criticism(Norton and Company Inc. NY 1966).

H. Read : The Meaning of Art(London : Faber & Faber, 1977).

______ : Icon and Idea(김병익역, 도상과 사상, 열화당, 1982).

Jacques Maritain : Creative Intuition in Art and Poetry

(김태관역, 시와 미와 창조적 직관, 성바오르출판사, 1982).

Joan Benett : Five Metaphisical Poets(Cambridge Univ. press 1978).

John M. Ellis : The Theory of Literary Criticism(California Univ. press 1977).

Lemon & Reis : Russian Formalist Criticism(Nebraska Univ. press 1965).

Lucien Goldman : Pour une Sociologie du Roman

　(조경숙역, 소설사회학을 위하여, 청하, 1982).

Lynn Altenbernd and Leslie L. Lewis : A Hand Book for the Study of
　Poetry(London: The Macmillan Co. 1977).

M.H. Abrams : A Glossary of Literary Terms(Holt, Rine Hart & Winstor
　Inc. NY. 1971).

M. Ponty : Phenomenology of Perception(tr. Colin Smith, Routlege & Kegan
　Paul 1966).

New Comb : Social Psychology(NY: Holt, Rine hart 1950).

N. Frye : Anatomy of Criticism(Princeton Univ. press 1973).

Philip Wheelight : Metaphor and Reality(Indiana Univ. press 1968).

Preminger : Princeton Encyclopedia of Poetry and Poetics(Princeton Univ.
　press 1965).

Roman Jakobson : On Realism in Art(Readings in Russian Poetics, Matejka
　and Pomorska, eds. Cambridge The MIT press 1971).

Steiger. E. : Grund begrifie der Poetik

　(이유영역: 시학의 근본개념, 삼중당, 1978).

Susanne K. Langer : Feeling and Form(Routledge & Kegan Paul Limited
　1967).

　　　: Problems of Art(Charles Scribner's sons NY 1957).

Terence Haqkes : Structuralism and Semiotics

　(오원고역: 구조주의와 기호학, 신아사, 1982).

Victor Erich : Russian Formalism(Mouton Publishers, The Hague, Paris NY
　1980).

W. Kandinsky : Uber das Geisting in der Kunst

　(권영필역 : 예술에 있어서 정신적인 것에 대하여, 열화당, 1979).

　Wolfgan Kayser : Das sprachliche Kunstwerk

(김윤섭역: 언어예술작품론, 대방출판사, 1982). 이외 다수

□ 찾아보기 □

〈용어〉

〈ㄱ〉

〈ㄴ〉

〈ㄷ〉

〈ㅅ〉

〈ㅇ〉

〈ㅈ〉

〈ㅊ〉

〈ㅌ〉

〈인명〉

1. 한국인명

2. 외국인명

고시조의 본질

인쇄일 초판 1쇄   2006년 6월 25일
발행일 초판 1쇄   2006년 6월 30일
인쇄일 초판 2쇄   2015년 5월 25일
발행일 초판 2쇄   2015년 5월 30일

지은이 임 종 찬

발행인 정 찬 용

발행처 국학자료원

등록일 1987.12.21, 제17-270호

서울시 강동구 성내동 447-11 2층

Tel : 442-4623~4 Fax : 442-4625

www. kookhak.co.kr

E- mail : kookhak2001@hanmail.net

ISBN 978-89-5628-215-2 [93800]

가 격   10,000 원

• 저자와의 협의 하에 인지는 생략합니다.